黎晶文集

殉猎

黎晶 著

目　录

引 子

一个俄罗斯民族的优秀男人，为情越境，在中国江岸的桦皮屯里，与一个贤惠、端庄、美丽的女人一夜狂欢之后，淹死在黑龙江（俄罗斯称阿穆尔河），留下了一个“杂种”。因“他”而起，三个男人接连不断地死于枪下……

这桩桩血案，就发生在上世纪七八十年代，最撕扯心肺的还是一九八三年临近春节的那个寒冬。二十多年过去了，那夜空中的月亮被冻在了天上，粗壮的落叶松，纤细的白桦，还有浑身贴满铠甲黑乎乎的柞树，将映满血色的月亮锁在了这片僵死的树梢之上。民兵排长仰卧在洁白的雪原中，鲜红鲜红隆起的血浆，就像一块绒毡，在清冷的月光下，将死者高大的躯体印刻在谷有成部长挥之不去的内疚里，至今想起来还心有余悸。

一九八三年是一个百业待兴充满生机的年代，红色的大幕已经落下，每个人内心充满的红色希望，随着这场大戏的退场，和那到处映入眼帘的红旗，满墙的语录，袖角上的袖章，这个主宰十年的色调，被这场大雪覆盖得一干二净。

谷有成退休在家，但至今他也没有闹清楚，为什么在“文革”之后，那些在十年“浩劫”中被批判的谈“官”色变的走资派们，不顾还未痊愈的疤痕，将那一顶顶散有血腥气味的乌纱争先恐后地戴在自己发已染霜的头颅之上。而谷有成自己，一位边防团的副团长，突然像是中了邪，肾上腺素激增，一种“学而优则仕”的当官激情和欲望，在他们这一拨人的内心深处爆炸，骤然产生一股凶猛的冲击波，将十年的断流续上。封建社会的“君子不可一日无权”的权力欲望变本加厉地开始向四周扩张。令人惊异的是，在这场角逐的拼杀中，发生了许多不应该发生的事情，从而竟影响了他们的一生。

谷有成摇身一变，当上了瑷珲县委常委、县人民武装部部长。他找到了一种新的生活方式，活得很舒坦，锣鼓喧天地粉墨出场了。然而，锣鼓声后，一户再普通不过的农村人家，却在这场大戏里全景式地演出了一幕苍凉、悲壮的历史剧，剧目没有导演，没有名角。剧情却波澜壮阔，惊天动地……

第一章

中国最北部大兴安岭与小兴安岭的结合处，一湾秀丽的科洛河，一条雄浑的黑龙江，一座巍峨的卧虎山，孕育了一个神奇美丽，撼人悲壮的故事。近山者仁，近水者智，山水为桦皮屯最美的姑娘种下了幸福的祸根……

小兴安岭起伏延绵，看不见嶙峋的裸岩，它们被一层层厚厚的柞树林、桦树林、红松和落叶松包裹得严严实实。脚下是蹚不透的榛子棵，一排又一排，尤其到了冬天，除了漫天的大雪，留下的只是数不清和望不到边的原始森林和次生林带。

小兴安岭北坡，有一座卧虎山，卧虎山远看有山，近看无山，丘陵不断。汽车、马爬犁沿着亮晶晶的两道车辙，跑上个半小时，就像疾驰在二江平原上，没有一点山的感觉。有人常说，这有点像陕北的原，却没有了粗犷与剽悍。连接小兴安岭和大兴安岭的卧虎山虽地处中国的最北端，身处茫茫的荒野之中，却到处都透着一股江南水乡的秀色。

卧虎山脚下，一条清澈的科洛河，分隔了大小兴安岭，科洛河曲曲弯弯，像一条碧绿的带子，被两岸的山脉挤得飘来飘去。当那飘带飞落到黑龙江边的时候，突然打了一个结，造就了一个小小的村落，恬静安宁，她有一个美丽的名字叫桦皮屯。

桦皮屯就那么几十户人家，没有多少耕地，祖祖辈辈靠捕鱼打猎为生。雨季过后上山采些山珍猴头菇和木耳，生活过得很殷实。

屯子东头，一棵硕大的杨树下，三间木克楞的房子坐北朝南，院里东西两侧用柞树枝条编织的低矮的偏岔子，好像关内的东西厢房。院墙是用落叶松锯成的木柈子，垒砌得十分整齐。院子中央，耸立着一根足有几丈高的晒鱼杆。这里住着屯子的大户白家，屋子的主人白瑛是一个失去双亲的姑娘。白瑛独身一人，全凭白家族亲二叔官称白二爷的白士良照顾着，日子过得也很顺畅。

卧虎山头的黑龙江南岸往北行至呼玛县，沿江公路上一共有七道河沟，伸进卧虎山中，桦皮屯的科洛河被称为头道沟。这里就是闻名中外的金沟，百年以来淘金者不断。随着金沟名气的不断扩大，便被清朝慈禧老佛爷收为国有，每年淘出的沙金专门为老佛爷购买化妆品，由此，又被人们称之为胭脂沟。

朝代更换，清朝和民国相继逝去，金沟也经历了几次兴衰而沦为民采。

公元一九四八年，头道沟的桦皮屯进驻了一支由山东人组成的淘金队。领头的人姓于，谁也不知道他的全名，淘金队的人都管他叫掌包的。此人五短的身材，典型的车轴汉子，他为人豪爽仗义，经常救济屯子里的村民。因此，不论是淘金的汉子，还是桦皮屯的山民都佩服他，亲切地叫他于掌包。

于掌包就住在白家长辈白士良的家里，除了淘金之外，于掌包的枪法极准，不管是天上飞的地上跑的，只要他那双筒猎枪能够着，都能成为于掌包的囊中之物。

于掌包从不吃独食，这些山珍野味不论是谁，只要遇上就分得一份。

屯东头白家的姑奶奶白瑛长得十分俊俏，细高挑的身材，白里透红的脸蛋，是十里八乡拔头的美人。她不仅相貌超群，还在县城念过几年私塾，说话办事有礼有节，招惹得村里村外的男人们围着白瑛打转转。托媒说亲的人踏破了白家的门槛，白瑛一概拒绝。

没承想，这肥水流了外人田，白瑛却看中了比自己矮半头的于掌包。于掌包除了身材短小不算，年龄也已三十，比白瑛大了八岁。这一消息传出，立刻就遭到白家族亲的强烈反对，只有白瑛的二叔白士良坚决支持。白瑛父母早逝，族亲中最亲近的当属白士良，由他做主，白家宗室反对的呼声也就自然地平息了。其实，这白瑛许配给于掌包的姻缘里，还有一段鲜为人知的故事。这也正是白二爷支持白瑛婚姻的重要原因。

去年的六月，卧虎山被达子香花染得红一片紫一片。山柳已经形成雨丝，招摇着大地，向阳的坡头绿草茸茸，黄花争艳。科洛河的冰壳早已蜕去。明静的河水一眼望底，水流清澈，偶尔遇到一块凸起的巨石，它会礼貌地从两侧绕过，一路哗哗地唱着悦耳的歌。

白瑛吃过午饭，沿着河畔绿茵茵的小草铺出的路，向科洛河的上游走去。在卧虎山虎尾巴的拐弯处，科洛河在那儿打了个结，河面豁然开阔，形成了一个天然的湖面。临河的东岸，是刀劈般的立仞，其他三面是亭亭玉立的白桦林，它们像屏障保护着这池宽出河床的小湖。桦皮屯早有村规，这里是男人的禁地，男人们只可以在湖的下游或黑龙江里洗澡，因此，这块难得的湖面就被人们称之为女人湖。

白瑛心花怒放，一路上唱着小调东北二人转，她终于熬过了漫长的冬季，现在可好了，她又能在女人湖里洗澡、游泳和戏水了。玩得高兴时，她还敢冲出女人湖，沿科洛河顺流而下，一直游进碧绿发黑的黑龙江里，与对岸苏联的戏水者举手致意。

白瑛在湖西的一块天然石板上脱去衣服，一丝不挂地慢慢走进还有些刺骨的湖水里，羊脂玉般的胴体油润光亮。白瑛感激地望了一眼湛蓝的天空，然后猛地往水里一蹲，一团秀美的黑发就像浮萍在水面上形成圆圆的叶子，然后又像被暴雨瓢泼一般立刻沉入了湖底。

只见白瑛在十米开外处露出了秀发，她深深地换了一口气，又不见了踪影。

于掌包背着损坏了的淘金斗子回桦皮屯修理。他只顾低头走路，在女人湖岔口处忘了拐弯，径直沿着科洛河西岸一下子就闯进了男人的禁地女人湖。于掌包本想退回去，可他心想，这个季节河水还凉，哪有女人敢下水洗澡，换上老爷们儿也受不了这六月的冰化水。他沿着湖岸继续向前行走。

湖岸的草丛遮住了于掌包矮小的身材，湖水中玩得开心的白瑛没有发现湖岸上走来了一个男人，于掌包也没有看到湖心中的那位女人。他绕过拦在小路中间的一棵粗壮的柞树之后，眼前一块巨大的石板拦住了去路，他看见平滑光亮的石面上，堆了几件女人的衣服。于掌包吃了一惊，连忙停止脚步，静下心仔细听了听，湖面上传来戏水的声音。他拨开水草，只见一年轻貌美的女子在水中游泳。

于掌包心里叫道："不好！我犯了村规。"他急忙抽身掉头往回走。就在这个时候，湖心的那位女人却失声惊叫起来。

于掌包停止了脚步，凭他多年的经验，很可能有猛兽出现。

他抛下淘金的木斗，将从不离身的双筒猎枪摘下，打开保险，纵身跃上了那张石板大床。

一只金钱豹从河东岸的峭壁上三蹿两跳就到了女人湖边。它的尾巴竖了起来，两只前爪拍打着湖边的水面。白瑛惊恐地从湖心向西岸的石床拼命地游来，她已完全没有了泳姿，只是本能地用四肢奋力地打着水花。

于掌包单腿跪在石床上，双筒猎枪瞄准东岸那只雄豹，只等它跃起身来。

白瑛看见了于掌包，就像捞着了一根救命的稻草……

金钱豹似乎没有发现这位持枪的猎手，或者说它根本就无视于掌包的存在。它就像一个好色之徒，不光光是饥饿，而且不想放过女人湖中的这位美女。

金钱豹的屁股突然猛地往后一坐，随着一声吼叫，豹身腾空而起。

这时白瑛已经到了岸边，她站立起来，纤细的腰肢，隆起的乳峰，晃得于掌包眼前白花花的一片。亏得只是一瞬，接着白瑛就失去了知觉，跌倒在岸边。湖水浸着她洁白如玉的肌体，呈现在于掌包眼前的是如漆的黑发和裸露在水面的圆圆、肥大、滑润的屁股。

于掌包不敢有半点分心，当这女人的白光闪过之后，那金钱豹的金黄色的皮毛不见了，又是一道白光闪过，他十分清楚，这只雄性的金钱豹已立在空中了。

他手指一动，“砰”的一声巨响，铅弹呼啸着冲出枪膛，黄豆大小的铁砂拧成了一个团从铅壳中飞出，射中了豹子的前胸。

金钱豹又是一声吼叫，这次身体并没有跃起。紧接着第二颗子弹到来，正打在豹头上，那豹子轻轻地呼了一声，便跌入水中当场毙命。

于掌包不敢怠慢，连忙从书包中又掏出两颗子弹压进膛中，这才敢直起腰来。他看见那只豹子确实断了气，才将惊吓过度晕过去的白瑛搀到石板床上。

白瑛的眼皮闪动了一下，她看清了眼前的汉子之后，就又晕过去了。

于掌包没有多想，他迅速麻利地给白瑛穿上了衣服，捡了一些干柴放在她的身边。将火点着之后，他过河去找那只死了的金钱豹。

白瑛被火烤得周身发热，她苏醒过来，看见自己已经穿上了衣服，心里有一股说不出的感激。她侧过身来，望着湖东岸的那位汉子，又有一股羞涩，全身的血液沸腾起来。她认出了他，是住在二叔白士良家的那位山东汉子，淘金队的掌柜的。

于掌包用腰里带着的麻绳，将豹子的尸体拽到了西岸，两人相互对峙了一会儿没有作声，只是会意地默默一笑。于掌包见白瑛已恢复了体力，便递过去一根树棍做拐杖。自己背起这两百斤沉的豹子，两人一前一后回到了桦皮屯。

这一年的春节，白士良家摆了三桌酒席，侄女白瑛亲自下厨房。桦皮屯白家有头有脸的族亲都被请来，淘金队也出了两个代表。众人把摆在眼前的蓝花大碗都倒满酒，只等着东家白士良开桌。

白士良是白瑛的小叔叔，年纪二十岁出头，单身一人。他站了起来，身体显得有些单薄，可他在屯子里的威望很高。他端起大碗，并不说话，一扬脖子把酒全倒进了嘴里，然后将碗底朝天，众人齐声叫好！

白士良说了话："我在白家年纪虽轻，但房脊上的萝卜，辈大。侄女白瑛的父母早逝，哥嫂将她托付给我，我看着瑛子长大，孩子是正道，人也长得有模有样。俗话说男大当婚，女大当嫁，俺就替她爹妈做回主，把她嫁给救她性命的淘金队的于掌包。今天，请诸位亲朋做个证人，喝个喜酒凑个热闹。"

白家族亲内心里都不愿意将白瑛嫁给这位短小的外乡人，但白士良已将话说透，大家也就不好再说什么了，都端起了酒碗。

白士良见众人把酒喝净，一手将白瑛拉到屋子中央："白瑛，小叔可不是包办代替，当着白家族亲，你表个态才能算数。"出乎众人所料，白瑛大大方方站在三个桌面的中间，给大家鞠了一躬，大声说道："俺愿意！"然后就跑到外屋忙活去了。于掌包在众人的起哄下站了起来，一碗酒壮得脸色通红。白士良把白瑛拽进了屋，让她好好听听于掌包讲些什么。

于掌包学着白瑛的样子也给大家鞠了一躬，这一躬不要紧，他矮小的身体正巧撞在白瑛的胸前，逗得满堂大笑。于掌包抬头看了一眼白瑛，她正红着脸向着他微笑，他心里跟喝了蜜一样甜，大声说道："俺愿意嫁给白家做倒插门女婿！"

众人大笑不止，白士良高兴地围着各桌转圈，劝劝这个，劝劝那个，恐怕别人喝不好。而他自己也喝得小眼通红，他叫人把事先备下的大红喜字贴上，红蜡烛点上。

白士良这次站在了炕上，他说："今天这喜事就算办了，俺白家给姓于的小子预备了村东头三间房和一个小院，还赔上了瑛子这么好的大姑娘，你……"他喝多了，接不上话茬。

于掌包连忙将二叔搀了下来。他让淘金队的哥们儿打开包袱皮，自己也上了炕。

"这是一张熟好的金钱豹皮，算是送给长辈白二叔的订婚礼。这里还有一小坛沙金，算是俺给白瑛的嫁妆吧！"

于掌包接着说："俺既然算是嫁给了白家，从今天起俺再不淘金了，守着媳妇过安稳的田园生活吧。"白士良抢过话茬说："按山东的习惯，白瑛今后也正式更名为于白氏。"

从此，这对小夫妻的日子过得红红火火，令四邻八亲的好不羡慕。于掌包的小院向阳，十分的明亮，烟囱里不时冒着生命的气息，东屋收拾得十分干净，媳妇于白氏的脸就和初春的太阳一样鲜嫩光滑，她半偎在炕头，额头上扎系了一条白毛巾，印有大朵牡丹花的被子盖住胸下隆起得像鼓一样的肚子，嘴里不停地呻吟着，痛苦的表情中充满了喜悦。

于掌包蹲在炕下大红的墙柜边的长条板凳上，闷闷地抽着关东烟，眉头皱起了疙瘩，脸上没有一丝喜悦。

于掌包没有生育能力，三年的耕耘颗粒无收。屯子里的人们讥笑他是头骡子。没有想到的是去年夏天刚过，于白氏却有了身孕，肚子一天天大了起来，于掌包也觉得奇怪，难道自己是枯木逢春？屯子里讥笑过他的男人女人们，见了面都红了脸，低头走过去。每当这时，于掌包的五短身材才似乎突然变得高大起来，脸上也泛起一丝得意。可是一旦回到家里，瞧着瑛子高兴地哼着小调和腆起的肚皮，心里又空虚起来，他不敢相信这是自己的种。

二叔白士良风风火火地闯进屋来，身后跟着接生婆，他冲着于掌包喊道："掌柜的，都什么时候了，还有闲工夫蹲在这里抽烟，赶快烧锅热水去。"

于掌包像从梦中醒来，他跳下板凳回了一句："水早就烧好了。"

白士良瞪了一眼于掌包说："今天是个大喜的日子，你就要当爹了，精神点，手脚麻利点！别误事！"

"你们这些男人啊，就知道当爹了乐和，这可是女人们受罪的日子，如果赶上难产，那就是人财两空呀！"接生婆接过话茬说了一句。

一切准备停当，于掌包和二叔白士良来到院里，没承想小院里挤满了一堆童男少女，还有些小媳妇。谁家生孩子在屯子里也算是个大事，凑个热闹并不新鲜，于掌包望着大家苦笑了笑，招呼众人自找方便。

屋里的叫喊声越来越大，屋外的人都屏住了呼吸。于掌包没有一点就要当爹的那种兴奋，只是蹲在院子的一角，低头抽着闷烟。

"哇"的一声嘶鸣，哭声冲破窗棂，惊得满院子的人们跟着呼叫起来。凑热闹的孩子们挤满了窗前，不知哪个淘气的小子，用舌头舔破了窗户纸，看见了那小家伙一头金发，还有高高的鼻梁，便大叫起来："咳！咱白姑奶奶生下了一个二毛子。"大伙一阵哄笑。

白士良心里明白，侄女白瑛早就向他说破了因由，好叫二叔做丈夫于掌包的工作。此时用不着再藏着掖着，眼下先要把院子里的人们赶走。他等笑声一落，顺手抄起插院门的门棍，高喊起来："行了行了，都看见了吧，有什么新鲜的，咱们和苏联老大哥一江之隔，沿江村屯，哪村没有几个'二毛子'，这是风水，是于家的造化，走吧走吧。"

人们走了，于掌包麻木地蹲在院门口一动不动，白士良走到跟前，用脚轻轻地踢了他一下："还不进屋，看一看她们娘俩。"白士良拎着于掌包进了屋，接生婆见景揣着红包走了。

于掌包终于抬起头来，看到了炕上的儿子，怒火一下子燃烧起来："这不是我的儿子！这是个杂种！"

于白氏好像没有听见丈夫的喊叫，蓬松的黑发下，原本就十分俊俏的脸越发显得白皙。她头也不抬，一个劲地亲吻着自己的儿子。

"这不是我的儿子，这是个杂种！"平日里脾气温和的于掌包变得暴跳如雷。

于白氏一把扯下系在脑门上的毛巾，弯弯的眉梢立了起来，眼神却仍旧是喜中带怒，冲着地下喊着："这儿子是老娘养的，也就是你的，是我们的儿子！什么叫杂种？我就喜欢这黄头发黄眼睛大鼻子，怎么着！"

于掌包当着二叔白士良觉着没有面子，他一个箭步冲到炕前，一手抱起炕上的二毛子："我没有这样的儿子，我、我、我把他丢到山里喂狼。"

白士良大喊了一声："你敢，翻了天了！"然后就堵住了门，顺手从墙上摘下那杆双筒猎枪，调过枪口推上子弹，高叫起来："姓于的，你敢再往外挪动半步，这第一颗子弹让你这个负心汉和这个杂种儿子命丧黄泉！这第二颗子弹送给我自己，我和你们一道去阎王殿闹上个天翻地覆。"

于掌包傻了，他觉得平日里贤惠的媳妇变得那样的陌生，她的双眼和指着自己的一上一下的枪口一样黑洞洞不见底，他害怕了，从未有过的恐惧让他僵住了双腿。

白士良见状迅速抢过孩子交给瑛子，回过头指着于掌包骂道："你是个男人吗？你给不了她儿子，谁给你们养老送终？你让她在屯子里找个种，你当活王八？老天有眼，给你一个老毛子的种，是你的造化！谁知那人是谁！你就是他亲爹！仍旧是一个堂堂的男子汉！”

于掌包嗷的一声痛哭起来……

其实，沿黑龙江一带的女人，生下个“二毛子”混血孩儿并不稀奇。黑龙江苏联叫它阿穆尔河，两岸屯对屯，镇对镇，城对城，就像一根树枝上对称着的两片叶子。无论是两国的老百姓还是边防军人，经常以物换物，互通有无。到了冬天就更方便了，大江一冻，赶着马爬犁就过来了。这种民间贸易据说已有百年的历史，有学问的人说，这种边贸更早的时候叫卡座贸易。时间长了，两国之间偷情的、通婚的就十分普遍。当然，苏联那边的男人色胆包天，跑过来强奸中国妇女的事也时有发生。

男人毕竟还是男人，于掌包山东人倔脾气拐过弯以后，心里也就豁亮了，几天以后那股劲也就渐渐地消了，加上屯子里的乡亲并不歧视，只是好奇，想知道其中的秘密。

白家是个大户，白瑛又是娶的倒插门的女婿，白家族亲觉得此事有碍脸面，总要找个理由和说辞。

白二爷说话了，去年的夏天，白家姑奶奶白瑛在江边撅着屁股割草，正巧，江北有个苏联红军小伙子冲着江南撒尿，北风一吹，白姑奶奶就怀上了。白家这么一传，不管屯子里的人们信不信，这事也就过去了，甚至把它当作了笑话。

于掌包是个老实人，知道自己也只能算上半个男人，瑛子生下这个毛儿子，总是她身上掉下来的肉，比抱养一个别人的孩儿强，想开了，对这个儿子也就渐渐疼爱起来。

于白氏也觉得有些对不起自己的丈夫，于是更加疼爱于掌包。于掌包心中也有个秘密，他想，是到了和媳妇讨价还价的时候了。

于掌包闯关东之前曾在老家山东娶过一房，生有一子，取名于金子，可媳妇得了产后风丢了性命。他痛苦万分，把儿子交给了爷奶看着，自己到瑷珲的胭脂沟淘金。他耐不了寂寞，逛了两次窑子，得了花柳病，这才断了后。

于白氏听了丈夫的述说，心里毫不在乎。一个三十出头的外乡人，在老家有个媳妇也很正常，好在那命苦的女人已不在人世，留下个儿子，正好给自己的儿子做个伴。两个儿子，一人一个，这回摆平了，谁也不用挑谁。于白氏爽快的态度让于掌包喜出望外，并受命回了山东，将已经六岁的儿子于金子接回。

二叔白士良当年冬天就应征入伍，后来又去了朝鲜。

于白氏高兴，白捡了一个大小子，今后小哥俩相互也有个照应。得，就顺着于金子的叫法，她给自己的亲生儿子取名于毛子，这倒好了，堵住了屯子里人们的嘴，省得整天围着儿子叫什么二毛子。

于家添人进口，小日子一下就红火起来。几年过后，于掌包更加喜欢于毛子。哥哥于金子虽比弟弟大了六岁，可毛子却比金子高出了半头。于掌包将自己的全部本领教给儿子们，捕鱼打猎孩子们样样精通。

好时光不长，二十世纪六十年代，反修防修的浪潮也毫不例外地冲击着桦皮屯。

中苏边境的反修任务最为艰巨，桦皮屯的形势一下子紧张起来。屯子里没有地主富农，这斗争的焦点选在哪儿？于家成了被斗争的对象，于毛子也成了“苏修小特务”。这一消息惊动了县里的造反派和军宣队，瑷珲一中的红卫兵闻风进驻了桦皮屯。

十五岁的于毛子透着早熟，初中还未毕业身材已长到了一米八五，出落得虎背熊腰，金黄的头发自来鬈，白里透红的脸膛，高高的通天鼻梁，深深的眼窝里镶嵌着一双金黄色的眼睛，长长的睫毛一眨一眨，就像一尊洋娃娃，招得屯里的人们喜爱有加。虽说于毛子是一个实实在在的老毛子的坯子，可眸子里流出的却是母亲于白氏特有的朴实和善良。也可能是谁养大的像谁，他一点没有俄罗斯人的性格与气质，浑身里透着山东汉子的侠义和豪气，这和父亲于掌包又如同一人。

于毛子手脚勤快，善解人意，说他是个苏修小特务，谁也不信。可是一中的红卫兵不听乡亲的劝阻，将于毛子五花大绑押到了临江公社召开批判大会。

哥哥于金子已经二十岁出头，就像和爹爹于掌包一个模子里塑出来的，车轴汉子，山东的火暴脾气。他看着弟弟被红卫兵押走了，心急火燎。别看于金子个小，却一肚子心眼，表面上装着没事一样，心里已经有了主意。他快步来到退伍回家当了村支书的白二爷家，道出了自己劫牢救弟的夜行计划。

白二爷大喜，没想到金子这孙伙计和爷爷想到一起了。

雾笼远山，烟罩近水。桦皮屯被深秋的余晖映得通红，科洛河的水流变得缓慢了，河畔白桦树上那金黄色的叶子一片一片飞落到水中，像鄂伦春猎人的桦皮船，悠悠地划入黑龙江。

白二爷和于金子各自拿着自己心爱的猎枪，带上砍刀，走出卧虎山的虎尾关塞，直奔临江公社。

一个小时崎岖的山路，到了公社松树沟村时，天色黑得已伸手不见五指。爷孙俩按照计划，由于金子扮作学生混进了松树沟中学，并顺利地摸清了弟弟于毛子关押的教室。

于金子仔细地观察着地形，这间教室有个后窗，窗外是边防军七团三营的营部。教室的大门有两位红卫兵站岗，两小时一换人，教室的窗户都用松木板皮钉上了十字花。从后窗进去根本不可能，解放军的哨兵戒备森严，决不能去招惹他们。路只有一条，从教室的正门进去，这就需要调开看守的两个红卫兵，一个营救计划迅速在于金子的脑海里成形了。

于金子溜出学校，找到了白二爷，将他侦察的情况做了汇报。白二爷抗美援朝时也曾在侦察排混过几天，觉得金子这小子的主意还行，不过有些疏漏。白二爷做了点补充安排，爷孙二人只等第二班人换岗之后，伺机动手。

三营吹响了熄灯号，营房熄灭了电灯，公社大院的发电机也停止了转动。老百姓家的煤油灯早就没了光亮，公社驻地立刻就像死人一般没有了呼吸。四周是黑黝黝的大山，天边挂着一牙月亮，偶尔传来一两声狗叫。

于金子有些紧张，他猫着腰跟在二爷的屁股后面，偷偷来到松树沟中学。学校没有院墙，两个红卫兵只需一人把住一个房山墙，谁想靠近，都休想逃脱他们的视野。

白二爷将事先找好的两块绿布蒙在两支手电筒上，匍匐前进，当他接近那栋教室时，同时拧开了手电，两道绿光射出，幽深发亮。然后二爷嗷地学了一声狼叫。

两位乳臭未干的红卫兵小将，一见此状，大惊失措，丢掉手中的木棍，边跑边喊："狼来了！狼来了！"

于金子见机，冲到教室的门口，将锁砸开，白二爷也将手电筒上的绿布扯下，两人冲进教室，白二爷喊道："金子，快解开毛子胳膊上的绳子，赶快离开！"

没有想到红卫兵们集结的速度惊人，他们举着火把，敲着铜锣呐喊着，没有看到狼的踪影，却见关押于毛子的门锁被砸开了。

"不好！有人劫持苏修特务，赶快派人去三营向解放军求援！"黑暗中有人下达了命令。

红卫兵将教室三面围住。

白二爷见状连忙将后窗户打开，于金子、于毛子两兄弟登上课桌正想跳窗进入军营，红卫兵已逼近了门口。

白二爷心想，如果学生们冲了进来，毛子没有救出，还得搭上俺爷俩。在这千钧一发的时候，抗美援朝的老英雄却没了主意。于金子从小就争强好胜，做事不计后果，自尊心极强，眼看着自己的计划落空，丢人现眼不说，更是坑了弟弟和爷爷。

于金子急中生智，不知从哪学来一句老毛子话，他冲着房外大喊了一声，将双筒猎枪伸出窗外，勾动扳机，“砰砰”两声闷雷似的枪声震得大地嗡嗡作响。只听见外面一片惊叫：“不好了，老毛子过来了！”红卫兵像硝烟一样散尽。

爷仨分别从后窗跳下，没想到的是，脚刚一落地，就被三营的解放军缴了械，五花大绑地成了他们的战利品。

第二章

桦皮屯党支部书记白士良救人不成反被捉，无奈道出了于白氏与苏联老毛子通奸的隐情。边防营长谷有成因势利导，从而平息了一场边境上的械斗。从此，谷有成命运大转折，成了于家生死链条中解不开的重要一环。

白士良、于金子和于毛子爷孙三人被十几位边防军人推搡着向营部走去。

三营的营房电灯都被打开了，军营里一片光明。已经进入梦乡的战士们被枪声惊醒，趴在被窝里不敢贸然行动，焦急地等待集合的号令，胆大的一些战士光脚跳下通天大铺，隔着窗户往外探视。

营长谷有成的办公室里增添了两盏油汽灯，晃得人睁不开眼睛，凸显了几分威严。

“咳！这不是桦皮屯党支部书记，抗美援朝的独眼英雄白士良吗？怎么成了苏修特务？”谷有成惊奇地从椅子上站了起来。

“松开绑，快松开绑，谁让你们将他们这一老二少捆上的？”

“报告营长，这是应县红卫兵造反司令部和公社‘风雷动’战斗队的请求，被我们抓获的，你看，这个小毛子是苏修特务！”一连长指着于毛子说。

谷有成走到于毛子跟前，仔细地端详了一遍，心里对这小伙子一下子有了一点莫名其妙的好感：“咳，他妈的这小子长得和我一样高，还挺精神！你听得懂中国话吗？”

于毛子看了看比自己粗壮两圈的这位穿四个兜衣服的军人，心里很不舒服，莫非他真把我看成了老毛子？于毛子活动活动被捆绑酸痛的胳膊说：“我是中国人，凭什么不懂中国话？”

谷有成没有想到，眼前这个活脱脱的苏联少年竟是个中国人，还是个刺头。他突然照着于毛子的胸前就是一拳。别看于毛子长得高大，骨头还没有长实，脚板还未生根，谷有成这一拳虽然不重，于毛子还是一屁股坐在了地上。

谷有成哈哈大笑起来，那份得意，好像刚刚收拾了对岸与他为敌的苏联军人。

于金子看见弟弟被这个蛮横的军人一拳打倒在地，怒火燃烧，只见他头一低，往前就冲，一头撞在谷有成的肚子上。

谷有成没有防备，更没有想到这黑黝黝的矮小子竟有这么大的力量。撞得他往后连退了几步，差一点栽倒，被一连长扶住。

“他妈的还翻了天了，把这两个野小子再给我捆上！”一连长下了命令。

“谁敢！”白士良一把将两个孩子搂在了怀里，继续说，“谷营长，谁敢动这两个孩子的一根毫毛，我白士良就和谁拼了！豁出去再搭上美国鬼子给我留下的这只好眼！”

“都他妈下去！在本营长面前，我看谁敢造次！”谷有成令一连长和战士们都退了出去。

“好，我们都坐下说，通讯员，给他们搬条板凳来。”

谷有成问白士良和这两个孩子是什么关系，为什么要救这个小毛子。

“这是俺桦皮屯神枪于掌包的两个儿子，只因二小子的长相和对岸的老毛子一模一样，这帮红卫兵非说他是苏修小特务，就给捆绑到公社来开批斗大会。他爹于掌包去了县城还不知道呢。”

“这话就不对了，于掌包我认识，上次巡逻到你们屯子的时候，还吃了不少神枪送给我的野味，他们夫妻可都是中国人呀，怎么就生下了这么个二毛子？”谷有成很是不解。

白士良揉了揉那只受伤的眼睛说：“这事一时半会儿说不清楚，等有闲空我再给你细说，请你先将我们放回去吧，屯子里的人都着急呢，说不准一会儿神枪也会来要人。”

“这恐怕不行吧，这小子的身份闹清了，证明不是苏修小特务，我理所当然地放人，不光这样，我还要保护他。书记二哥，我看你还是先讲清楚再说。”

“那也好，不过我有个请求，请你将这两个孩子安顿到别屋休息，一定要保证他们的安全。然后，咱哥俩再慢慢说。”

谷有成显得十分爽快：“行，一连长，把这小哥俩安顿一下，看伙房还有什么吃的，给他们弄点。”

于金子、于毛子小哥俩刚被带走，就听得门外乱成了一团，是公社的造反派和那伙红卫兵冲进了营部，声称要要回苏修小特务及两个同伙。

白士良和于金子前脚刚刚离开桦皮屯，于掌包后脚就踩着媳妇于白氏的哭声进了家门。乡亲们七嘴八舌描述了儿子于毛子被抓走的情景，惊得他如同五雷轰顶，这好端端的日子怎么就祸从天降？再说，单凭二叔和于金子怎能救出于毛子？他们万一再有个闪失……于掌包不敢多想，必须立即前去救人。

于掌包招呼白家族亲的壮年男女集结在自家小院，大概总有四五十号人。他留下两位中年妇女照顾于白氏，其余的各自带上自家的猎枪、鱼叉和木棍砍刀，举着火把沿着科洛河浩浩荡荡地奔向松树沟。

公社副主任、造反派头头范天宝领着红卫兵闯进了三营驻地，勒令谷有成交人。否则他们将冲击军营抢出于毛子，由此造成流血事件，那罪魁祸首就是谷有成，因为是军队抢了红卫兵的战利品。

造反派们将谷有成团团围在他们的中央，呐喊声震耳欲聋，四周的火把几乎烧到了谷有成的眉毛。一连长见势不好，轻轻捅了捅身边的司号员。机警的司号员悄悄溜出人群，掏出军号，“哒哒嘀哒……”地吹了起来，嘹亮的紧急集合号立即就传遍了军营和已经沉睡了的山谷。

号声越过江面，苏联边防哨卡的瞭望塔上的探照灯立刻亮了起来，莹白色的光柱在宽阔的江面上左右扫射。随后，一颗红色信号弹划破夜空。对岸的军营也同时进入了紧急状态，他们不知道中国边防军要采取什么紧急行动。

一分钟，一连百十位边防战士全副武装地赶到营部。三个排各负一方，将范天宝他们围了个水泄不通。这阵势把造反派狂妄的气焰熄灭，鼎沸的人群瞬间就变得鸦雀无声。

“怎么样，范大主任，叫唤呀！你们这叫冲击无产阶级专政的坚强柱石！抓什么苏修特务？一个十五岁的小毛孩子也成了苏修特务？就是有苏修特务要抓，也是我们边防军人的职权范围，就是你们抓了，也得交给我们处理，懂吗？”

一连长听着谷营长底气十足的训话，随即也高声附和了一句：“懂吗？”这一声不要紧，全连战士齐刷刷地吼了一声：“懂吗？”

范天宝是个绝顶聪明的人，在政界混的时间虽说不长，却是个出了名的滑头。省农校中专毕业当了两年的公社技术员，没有什么成绩可言，但他会见风使舵，揣测领导心理，只要领导第一句话从口中出来，他就知道第二句要说的是什么。领导一个眼色、一个会意的微笑，他就能将意会的事情办好，包领导满意。公社书记曾说，我们要器重像范天宝这样与工农相结合的知识分子。因此，不管多少人心里不服或公开反对，范天宝还是当上了临江公社的副主任。

范天宝看了看自己的队伍，一个个都像霜打的茄子，蔫了。他心里骂道，一帮软柿子捏的。不过好汉不吃眼前亏，决不能与这帮当兵的来硬的。可这台阶也不能就这么灰溜溜地往下走，此时只能是瘦驴拉硬屎，再充一会儿硬。

“干啥呀，解放军有什么了不起的，你们是干什么的，知道吗？是保护无产阶级造反派的，这专政工具不能枪口对着自己人吧！谷营长，你也别拿我范天宝不当干粮，今天你要是不交出于毛子，我们决不离开军营。”

“对，决不离开军营。”造反派们有气无力地应和了一声。

“那就随你的便！一排让出道来，把他们请到操场上去！”谷营长严肃地下达了命令。

一排迅速将口袋嘴打开，二排的战士像赶羊一样将造反派赶到了操场。

范天宝喊叫起来：“谷有成，算你小子尿性！明天咱们到七团说理去！”他狠狠地往地上吐了一口唾沫，冲着自己的战友喊了一声：“撤！回公社！”

就在这时，三营门口突然又闯进了一支队伍，火把通明。领头的正是于毛子的父亲于掌包。哨兵拦截不住，因为内部早有纪律传达，对造反派是打不还手，骂不还口。

谷有成的脚还没有迈进屋，通讯员就传达了门卫的报告，一伙不明身份的造反派，手拿武器冲进了军营，从叫喊声里好像是冲着公社去的。

谷有成心里一下子明白了，这是桦皮屯的人赶到了，他们是冲着范天宝来的。这两伙人都没有看见于毛子，火气又没处泄，一碰面难免会做出不理智的事情，如果在我军营里火拼起来，那责任就大了。

“通讯员，再次集合队伍！”谷有成跑向操场。

于掌包和范天宝的造反派正巧打了照面，借着火光发现走出军营的这伙人，领头的正是抓自己儿子的公社副主任范天宝。仇人相见，分外眼红，“将他们给我围起来，不放出我儿子谁也别想走。”

桦皮屯的贫下中农们又将造反派们逼回了操场。

造反派们倒吸了一口凉气。范天宝心里嘀咕，俺们不怕解放军，知道这帮当兵的有纪律，不能把俺们怎么着；可是这伙农民则不然，又有于毛子的爹打头，这帮人情绪激愤，点火就着，手里拿的都是猎枪和利器，一旦打起来，造反派们决占不了便宜。想到这里，范天宝满脸堆笑迎了上去。

“于神枪，你领着桦皮屯的乡亲们，深更半夜弄枪舞刀的这是干什么？我是公社的领导，命令你们的人先往后退，有什么事情好商量。”

“范主任！你是明知故问，俺儿子于毛子被你派的红卫兵抓到了公社，我们一路寻来，赶快交出俺两个儿子和白二爷。”

“于掌包，抓你的儿子这不假，因为他是苏修小特务，想在我们中国卧底，现在我已把他交给了驻军的谷营长，我这里没人。另外，我警告你，你现在可以说是反革命家属，要划清界限，站在我们这边才对。”范天宝想将村民们的注意力引向谷有成。

“咳！俺倒成了反革命家属了，查查咱于家三代，辈辈贫雇农。俺儿子是你派人抓走的，俺只管你要人，否则别怪俺神枪不认人。”

于掌包再也控制不住两个儿子被抓的悲愤，他举起双筒猎枪，向天空射出两颗仇恨的子弹。枪声一响，村民们举起家伙将范天宝他们围了起来。双方剑拔弩张，一场血腥的械斗马上就要发生了。

在这千钧一发的时候，谷有成再也不能坐山观虎斗了，他命令警卫班战士一齐向空中鸣枪。

枪声大作，在山谷中久久回荡。谷营长这一招还真灵，双方立刻停止挑斗，各自退到了一方。

“乡亲们，请大伙冷静，我可以负责地说，两个孩子和你们的村支书都安然无恙。我不相信一个十五岁的孩子是什么苏修特务，我看这样，请公社的范主任，桦皮屯的于神枪出来，咱们共同商量一个解决问题的办法。像你们这样打杀起来，再闹出个什么人命来，谁也无法收拾这个残局。”

范天宝和于掌包听了谷营长的建议，都觉得这是解决问题的唯一办法。他俩分别劝住了自己的队伍，静观事变。

月牙西沉，操场篮球架下传来三人激烈的争论，三方各持己见，没有找到一个让大家都能够不丢面子的方案。谷有成看了看手表，时针已是后半夜的三点，他重新又调整了一下思路，再次修正了自己的方案，他觉得只有他才能摆平范天宝和于掌包。

谷有成说：“我有四条意见，一是保证桦皮屯白士良爷孙三人的绝对安全；二是查证于毛子的真正身份，证明他不是苏修特务；三是军方以书面材料向公社出具审查结果；四是在此基础上，由部队派人将于毛子三人送回桦皮屯。你俩看怎样？”

于掌包坚决反对，理由是儿子于毛子是个孩子，苏修特务是公社造反派和县里的红卫兵无中生有编造出来的，查不查证是你们的事，如果证据确凿，抓人可以，必须由公安部门出具逮捕手续，今晚必须将人带回村子。

范天宝自知理亏，确无真凭实据。掏句心窝子的话，他自己也不相信于毛子是苏修小特务，只是想借县里红卫兵之手，搞出点有影响的革命行动来，抓出些成绩，为今后仕途上的进步打下点基础。他本想借坡下驴，没想到这刁民于掌包咬住死理不放，自己一个堂堂的公社主任不能就这样认输。范天宝还是给了谷营长一个面子，同意这四条，待审查于毛子有了结果再放人。

意见还是统一不起来，谷有成心想，现在可以起用白二爷了，他既是于掌包的叔丈人，又是村里的党支部书记，做于掌包的工作够分量。想到这里，他吩咐一连长把白士良请过来。

于掌包蹲在地上，一袋接一袋地抽着闷烟，无论谷营长好话说了一火车，他就一个主意，儿子们不领回去，没法向媳妇于白氏交代，再说也对不起白家族亲们走了十几里山路，熬了一夜的心血。

白士良当然和于掌包站在一个立场上，前提只有一个，放回于毛子哥俩，不然，桦皮屯的百姓就决不收兵。

谷有成真有点束手无策了，现在成了二对二。如果天一亮，就更麻烦了，松树沟的山民们定会前来凑热闹，到时都会支持桦皮屯的贫下中农。那样僵持下去，骑虎难下，部队除了管他们的饭不说，团首长和县里的领导是要骂娘的，批评责怪他处事不当，影响他的前途。不行，一定要快刀斩乱麻。

谷有成将白二爷拉到了一边，二人嘀咕了一会儿，看来是达成了统一。白士良走了过来，谈了自己的想法：“范主任，于掌包，我和谷营长达成了一个君子协定，不就是闹清孩子的底细吗，我是村支部书记，我留下来为部队和公社提供材料，两个孩子由你于掌包带回桦皮屯。有我在这押着，不就放心了吗？再说了，跑得了和尚还跑得了庙吗？”

范天宝可找到了一个台阶下，他立刻表示同意这个方案。

于掌包还想坚持三人一同回去的意见，被白二爷用脚踢了一下，小声地说道：“还不见好就收，这是谷营长保护我们的缓兵之计，放心吧，明天他会好吃好喝待我，等过了晌午，我就回去。”

一切来得那样突然，一切走得又是那样自然。谁也没有理由推翻白士良想出的良策。其实这主要是谷有成的意思，谷营长对这位毛子少年是不是苏修特务已毫无兴趣，他急于想知道的是这后面隐藏着的故事。

于金子领着高他一头的弟弟于毛子的手，来到了父亲及乡亲们的身旁。白家族亲一片欢腾，将两个孩子围在他们的中间，问长问短。

范天宝早就领着他的那一伙造反派和红卫兵们一声没吭地悄悄地离开了军营。

谷营长将桦皮屯的众乡亲送到了军营门口，于家两兄弟给这位高大的军人行了礼。于掌包眼窝里已有泪水在滚动，他只说了一句话:“谷营长，今天受你滴水之恩，明日定将涌泉相报！”

这位闯荡江湖多年的车轴汉子，豪气不减当年。

桦皮屯的山民们熄灭了灯火，消失在晨雾弥漫的山谷之中。

白士良一觉醒来，满屋子的菜香和酒香。他看到谷营长笑眯眯地坐在堆满菜肴的桌旁，正在等待着，等待着他来满足这位边防军官的猎奇心理。

一九五〇年，中苏两国称兄道弟，好得穿上了一条裤子。边境祥和，充分享受着亲情、友情带来的甜蜜。

瑷珲县的对岸，是苏联阿穆尔州的首府布拉戈维申斯克市。瑷珲县则是中国黑龙江省黑河地区行政公署的所在地。这一对兄弟之城，是中苏万里边境上级别最高，规模最大的对等城市。两座城市的建筑又都集中在江的南岸和北岸。黑龙江像一条碧绿的绸带，将两个城市分开，又将两个城市连结在一起。绸带的下游，江面宽阔，中国人称之为十里长江。江的对岸便是闻名世界的江东六十四屯，记录着中苏《瑷珲条约》的耻辱。

桦皮屯坐落在绸带的上游，是瑷珲县临江乡的一个行政村，它虽享受不到城市之间中苏友谊那种蜜月般欢乐所带来的幸福，小村与对岸的沃尔卡集体农庄的共青团却也是来往频繁。交际舞疯魔地令中苏两国青年拥抱在了一起。

五月一日国际劳动节的早晨，黑龙江面上的冰排还没有完全流尽，对岸苏联沃尔卡哨所的瞭望塔上升起了一面红旗。半个小时后，中国桦皮屯边防哨所的瞭望塔上也升起了一面红旗。

桦皮屯的大姑娘小伙子和年轻的媳妇们望着升起的红旗，兴高采烈地拥到了江边，列队欢迎对岸农庄的共青团员们。

升红旗是边境会晤的最简单方式。中苏双方谁先挂起红旗，就说明谁方有要事和对方商讨或通报。对方如同意，就升旗答复，对方就派人过来，如不升旗也是答复，那就是不同意来人。

双方商定五一节在桦皮屯村搞一次中苏青年团员的联谊活动，由中方安排活动场所并准备午饭。

白瑛也站在欢迎的青年之中。俗话说大姑娘不如少媳妇，白瑛结婚之后，身段就更加水灵和丰满。今天她特意又穿上了在瑷珲买回的一身藏蓝的列宁装，将两条辫子高高地盘起，没有一点农村女人的土气，浑身上下洋溢着青春的气息与活力。

沃尔卡农庄的青年乘坐的快艇很快就驶到了江边。跳板刚一搭地，一群金发白人青年男女蜂拥般跳下船来，立刻与黑色头发黄色皮肤的人群粘连拥抱在一起。白瑛第一次参加这样的活动，是因为丈夫于掌包回了山东，二叔白士良当了兵，没有人来限制她的行动。可是眼前这场面的热烈，刺激得已经尝试过婚爱的她无地自容。她心脏怦怦地跳，脸在热热地烧，就像一个初恋的少女，她退却了，站到了一边。

苏联人群中出现了一个身材高挑的小伙子，长得十分英俊，他并没有跳下来，而是站在船头的跳板上，呆呆地望着疯狂人群之外的白瑛。

白瑛抬起头来，和这位异国男子的眼光对接了，她突然感觉到心跳停止了，心灵的窗户打开了。这位苏联青年怎么会和自己昨夜在梦中的那个男人一模一样呢，不差分毫？难道这就是人们常说的缘分？缘分也可以冲破国界吗？对，是天意！白瑛一下子有了勇气，她不能自控地大胆地向这位苏联青年走去。

跳板上的苏联青年叫弗拉基米诺夫，是沃尔卡农庄的团支部书记，刚刚毕业于阿穆尔州外语二院华语系。他是这次活动的组织者，又是当然的翻译。

弗拉基米诺夫站立在船头，没等船靠岸，他就发现了中国青年男女中的白瑛，不仅是因为她亭亭玉立鹤立鸡群，还因为她身上散发出的特有味道和传递的信息，让这位苏联大学生感到与这位陌生的白瑛根本就不存在距离，内心里蒸腾着一股强烈的亲近感。

几乎是同时，在白瑛忘情地向他走来的时候，弗拉基米诺夫的双腿也已离开微微颤抖着的跳板。两人就像两块被染上魔力的磁板，冲破空气的阻力相吸在一起。

白瑛被这位高大粗壮的男人搂在怀里，硬邦邦的胳膊像铁环一样越锁越紧，逼得她喘不上气来。俄罗斯男人的野性和猛烈让她全身在不停地颤抖，她不知道这是羞耻还是幸福，她也想拥抱他，可是两只胳膊软得像面条一般抬不起来。她一点也没有闻出中国人常说的老毛子身上特有的膻腥气，只觉得他和丈夫于掌包太不一样了，就好像来到了另外一个世界里。渐渐地她的双脚跟慢慢地离开了江岸上的沙滩……

舞会开始了，一个上午，白瑛没有离开过弗拉基米诺夫。他教她三步、四步和华尔兹，笨拙的舞步掩饰着一对异国青年男女心灵的互换。弗拉基米诺夫用生硬的中国话介绍他在苏联的生活，并询问着白瑛，尽量多地了解这位让他心醉的中国姑娘。白瑛大胆地讲述了自己婚后的生活和烦恼。

自从于掌包进了白家之后，新婚的喜悦不久便笼罩了一层阴影。白瑛发现丈夫的性欲低下，有时连维持正常的性生活都发生了困难，这给父母早逝，独苗一个，没有兄弟姐妹的白瑛带来了极大的痛苦和压力。“不孝有三，无后为大”。白家的骨血决不能在自己这里永久地消逝在这个世界上。善良的白瑛领着丈夫到瑷珲县里的福合堂和县医院，求遍了各类西医、中医，吃遍了各类名贵的补药，性功能总算得到了恢复，但医生们却说于掌包永远失去了生育能力。

白瑛是一个从不向命运低头的女人，她有一个坚定的信念，要做母亲，要有自己的孩子，她一直在寻找着时机。

昨天屯子里安排她来参加本属于那些未婚男女青年的联谊活动。这使她激动、兴奋到深夜都不能入睡。她不想在屯子里、乡里、县里找一个能使她做母亲的人，那样她会觉得对不起自己的丈夫，也割舍不断今后父子之间的联系。真到那时，她将无法平衡这变异的姻缘，无法忍受负罪和痛苦的折磨。

一夜的妄想竟在今天成了可能，白瑛大胆地实践着自己的计划。

弗拉基米诺夫成为男人之后，从未有过这样强烈的撕扯，这绝不是本能的对异性肉体的渴望、占有。他和她之间没有国界、人种、语言的障碍，他们是灵魂的撞击和融合。他发誓要娶白瑛为妻，他不在乎她已是有夫之妇。

白瑛不能，她只需要儿子，一个永无牵挂的给予。

烈性的中国酒让弗拉基米诺夫野蛮地当众亲吻了漂亮的少妇白瑛，这遭到了桦皮屯男女的抗议！

白瑛跑了，跑回了桦皮屯村东头坡上的家。一路上喜悦和痛苦交织在一起，泪水顺着脸颊不停地往下淌，浸湿了那套崭新的列宁装。

躺在炕上，她从衣兜里掏出弗拉基米诺夫送给她的套娃，拧开套娃的脖颈，里边走出从大到小九个用桦木绘制的彩色木娃，她们排成一行，鲜亮的眼睛，个个都用友善的目光盯着白瑛，白瑛心里掀起了又一轮新的浪潮。

她与弗拉基米诺夫签署了天知的协定。

弗拉基米诺夫站立在快艇的最高处，江风吹拂着他那金黄色的头发，桦皮屯在他的眼睛中渐渐远去，变得越来越小，只有村东头白瑛家小院里耸立的晒鱼杆锁定了他的视线。

他从衣袋掏出白瑛送给他的手电筒，牢牢记住桦皮屯的方位，他抬头寻找最佳的下水地点，计算着水流的速度和自己游泳的速度，确定了从中国什么地方上岸，才能摆脱中国边防哨兵的监视和巡逻。

度日如年，约定的时间终于盼到了，弗拉基米诺夫从叔叔海军少校那里借来了水鬼穿的简易潜水衣，喝了半斤俄罗斯的“沃兹卡”，只等日落西山。

太阳终于沉到了阿穆河的水中。弗拉基米诺夫背着水鬼服来到了远离沃尔卡哨所的上游。他将衣服和不用的物品放在河岸的柳丛中，用一块火山石将它们压住，又检查了一遍包手电的防水纸有无损坏，然后才换上水鬼服。他环顾了一圈，确信没有人发现，便立刻沉入河中不见了踪影。

天完全黑了下来，烤晒了一天的河水遇到冷空气，水面上蒸腾起一层薄薄的雾气，这给偷渡的弗拉基米诺夫披上了一件天然的保护衣。

白瑛绕过桦皮屯哨卡的瞭望架，深一脚浅一脚地摸着黑来到卧虎山嘴，她不敢打开手电，偷偷蹲在江边毛柳棵里等候着，她喘着粗气，心就要跳出嗓子眼了。

约摸到了碰头的时间，白瑛用红布包裹的手电照向漆黑的江面，快速闪动了三次，然后关闭电门，焦急地等待江面上的回答。

不一会儿，黑乎乎的江面上闪了两下红光，白瑛紧张得已接近痉挛的身体立刻热血沸腾。她站起身来，看一看四周空无一人，只有江水轻轻拍打岸边的哗哗声，她迅速地跑到了江边。

江面上突然冒出了一个浑身湿漉漉穿着橡胶衣服的水鬼，着实吓了白瑛一跳。定神一看，高大的身躯和那股穿透橡胶服的特有气息让她知道，来人就是她望眼欲穿的男人弗拉基米诺夫。

她将他带入柳丛中，将不合体的男人衣服给他换上，把水鬼服藏在临近的一棵枯树洞里。两人不敢言语，不敢亲近，不敢进村。他们沿着卧虎山根绕回到白家的三间小房。

白瑛控制住急促的呼吸，将院屋两道门插好。东屋炕上铺好的崭新的被褥还散发着热气。两人没有言语，在同一时间快速地脱掉裹在身上的所有障碍。

一捆干柴被烈火在万籁俱寂的卧虎山下点燃了，火越烧越旺，发出啪啪的声响。弗拉基米诺夫就像一座火山，爆发出几千度的岩浆将白瑛熔化，烧成灰烬。他不顾她的感受，疯狂地如猛兽一般吞吃着白瑛圣洁的灵魂。

白瑛尝不出任何味道，只觉得他胸前粗壮的汗毛针刺一般揉搓着她鲜藕般娇嫩的酥胸，她感到他那被烈火烧得滚烫的种子，化成了溪流，植入了土壤。

平静了，屋里与屋外的科洛河、卧虎山的睡眠，同步融入了大自然的怀抱。

火山第二次爆发，因为有了先兆和准备，喷发变得平稳有序，岩浆重复着原有流淌的印迹，慢慢地与周边形成了和谐。

白瑛用被单将窗户挡上，她点着了丈夫淘金用的那盏油汽灯，下地给炉坑里续上了两块松木柈子，将预备的饭菜热好。

精疲力竭的弗拉基米诺夫吃光了一碗小鸡炖蘑菇，喝了半斤瑷珲城的小烧酒，他渐渐地恢复了体力，脸色又有了光泽。他看了看手腕子上的夜光表大三针，已是凌晨三点，必须回去了，不然天亮了就会捅出祸殃。

弗拉基米诺夫深情地望着白瑛，伸手拍了拍她的肚子，希望他们的结晶是个儿子。今天这一分别，将永远被这滔滔不息的大江隔断，他想到这里，泪水悄然而落。

白瑛现在倒是平静得像科洛河上游的女人湖。她的要求和渴望都已成为铁铸的事实，她对他没有爱情可言，整个过程，只是感谢弗拉基米诺夫给她带来的上苍的恩赐。

江风大了起来，弗拉基米诺夫穿好了水鬼服。他摘下那块苏制的大三针手表对白瑛说："留个纪念吧，这是我留给咱们儿子的唯一的礼物。"

白瑛接过手表并没有作声，她木讷冰冷地站在江边一动不动，看着这位一下子变得陌生的苏联男人走进了江里，向江的那边游去。

弗拉基米诺夫头也不回地往江北游去，十米，二十米……渐渐地动作慢了起来，他觉得游得十分的吃力。他接近了江中间水流湍急的主航道，这里是两个国家的分界线，游过主航道，就是苏联的领地。就在这时，他突然感觉到有些力不从心，动作有些僵硬，他一次又一次冲击着主航道，却被急流一次又一次地冲了回来。

他的身体开始随着波浪起伏，四肢开始发软，脑海中不知不觉地出现了那位中国女人，她赤裸裸躺在他高大的身躯之下，幸福地呻吟着……

一个浪头打来，弗拉基米诺夫一个激灵醒了过来，他感觉到了恐惧，沉重的水鬼服拖住了他虚弱的身体，他已经感觉到，死神正在一步步向他靠近。

不能就这样结束自己的生命，他看到了江北的灯光，看到了已染白发的母亲。他开始了本能的挣扎，拼命地脱下了那套水鬼服，身体觉得一下子轻松多了，冰凉的河水刺激他再一次清醒过来，他使出全身的气力，向自己的国家奋力地划着水。

一米，两米……一个浪头打来，弗拉基米诺夫喝了一口水，顿感一阵头晕目眩，渐渐手脚停止了摆动，意识变得浑浊起来。忽然，他感觉到眼前一亮，脑海中显现出一盏灯火。他看见了白瑛的笑脸，她向他伸出了纤细的小手，拉着他走回了那间充满阳光的温暖的小屋。

第二天早晨，白瑛站在自家的小院里，看到了桦皮屯边防哨卡的瞭望架上，升起了一面红旗。

中国边防军人的巡逻快艇，在江上，发现了沃尔卡集体农庄的共青团员、翻译弗拉基米诺夫的尸体。他被运回了桦皮屯哨所，升旗会晤。

消息在桦皮屯传开了，与他相识的中国青年男女们悲痛万分。他们在江边送走了几天前给小村带来欢乐的黄头发、高鼻梁、大个子的那位苏联小伙子。

白瑛坐在自己家的火炕上，眼前是一排整齐的套娃，手里是那块大三针手表。嘀嗒、嘀嗒，它声音清脆，节奏有力，记录着时光的流逝。

第三章

少年于毛子技艺超群初露头角，美名传遍十里八乡。他仗义疏财，不光赢得了山民们的爱戴，也引起了县、公社要员的关注。“苏修小特务”于毛子从容化解了与公社革委会副主任范天宝的阶级矛盾，还与荣任县革委会常委的谷有成成为忘年交。从此，于毛子开始步入瑷珲县的上层社会。

天气越来越冷，把世界交给了冰和雪，剩下的只是铝水般的滞缓。桦皮屯周围的河流山川全都披挂上银色的铠甲，屯子前滔滔的黑龙江也像一条冬眠的巨蟒，蜿蜒盘卧在大小兴安岭的群山之中。

进入腊月的桦皮屯，杀猪宰羊，磨豆腐蒸馒头，家家都沉浸在筹备过大年的喜庆里。

临江的村屯习气淳朴，上百年来流传了一个风俗，就是不论大村小屯，进入腊月家家开始杀猪。这里不像关内农村，一年的剩饭泔水加野菜，才能充起一头百斤出头的猪架子，求个人杀了，留下猪头下水过年，好肉卖到集市，换点平日里的零用钱。

桦皮屯家家养猪，少的两三头，多的五六头。北大荒有的是粮食，翌年同时出栏，个个二三百斤。风俗规定了杀猪的顺序，从屯子东头开始，第一家杀的第一头，既不能自己吃也不能送到瑷珲去卖，而是支上大席棚，架上大柴锅，请上全屯老少吃上一顿美美的杀猪菜之后，剩下的肥猪才能自行处理。

山民们一年都盼着这一次的团聚，倒不是因为肚子里缺油水来拉拉馋，而是因为一年里的磕磕碰碰，吵个架红个脸的，方桌边一坐，大海碗的烧酒一端，一切一切的恩恩怨怨都会烟消云散。

风俗也在与时俱进。从村东头开始往下排的做法有了困难，那就从村干部开始，第一户是支部书记，然后依次是村长、妇女主任、民兵排长……

白士良抗美援朝退伍回家，左眼被美国鬼子的卡宾枪打伤失了明，回到屯里理所当然地就任了桦皮屯的党支部书记，今冬的杀猪菜就从白二爷家开始。

于毛子每年到了这个季节最高兴了，这是他出人头地的机会。他从父亲于掌包那里学来了一手杀猪灌血肠的绝活。青出于蓝而胜于蓝，由于他身大力不亏，摆弄起几百斤重的肥猪很是游刃有余。父亲身材矮小，又上了年纪，屯子里的这项专利自然就落在了少年于毛子的手中。

清晨天一放亮，白士良就出了门，雪地上留下一行清晰的脚印，通向村东头坡上的于家小院。

“于毛子，到二爷家杀猪去！帮忙的人们都等急了，火也烧得落了架子，快点呀！”说完白二爷返身回去。

于毛子听见二爷的招呼声，连忙丢下没有喝完的半碗粥，一溜烟追上了白二爷。

“喝完这半碗粥再走，着什么急呀，赶趟的，你不去，再多的人不也是干等着吗？”于白氏端着半碗粥追出了小院一看，连于毛子的影子都没有了。

白二爷家的院里院外堆满了人，有的是来帮忙的，有的给村支书捧个场凑个热闹的。大家正等着大工于毛子的到来。

于毛子心里这个乐啊，他看着四五个比自己大的小伙子，手里拿着杠子、拎着绳子的都站在一边，院外猪圈里三头白花大肥猪个个都是三百来斤，冲着来人哼哼直叫。院里东侧大柴锅里的水早已沸腾，锅下边架着的松木柈子眼看就要烧过了劲。于毛子就像个爷，高大的身躯又往直里挺了挺，在众人的簇拥下，他昂着头进了院子。

于毛子甩下棉袄，指着那帮小子们喊了起来：“请你们来看戏呀，光会喝酒啊？倒是动手啊！”众人被于毛子挖苦得不好意思，一个劲儿地堆笑，于毛子心里涌出了一股得意。

“毛子老弟，俺哥儿几个就等着你出山呢，虽说我们比你年长几岁，不行啊，就是把俺们几个捆在一块儿，不也是马尾穿豆腐——拎不起来嘛！”

年轻人都有点人来疯，众人的吹捧，令于毛子心里乐开了花：“你这话说的倒是不假，哥儿几个就别愣着了，跟我到院外挑猪去。”大家起着哄走到了院外。

三头肥壮的白花猪已经察觉到了什么，它们屁股紧紧靠在一起，头朝着三个方向，眼里充满了恐惧和敌意。白二爷指了指那头最大的花猪说：“毛子，看清了吧，就是里边那头大的。”

于毛子跳进了猪圈，三头猪一下子就明白了，那头最大的被伙伴藏到了最里面。前面的两头花猪瞪着眼睛，将长嘴贴到了连雪带泥的地上准备反击。别看于毛子年纪轻轻，杀猪的经验却十分老到。他见状并不动手，而是又跳出了猪圈。他将圈门打开，吩咐两个哥哥用松树棍将前面的两头猪隔开。这时，白二爷看出了门道，抄起了一根木棍将白花大猪撵出了猪圈。

高大的花猪凶猛地冲出了圈门，人们忽地都闪到了两边，留下了一个空场，只见于毛子蹿到了空地的中央，就像江湖上要耍枪打场子的武师。他绕到白花猪的身后，突然一个箭步蹿到，两只铁钳般的大手抓住猪的一只后腿，顺势往上一抄，那猪没等反应过来，就被于毛子掀翻在地，几个小伙子也来了勇气，立马扑了上来，死死地将猪按住，捆上了四腿。

“把猪抬到院子里去！”于毛子一声令下，四个小伙子将嗷嗷嚎叫的白花猪抬到院子里的长方炕桌上。

“毛子哥，给你接血的盆，盐和水都放好了。”一个小弟弟端来了一个大铜盆放到了炕桌边。

于毛子用左手按住猪嘴往上一撩，右手接过白二爷递过来的足有尺长的杀猪尖刀，顺着猪脖子轻轻往里一捅，刀尖捅到了心脏，白花猪的身体慢慢松软下来。

于毛子双手一用力，将猪脖子上的刀口对准铜盆，然后将后腿抬起来，猪血像泉水一般将铜盆灌满。刚才递盆子的小弟弟看来也是个行家，他跑过来用筷子在血盆中搅动。让水、盐和血慢慢地融合在一起，等着一会儿灌血肠用。

于毛子用尖刀将猪的后腿割开了一个小口，抄起一根四尺长的铁通条插进小口里，贴着猪皮上下左右不停地穿来穿去，然后拔出铁条，用嘴对着猪后腿，一个劲往猪腿里吹气。气体顺着铁条开辟的通道进到了猪的全身，瞬间，那头大花猪就被气体涨得圆圆的，就像黄河渡口的猪皮筏子。

他指挥四个看愣的小哥，将猪放进盛满热水的大铁锅里，教他们如何褪毛，开膛，剔肉。这一套程序没有一点拖泥带水，完成得干净利索，引得看热闹的邻里乡亲们一片叫好。

于毛子除了杀猪，这灌血肠更是一绝。他把猪肠子用碱水洗净，将刚才调好的猪血灌进肠衣里，用沸水一煮，这活计关键要看好火候。于毛子煮出的血肠不老不嫩，不破不散。将血肠切成小段，酸菜白肉炖血肠，再加上点土豆制成的粉条，就是纯正的小兴安岭杀猪菜。屯子里也曾有人不服，但是灌出的血肠就不是滋味，时间长了，杀猪灌血肠全套程序就只有于毛子一个人干了。这一手让于毛子十分得意，不论走到哪里，他都算是个人物。

远亲近邻的山民们将日期定好，排着队等候于毛子登门到家服务。让乡亲们钦佩的是，这于毛子小小的年纪却懂得仗义疏财，无论是穷家或富户，杀完猪分文不取，蹄头下水统统不要，连祖上传下的规矩都破了。这下子把几个村的屠户全给顶黄了，没有人再求他们。

自从三营长谷有成平息了桦皮屯贫下中农和公社造反派的械斗之后，连续受到了县里和边防七团的表彰。这一喜还没有尽兴，紧接着又是一喜，这真是人走时运马走膘啊。让他没有想到的是，瑷珲县要成立“三结合”的革命委员会，居然又涉及他这个小小的边防营长。“三结合”就是分别由工人、农民和解放军的代表参加，解放军方面的名额给了军分区七团，可团首长们谁也不愿到地方参加什么“支左”了，怕到临时政府的机构里挂上个闲职，影响了自己在部队上的发展。大家推来推去，这差事就落到了谷有成身上。

谷有成对这个团协干部的工作求之不得，他揣好军分区的介绍信，坐上他那辆老掉牙的苏联嘎斯69吉普，到瑷珲县革命委员会筹备领导小组报到。

汽车驶进瑷珲县滨江路北侧的紧邻江岸的大院内，慢慢地停靠在一栋米黄色俄式三层小楼的环状车道边。谷有成系好了风纪扣，整了整帽子，然后夹起他那个只有在正规场合才舍得使用的苏制牛皮公文包，大步挺胸，来到了传达室。

传达室的老同志从小窗里看见身材高大的谷有成穿着四个兜的干部服，气宇轩昂地走进楼来，误认为他一定是军分区的领导，连忙迎出门来，笑眯眯地将谷有成营长引到了二楼县革委会筹备小组长李卫江的办公室。老同志轻轻敲了敲房门，听到里面喊了声：“进来！”他才将门慢慢推开，探进半个身子说：“李书记，有位军分区首长找您。”老同志习惯了对李卫江的称呼，过去李卫江是瑷珲县的副书记。

李卫江抬头看了看这位并不认识的军分区首长，谷有成不凡的外貌，还是让他站起身来，伸出了右手说：“首长贵姓，我怎么不认识？”

谷有成脸红了，没敢将手伸出，而是恭敬地立正，打了一个标准的军礼，然后说："李书记，我姓谷，不是什么军分区首长，刚才那位老同志闹错了，我是来报到的。"伸出双手递过了介绍信。

李卫江脸上的笑容渐渐逝去，他扭身回到宽大写字台的后面，稳稳地坐在那把转椅上，把看了一遍又一遍的介绍信随手丢到了桌子上，然后抬起头把谷有成从脚到头仔细地端详了一番。

"我说谷营长同志，县革命委员会是无产阶级'文化大革命'的新生政权，是全县造反派以及工人、农民，当然也包括你们解放军的胜利成果，人员组成非常严格。你是个营长，在地方只能算上个科级干部吧，进班子是不够条件的，请你回去换人来并向分区焦司令转达我的意见。"

谷有成从接到通知到前来报到，一直沉浸在喜悦之中，根本就没有想到还存在着什么级别问题。三营长的工作都交了，接班人也走马上任了，这怎么办呢，回去连位置都没有了。他毛了，心慌成一团，额头也沁出了汗水。

"李书记，请您是否能再考虑一下，我是军分区党委决定参加县革委会的唯一人选，虽然级别差了点，请您放心，凭借对党和毛主席的无限忠诚，凭借对您李书记领导的绝对服从，凭借我……"

"算了算了，营长同志，不要那么多的凭借，我现在只凭借你的职级！"李卫江站起身来送客了。

谷有成热脸贴上了一个凉屁股，人家根本就不和你对接。没容再说话，谷有成就被赶了出来。官大一级压死人呀，没有别的办法，只有灰头土脸地回到了军分区政治部。

政治部主任一听就炸了，怎么着，一个小小的瑷珲县，竟把我们一个军分区师级单位派去的干部退了回来，他们根本就没有把部队放在眼里。"走，老谷，跟我去见焦司令，然后再找地委。"

焦司令被谷有成添枝加叶的汇报惹火了，加上那位主任又是一通煽风，焦司令急了："他妈的李卫江算个什么东西？这件事我还不找地委苏民书记了，不就是要个副团级干部吗，你们政治部立刻和省军区政治部沟通，请示随后报上，我马上再和省军区王政委请示，没有咱们解放军，哪来的什么新生政权！"

谷有成又傻了，看来焦司令要换人了，俺谷有成这次真是水鸭子撵到旱地里去了，他连忙恭敬地对着两位首长说："我既然不够条件，请两位老领导优先考虑给我安排一个合适的岗位吧。"

"考虑什么？去瑷珲县当你的常委最合适，军分区的大印不是用萝卜刻的，吐出的唾沫就是钉！刚才你还没有听明白吗？现在就给你换介绍信，你是边防七团的副团长，报到去吧！"焦司令气哼哼地说。

谷有成不敢相信，甚至怀疑自己的耳朵，这是真的吗？自己的命运在李卫江和焦司令两位大人这里，上嘴唇一碰下嘴唇，立刻就都改变了。他接过主任重新开的盖有军分区鲜红大印的介绍信，上面清楚地写着：兹介绍黑河军分区边防七团副团长谷有成同志，代表解放军参加贵县革命委员会的筹建工作，请接洽。字迹越看越发模糊起来，谷有成的泪水夺眶而出。

瑷珲县革命委员会筹备小组长李卫江在办公室对面布置豪华的外事接待室里，接待了和他同一级别的七团副团长谷有成。

"谷副团长，不要误会，我是对壳不对瓤，对事不对人。这一页咱俩翻过去，好吗？你很有神通嘛，转眼之间就变成了县团级干部，我干了大半辈子，还是个县委副书记，革委会主任的人选目前还不明朗，我只是临时负责筹建嘛！"

"李书记，我得感谢你呀，在某种意义上讲，是你把我变成副团级的，今后我还要在你手下干，从这件事上看我们还是很有缘分的，从今天起，我就是你的铁杆保皇派。"

李卫江和谷有成二人心照不宣，他们必须建立良好的工作关系和个人情感，无论对谁今后的发展这都是至关重要的。李卫江要考察和试探一下这个五大三粗的军人的忠诚和能力。

“老谷呀，我同意你的说法，咱们很有缘，工作上是上下级，平日里我们就是朋友兄弟。我年长你几岁，是你老哥，你不反对吧？”

谷有成心里又是一喜，没想到第一次见面的小小不愉快就这样快地化解了，一定要顺杆往上爬，这才能从一个外乡人进入到李书记的核心圈子里去。

“李书记，那我可是求之不得，我初来乍到，人生地不熟，全凭李书记指引，我谷有成六尺的汉子是指哪打哪！”

“好！痛快！我就喜欢你这不藏不掖的性格，下星期我要到省里活动活动，探探县革委人选的最后敲定，当然也包括你老弟了……对了，你长年在边境线上工作，认识的猎人也多，现在就给你一个任务，下去划拉点山珍野味，有困难吗？”

“没问题，我明天就下去办，保书记满意！”谷有成心里有了着落，笼罩在心头的阴霾全部散去，吉人自有天助。第一天，老哥就给老弟一个露脸的机会，一个向上级表现自己忠心和能力的机会。可是上哪去弄名贵的野味呢？临江公社，找他妈范天宝，我现在是他的领导了！一来炫耀一下，二来也给他点颜色，让他领着去桦皮屯。对了！他一下子又想到了神枪，想到了于掌包、于毛子父子俩人，天助我也！

山坳里星罗棋布地摆着几十栋互不相依的农家小院。每栋房子的屋顶上都覆盖了尺厚的积雪，几户雪塑的烟囱已有炊烟冒出，它像一条垂直的白绒线，冲破科洛河峡谷黑黝黝分不清轮廓的山体，连接起黎明微微浅灰的天空。

于毛子起冒了头，他站在院里往东一看，黑龙江下游冰面与天际连接的边缘处，刚刚呈现鱼肚白。一夜的奇思妙想折腾得他早就没有了睡意。在梦里，他想出了一个装扮过年环境气氛的好主意——做冰灯。他回屋推了推身边睡得正香的哥哥于金子，没有反应。他穿好棉衣，开始了自己制作冰灯的尝试。

于毛子从院内抱起一块从科洛河里凿好的冰块放进柴锅里，架好木柈子，从炉边掏出一块桦树皮，用火柴点燃放进炉坑，炉膛里的木柈子立刻就燃烧起来，火越烧越旺，映红了于毛子稚气英俊的脸。

冰融化了，水烧开了。哥哥于金子在炕头被烧烤得翻了几次烙饼，就再也睡不下去了，他睁着惺忪的眼，问弟弟毛子做冰灯为什么要烧开水。毛子比金子高出一头还多，打小就不管金子叫哥哥。小兄弟俩总是金子、毛子地喊叫个不停。毛子聪明过人，凡事都愿动个脑筋，昨夜里的梦，其实是他白天思考的反映。他告诉金子，你看这大江和门前河里冻的冰是浑浊的，不透明，开水冻成的冰既透明也洁白。金子不信，毛子将昨夜试验的杯子拿给金子看，果然，开水冻出的冰十分晶莹剔透，这样做出的冰灯光亮才照得远。金子笑了，便帮助毛子将锅里的开水装进铁桶里，放到院子里晾凉。

于毛子拿出上面粗下面细的小铁桶来，将凉开水倒进桶里，他从妈妈东屋的墙柜里翻出染衣服的红染料，倒入水中一小撮，用木棍搅匀，然后将小桶放在院子中央，一个小时过后，靠铁壁的水冻结成了一寸多厚的冰。于毛子用铁通条将水桶上的冰面捅开一个洞，再把没有冻实的水倒出来。小铁桶放在炉子上稍稍一转，一个红彤彤的冰壳便被倒了下来，漂亮的冰灯就做好了。兄弟俩十分兴奋，金子进屋端来一碗野猪油，放上灯捻点着，罩上梯形冰桶壳，红灯亮了，小哥俩把它放在一人多高的木柈墙上，夜间一定会招来全村人来看热闹。

兄弟俩马不停蹄一气做了六盏冰灯，他们盼着夜幕的降临。

院外响起了汽车的喇叭声，一辆苏制嘎斯69吉普停在了于掌包家院外的坡上。

瑷珲县革命委员会常委谷有成，临江公社革委会副主任范天宝，在村支书白士良的带领下光临了于家。

于掌包连忙领着媳妇于白氏，儿子于金子和于毛子列队欢迎了于家的救命恩人谷有成，将仇人范天宝冷落在了一边。范天宝心里不是滋味，当着县领导又不好发作，只得勉强地向着于掌包点了一下头，算是打了招呼。

院子里的猎狗“苏联红”一反常态，围着县、乡两位领导是摇头晃脑，这可真应了一句老话：狗眼看人低。见了当官的，狗尾巴就摆个不停。

谷有成从上次见到于毛子就喜欢上了他，只是没有机会专程来一趟桦皮屯，李卫江书记派了活，正合了他的心愿。

谷有成来到于毛子跟前，这小子比一年前又壮实了许多，嘴巴上新长出了一片茸茸的胡须，就像刚出生孩子头顶上的胎毛。他伸出那双蒲扇般的大手，使劲地击打着于毛子硬朗的肩膀，爽朗地说道：“于毛子，还记恨我吗？上次那一拳打了你一个屁股蹲儿，今天俺谷爷要给你个机会，来还我一拳。”说完，谷常委挺了挺胸膛。

于毛子嘿嘿一笑，围着谷常委转了一圈，说了一句大家预料之外的话：“谷常委，能不能借给俺一支半自动步枪，只要有了它，卧虎山上的野味可就是咱爷们儿的下酒菜。”于毛子眼睛闪着亮光，尊敬地望着和自己个头儿不相上下的威武军人。

谷有成听完哈哈大笑起来：“于毛子，你还不是个民兵吧？就算是个兵，这可不是杀猪，任你逞能。说起玩枪，要是你爹神枪嘛，我还服气，可你？甭说打野味，别让野猪打了你。”

谷有成顺手捡起了地上喂狗的破洋瓷铁盆，瞧了于毛子一眼说："爷们儿，瞧好了，谷常委我给你演个节目。"话音一落，他将喂狗盆抛向空中，说时迟那时快，于毛子没有看清谷有成的手枪是怎么掏出来的，就已经枪响盆落了。盆子中央被子弹穿了一个圆圆的洞。

范天宝见状是连连叫好。他和谷有成认识多年，光知道他酒量大，却不知手枪打得这样准。他记得那年玩谷有成的手枪，二十五米胸环靶，五枪全是零蛋。

于家父子和白二爷叔侄们表情淡淡，大家只是一笑没有吱声。

于毛子好像受了侮辱，转身进屋抄起爸爸的那杆双筒猎枪，左手从橱柜里摸出两个蓝花菜碟来到院子中央。他看了两位领导一眼，说："俺毛子虽不是当兵的，但枪玩得花哨，我也演个节目。"说罢，于毛子不慌不忙地将菜碟子抛向空中，两只圆圆的碟子旋转着飞向半空并分开。

于毛子调过枪口，十分随意地左右晃动两下，"砰！砰！"两声清脆的枪响，两个菜碟在天上被砂弹打得粉碎。

于毛子吹了吹枪口冒出的蓝烟，得意地望着脸色微红的谷有成。

谷有成被钉在院中央，他没有看错，这毛小子真是块好钢。原本想露他一手，为下一步恢复民兵组织树立点威信，没想到他爹给了这小子真传。这于毛子的枪法已练得出神入化，好！枪为缘。这一出小戏唤起了军人骨子里男儿的肝胆侠义，他更喜欢上了于毛子的虎劲、潮性。他俩成了朋友。

白士良见景大笑起来，并将众人让进了屋里。

于金子见大家坐定，他用一个没有把的粗大白瓷缸沏满了滚烫的茶水，盖上盖闷上了。于毛子帮助哥哥把刷好的印有毛主席头像的玻璃杯一字排开。于金子打开茶缸盖，手里垫上毛巾想给大家倒水。

于金子试了两试也没有把茶缸端起，一是他手小握不过来，二是茶缸已十分的烫手。

于毛子见状，逞能好胜的脾气又来了，加上刚才得意的心情还没有完全消去，他将哥哥于金子推开，说了一句："瞧我的！"

屋里所有人的目光都盯住了于毛子，于毛子并不用毛巾，只见他那只大手"啪"地就和大白茶缸粘在了一起，茶缸被端了起来，只是有些颤抖，他从容地将玻璃杯一次倒满，然后将空茶缸放回了原处。

范天宝又叫了起来："咳！这个毛小子，神了，难道你就不怕烫手？"

于毛子的手也是肉长的，怎能不怕烫？钻心的疼痛让他将烫得通红颤抖的手藏在了背后。

谷有成全部看到了眼里："于毛子，你过来。"他一把将走过来的于毛子的后背扳了过来，抓住那只发抖的右手，心里涌出一股说不出来的味道。

手肿胀起来，于白氏从墙柜里掏出一瓶獾子油给儿子抹在了手掌上。

于毛子说话了："范主任，今天你能到俺家来，也算瞧得起俺们，我给你倒上这杯水，是俺于家从今往后不计前嫌，有我这只烫红的手为证！"

于毛子回过头来对于白氏说："妈，你炒菜吧，于金子你把外屋十斤的邦克拎过来，我给范主任再倒上一碗烧酒，算我攀个高枝，认个叔叔，和谷常委一样，俺桦皮屯，俺于家就是你们的家！"

范天宝被这个不满二十岁的毛头小伙说得面红耳赤，欲言又止，几次到嘴边的话又咽了回去。谷有成看得明白，范天宝是不好意思栽在这孩子面前。堂堂的一个老爷们儿，官场上的科级干部，得有个体面的收场，俺老谷得帮这忙，给范主任一个台阶。

“我说神枪啊，你这个掌包的不能光让我们喝茶吧，听毛子的，上酒上菜！”谷有成打了个圆场。

于掌包满脸笑容地说：“对，上菜，毛子妈，听见了吗？”白二爷去外屋帮助忙活去了。

一袋烟工夫，四碗热气腾腾的大炖菜端了上来。谷有成一看，全是自己愿意吃的，什么野鸡炖山蘑、野猪肉炖粉条、野兔烧土豆、野山羊炖萝卜。两个炒菜，一盘葱爆狍子肉，一盘山东老家邮来的花生米，过油一炸放点精盐。在那个年代这盘下酒菜最金贵。于白氏还特意切了个白菜心，放上点粉条，浇上个炒肉帽，倒上点醋，爽口下酒。

谷有成不解，这没听刀响锅响的，这菜如何做得如此迅速。于掌包笑了：“谷常委，这点你就不知道了，一入冬，我们就把菜做好放在碗里，拿到院外一冻，然后倒出来再放进洋面口袋里，用雪埋上，要想吃了，装上碗放在大柴锅里一蒸，不就是满桌的过年菜嘛！”

“好主意！难道这又是于毛子的鬼点子？”

于毛子笑了笑，把酒邦克递给了谷常委，谷有成接过邦克，将每人面前的蓝花大碗倒满了酒。

“范主任，你可是于家的父母官呀，反过来说，百姓又是咱们当官的衣食父母。今天我一手端两家，给我谷有成一个面子，咱再不济也是个七品的官，从今往后谁再提旧账，别怪我翻脸不认人。”谷有成端起大碗一饮而尽。

于毛子拦住父亲于掌包手里的碗说：“范主任，大人不记小人过，谁让我长了个老毛子的脸，咱就按谷常委说的办！”话音未落，只见哥哥于金子先将酒喝了下去。于毛子随后也见了碗底。

话逼到了这个份上，范天宝不能再不说话了：“得，杀人不过头点地。当着咱县里的领导，我敬一下神枪于掌包和支部书记白二爷。你们小哥俩咱们就算互敬了。”范天宝毕竟是个男人，见过世面，他和于毛子父子分别碰了碗，然后一仰脖子，酒已扬进了嘴里。

酒过三巡菜过五味，于毛子和谷常委划起了酒令：“爷俩好哇，巧七美呀，魁五首呀，全来了呀……”

于掌包拉住范主任连喝带唠的十分亲近。于白氏眼看着十斤装的邦克喝见底，她扯下围裙，顺着炕沿坐下，随手抢过邦克放到了炕下。

“谷常委、范主任，不怕你们笑话，俺老头子是个山东汉子，一辈子老实巴交。这两个孩子争强好胜，一天尽招惹是非。今天上苍将两位贵人送进俺家，是俺们于家的福分，今后有县、乡两位领导照应，俺们踏实多了！”

谷常委接过话来：“于大嫂子别客气，有啥事就冲我和范主任说，别的不敢讲，临江乡、瑷珲县这地盘上，天塌下来，我和老范这砣儿也能扛住！”

范主任满头的大汗，顺着通红的脸往下流，他拍着胸脯答应着：“嫂子你们放心，当着白二爷说句大话，县里有谷常委，咱临江乡靠我，桦皮屯有你白二爷给撑住了！”

于白氏和于掌包感动了，眼睛也湿润了。白瑛的风韵已荡然无存，她头发已经花白，腰杆微弯，岁月的沟壑爬满了额头，留下的只是这点朴实和善良。

于毛子看见老娘泪花闪闪，心里不是滋味，他是个孝子，最看不过母亲哭，他站起身来，给父母鞠了一个躬。转过身来，冲着炕上的白二爷和谷有成、范天宝也行了个礼。从地上拿起邦克里剩下的最后一碗酒说：“这碗福根，给领导、二爷和父亲、哥哥匀了。”

于金子很高兴，毛子终于叫了一声哥哥。大家也都高兴，共同碰了杯。于家小院里充满了喜气。

于毛子跑到院里，天已经黑了下来，他将六盏冰灯点着，霎时小院红彤彤亮堂堂起来。

于掌包说话了："谷常委、范主任，我知道你俩是贵人，俗话说无事不登三宝殿，今天你们光临寒舍，我于掌包走南闯北淘金打猎，江湖上的事情全明白，眼看就要过大年了，二位是不是缺少点山珍野味呀？"

谷有成听了于掌包这么一说，他光顾了豪气，还真差点把李书记交代的事忘了。多亏神枪这么一提，他借坡下驴，将县革委会筹备组准备给省里送礼的事说了出来。

于掌包喊了一声："金子毛子，给二位领导拿货来！"其实，当谷有成和范天宝中午一进门，他心里就有了准备，大年下的进山肯定是冲着它们来的。

一套黑熊的四个掌，两只没有扒皮的金黄色的狍子，一套犴筋和一袋子野鸡、飞龙和野兔。"给谷常委装到车里去，什么时候用就说话，家里没有现上山都赶趟。"于掌包吩咐小哥俩将野物抬到了吉普上。

谷常委觉得不好意思了："于掌柜！俺俩成了土匪了，这连吃带拿太不像话了。"他从兜里掏出一百块钱，还没等伸出手，就被于毛子给按了回去。

于毛子说："谷常委，待屯子里成立民兵排，发给俺件军装，配一支半自动步枪就行了！"

于白氏抢过话来："谷常委别听这孩子的，有了这杆双筒猎枪就够招事的了，还要什么快枪。"于毛子低头笑了。大家将两位领导送上了车，不一会儿，红色的尾灯就消失在漆黑的山林中。

屯子里的村民挤满了于家小院，围着六盏冰灯说三道四、爱不释手。于毛子从墙上取下一盏冰灯，教那些少男少女如何制作。于毛子给大家布置了一个任务，每户最少两盏、多者不限。桦皮屯的腊月三十晚上，一定要家家红灯高照，俺于毛子也是无产阶级，让对岸的苏联修正主义分子看一看，中国大地上高举的共产主义的红旗永不变色。

第四章

瑷珲县新生政权革命委员会主任李卫江、革委会常委武装部长谷有成、临江公社革委会主任范天宝、桦皮屯村支部书记白士良。县、乡、村三级干部编织了一张严密的网。一条供给山珍野味的特殊专线建立起来。于掌包、于毛子父子变成了这条秘密通道的源泉。

卧虎山乍暖还寒，科洛河两岸残雪消融。顺山而下条条低声吟唱的延流水，催生着枯干的榛棵丛中一簇簇萌动的达子香，达子香枝头摇动出无数花蕾，只待和风吹过，便会溢香流彩地绽开，粉嘟噜、红艳艳，把桦皮屯周边的山峦装扮得俏丽无限。

从冬眠消沉中苏醒过来的野兽们饥饿难耐，狗熊、野猪、狍子蜂拥般在积雪融化的豆子地里疯狂地觅食。

谷部长在于毛子家一住就是十天半个月，他在桦皮屯蹲点，整顿名存实亡的村民兵排。眼瞧着民兵排有了点模样，尤其是在他的授意之下，不满十八岁的于毛子被选上了刚刚组建的民兵排排长，谷有成打心眼里往外高兴。于家老少，村支书白二爷顿顿作陪，餐餐酒肉不断。谷部长成了于家名副其实的救世主。

傍晚，县武装部办公室打来电话，说明天公社范主任要陪县革委会李卫江主任来桦皮屯视察，并叮嘱中午一定要吃派饭，示意就安排在于毛子家，并给于毛子捎来一件小小的礼物。

这突如其来的消息，让于家受宠若惊。于白两家往上追溯三代，从没有人当过官，更没有听说过七品知县能光临寒舍，这荣誉压得于家还真有点惊慌失措，好在有谷部长张罗应酬，明天中午的菜单和接待方案总算有了着落。

五更天，于家小院的油灯才没了光亮，谷部长在炕头响起了鼾声。于毛子怎么也不能入睡，困倦被电话里说的什么礼物搅得无影无踪。他心里猜测，这位县太爷能给俺一个平民百姓送什么礼物？

猜大的是痴心妄想，小的呢？一个堂堂瑷珲县的第一把交椅，又怎能拿得出手呢……

天一放亮，于毛子推醒炕头睡着的谷部长。他妈于白氏一夜没睡，在东屋包好了狍子肉的白面水饺，并端了过来。爷俩无心吃饭，一盘饺子没吃完，就准备去山梁上迎接李卫江。

于毛子在前，谷有成紧跟其后，两人穿过虎尾关塞，健步爬上了卧虎山顶。

初春的朝阳是那样的艳丽、鲜嫩，仿佛伸手就能够着。于毛子望着从东方进村的那条蜿蜒的山路，他的心情和东方升起的太阳一样的暖，他盼望早点见到这位大人物，心里却又莫名其妙地产生了一股畏惧，害怕这位大人的到来。一县之长，在于毛子心目中的位置太重要了，这位大人现在长得是个什么样子？还是那样瘦弱、面色黑灰？现在他可是大权重握，不知道是和蔼可亲，还是狰狞可恶？他想起刚上中学的一件事来，这件事让他笑出了声。谷部长看了看表，时间还早，他就命令这位民兵排长讲讲那个让他发笑的故事。

“文革”初期，于毛子约着于金子和屯子里的几个小伙伴去瑷珲，他们来到县人委大院看大字报。人委大院的墙上全都糊上了白纸或报纸，上面写满了密密麻麻的毛笔字，认不清楚。他只记得一条用黑体字写的大标语，上面写的是：“打倒走资派李卫江！”于金子问毛子弟李卫江是干什么的，干吗要打倒他。于毛子心眼灵通，一进大院他就看到了李卫江的画像和反革命罪行的记录，知道他是县委副书记，他告诉于金子，这个人是县长之类的大官，他反对毛主席。

小哥俩见过的最大的官就是村支书白二爷了。在屯子里上小学的时候，老师就教会他们唱《公社书记下乡来》，可直到去公社松树沟村上了中学，也没有见到什么公社书记。这县委书记和电影里的焦裕禄是一样大的官，于金子央求于毛子带他寻找这位叫李卫江的大官。

俩人像没头的苍蝇碰来碰去，一不留神走进了厕所里，正好也走累了，尿泡尿。俩人站上一个台阶高的尿池，掏出小鸡鸡放肆地扫射起来。忽然，听到身后一阵阵的咳嗽声，像是一个病人。于毛子回头一看，一个头发蓬乱、脸色苍白的中年男人在拉屎，他的身边立着一个长方形木牌，牌子上方穿着铁丝，那是往脖子上挂的。于毛子仔细看了看牌子上用红笔打着叉子的下面，歪歪斜斜的一行字：走资派李卫江。于毛子捅了一下金子，小声告诉他："瞧，身后的这个人就是县委书记。"

小哥俩连忙系好裤子，慌张地离开了厕所。一出门，于金子立刻就拉住高他半头的于毛子的手说："我的妈呀！原来县委书记也拉屎呀！"逗得于毛子捧腹大笑不停。

谷有成也被故事逗得是前仰后合，笑出了眼泪。

于毛子这时发现山下的公路上有一辆小汽车向卧虎山驶来，车越来越近。谷有成喊叫起来："是县革委会李卫江主任的车，专署新调拨的北京吉普，我坐过一次，别提多带劲了，啥时俺武装部的嘎斯69也能换成北京吉普呀！"

于毛子和谷有成跑下山梁，恭敬地站在公路旁，迎接他们的上级领导。

吉普停了，李卫江走下车来，和煦的阳光映红了他白皙的脸庞，他身上披了件国防绿的棉军大衣，微笑着向于毛子走来。

于毛子眨了眨眼睛，这就是当年在人委厕所里见到的枯瘦如柴的县委书记？时运不一样了，人也就随之变化。看这位手掌大权的李卫江，如今发福了，而且精神焕发。

于毛子看见谷部长热情地迎了上去和李卫江握手，自己不知为何却迈不动脚，呆呆地、傻傻地望着李卫江发笑。

李卫江甩开谷有成，大步流星来到于毛子跟前，他细眯着双眼，嘴里一个劲儿念叨：“像，像，真像！活脱脱的一个苏联小伙子！”然后，扬起了胳膊，费劲地拍打着高出他一头的于毛子的肩膀。

于毛子嘿嘿一笑算是还了礼。平日里和谷部长、范主任斗气的话全都胎死在肚子里，就像一个大姑娘初见老公公，一言不发地和谷部长、范主任挤在后座上。

两只喜鹊落在于家高高的晒鱼杆上，喳喳地叫个不停。院外，桦皮屯的乡亲倾巢出动，坡上坡下挤满了人。县太爷在一户农家吃午饭，人们羡慕于家的造化。

院内几位帮厨的妇女跑来跑去地往东屋里传送着于白氏拿手的饭菜。

屋里炕上正面坐着李卫江，旁边是谷有成、范天宝。白二爷也被请上了炕。炕沿下的凳子上坐着主人于掌包，两个儿子像两个门神一边一个倚在门框上。

屋里蒸腾着菜香、酒香。李主任喝得高兴，他一边听着谷有成组建民兵排的情况汇报，一边和于掌包拉着家常，时而还飘过来一句，和于毛子唠唠闲嗑。

李卫江酒足饭饱，他接过于白氏递过来的热气腾腾的白毛巾，擦去了额头上的汗水和两片厚厚嘴唇上的油渍说：“桦皮屯民兵排建设很具有典型意义，尤其是你们把过去的怀疑对象‘苏修小特务’于毛子教育培养成了边境线上的民兵排长，有战略眼光，更有现实性意义。这说明毛泽东思想的巨大威力，有创新。武装部认真总结一下，在全县发简报。”

“李主任，请你放心，我再蹲上几天，一定要落实好你的指示精神，把桦皮屯民兵排建成全县的标杆。对了，不知我上次向你汇报的那件事是否有些希望？”谷有成满脸堆笑地给李主任点着了烟。

“看，你老谷同志不说我还真忘了，范主任，把礼物拿上来吧！”李卫江接过范天宝递过来的绿色帆布枪罩，从中取出一杆崭新的“七九”式半自动步枪，还有一套四个兜的涤卡军干服。

于毛子的眼睛几乎跳出了眼眶，语言的障碍被扫得一干二净，他把双手使劲地在裤子上擦了一擦说：“李主任，难道这些是给我的吗？这礼物太重了。”

李主任说：“不完全是给你的，这枪是配发给新建的民兵排的，当然了，归你保管使用。这套军装是谷部长送的，你们穿的是一个型号。怎么样，把你从头到脚都武装起来了，要记住，你是中国的民兵！”

一席话说得于毛子万分激动，他有些不知所措，刚才想好的那几句感激的话，一股脑地忘在了嘴里，只是感觉到一股热血往上涌。他看见炕桌上还有几碗没有喝完的酒，便一步跨到桌前，抄起蓝花大碗，单腿跪下，一气将几碗酒喝了个底朝天……

不知道李主任和范主任是何时走的，于毛子只记得谷部长、爹和金子费足了力气将自己拽上炕。这一觉十分香甜，冰冷的步枪就像新娶的媳妇，陪着他一直睡到了天亮。

有了半自动步枪，卧虎山里的大型野兽和凶猛的动物更是手到擒来。神枪于掌包的双筒猎枪显得笨拙了许多，加之于毛子年轻力壮、腿脚快、眼力强，父亲的神枪渐渐淡出，于毛子理所当然地成了方圆百里的新神枪。

范天宝隔三差五地来，除了传达上级的指示精神，偶尔也提些糕点来看看他于大妈。墙柜上的长白糕、核桃酥、烟酒茶糖等农村稀罕的物品从不断流，给于家添了不少人气。县里公社那边的小汽车经常停在于家小院的坡下，官气十足。于白氏整日里哼着东北二人转，活得有滋有味。

谷部长每次来，于毛子最欢迎，他从不空手来，于家也不让他空手去。时而带来一些新的朋友，除了部队上什么军分区船艇大队，边防八连之外的常客，更有军分区乃至省军区的大首长。他们很懂规矩，小型动物是三颗子弹的交换底价，大型的是十发子弹一换，以物易物明码标价，从不伤了和气。地方上除了那条专线秘而不宣之外，宾馆饭店及县里委办部局的达官贵人们，则一手交钱一手交物。实在没有现金，于家也会慷慨相送，决不为难。

朋友多了路好走，于毛子成了无冕之王，他在瑷珲县大街上行走得招摇，丝毫不亚于那些头戴水獭帽、双手背在后面、挺胸腆肚的科股干部。

于毛子手松，屯子里的孩子、老人经常受他施舍，尤其是那些漂亮的小媳妇、大姑娘，变着法地围在英俊的于毛子周围，哄骗一些吃喝，于毛子明知，却也乐意。

好容易熬过了夏秋，迎来了入冬的头场小清雪，亮开的豆茬地里经常出没野猪、狍子，还有山兔、野鸡，这是猎人们捕杀的最佳季节。到了深冬，大雪漫山之后，猎人们就要凭借经验来判断。他们从野兽的蹄印判定品种、年龄、个头体重；从蹄迹边缘的外壳硬度上来判断行走的时间；从野兽的粪便来推测……这些都是于毛子高于一般猎手之处。另外，他还能从山的走势，水泡子的位置准确判断野兽出没的行踪。

水泡子是动物们饮水的地方，从哪条路来，又从哪条路回去，这是野兽们一个致命的习性。走惯了路从不改道，早上怎么来，晚上怎么去。于毛子经常在路上下个套子，挖个陷阱，收获颇丰。

好猎手长年累月的经验同样也能猜测人的脚印。据说，公安部刑侦局曾聘请过内蒙古的一个老放羊倌，这老头儿出现场对人的脚印判断得十分准确，要比侦察员用石膏提取脚印方便快捷得多，一查一准。案犯归案后与羊倌推测的不差分毫。这位没有文化的蒙古族老人，凭借这一招，帮助公安部门破获了许多大案要案。从此，也改变了他的生活。

谷部长开着那辆破旧的嘎斯69苏制老吉普踏雪而来。县里要开劳模大会，遵照李卫江的指示，打点野味，像威虎厅的百鸡宴一样痛快地庆祝一番。任务自然就又落到了谷有成和于家父子的身上。当天晚上，谷有成就住在了于家。

第二天早晨天一放亮，于白氏叫醒横躺在热炕边上的谷部长和司机，招呼在院外擦车的于金子和于毛子哥俩进屋吃饭。四个人着急忙慌地划拉了一口热饭，带好水和干粮，牵上猎狗“苏联红”开车进山。神枪于掌包拉着白二爷到科洛河破冰粘鱼。大家分别为县里的大会忙活着。

司机在于毛子的指挥下开进了豆茬地，车子沿着垄沟在无边的雪地里飞跑。一会儿越过一个漫岗，一会儿又翻过一个坡梁。于毛子坐在副驾驶的位置上，谷部长和于金子坐在后排车座上，司机瞪圆了大眼，四面的有机玻璃窗都被拉开，东西南北都在四人的视线中。

“野鸡！”年轻的司机首先发现了猎物。于毛子刚要喊不要停车，不知司机是兴奋还是紧张，他一脚刹车将吉普定在了离野鸡十来米的地方。谷部长来了情趣，军人特有的灵敏和机警让他像风一样跳到了车外。那支“五四”手枪还没有抬起，一对五彩斑斓的野鸡“扑啦”一声，沉重地飞了起来。

谷部长傻了，呆立在雪地中。

于毛子快速地打开车门，只见他一脚踏在车外，一脚留在车内。举起了双筒猎枪，就像在自家的院子里打飞碟一样的从容。野鸡擦着小车飞过的一刹那，“啪啪”两声枪响，一公一母两只野鸡应声落地。没有人吆喝，那条“苏联红”蹿出车厢，飞奔上去，嘴里叼住这对野鸡夫妇的各一只翅膀，转眼就送到了主人于毛子的身旁。

“苏联红”可能是和于毛子同属一族的原因吧，它和他最亲近，也最听他的话。

“谷部长，你再快也没有我的枪快吧！你看，打鸡打兔不能用步枪，小口径运动枪和沙枪最好使。再说了，这车不能停，更不能下人，这样鸡就不飞，这叫打卧。”

于毛子拍了一下司机的肩膀说：“我刚才那两枪叫打飞，一般人没有我这两下子，哈哈……”说罢大笑起来。

谷部长恍然大悟，敢情这打猎的学问还真不少呢，今天要不是碰上于毛子这高手，野鸡早就飞了。他看了看脚下的这一对僵死的夫妇，内心里突然闪过了一丝怜悯之情。一对生命瞬间地消失了。

于毛子继续吹嘘道：“别人看见野鸡是蹑手蹑脚，一点点往跟前凑，生怕惊动了它们，凑到跟前打个老实。而俺于毛子，有时故意让野鸡飞起来再打，这是俺的绝招，叫作打飞不打卧。”

谷有成像一个认真听讲的小学生，记住要领，大胆实践。他接过于毛子的双筒猎枪，不一会儿就打上了瘾，连打野兔飞跑时的提前量都有了掌握。

于金子虽说枪法稍逊弟弟，但他从白二爷手中借来的单筒猎枪的命中率，也在百分之七十以上。

转了小一天，虽说没有碰上大个的，山鸡和野兔也装有半麻袋了。谷部长和司机真是兴高采烈。司机是个南方兵，哪见过这个阵势，今天叫他开了眼。四人捡拾了一些干柴，烤热了随身携带的馒头，烤焦几条腌制的黑龙江的干鱼，喝一口谷部长军用水壶里的瑷珲大曲，静静地等待着天黑。

山里天黑得早，下午四五点钟已经对面不分了眉眼，寂静的林丛四周，群山就像古代小说里面高大的武士，黑黝黝地团坐在他们的周围，不大的天空中挂上了一角弯弯的月亮，几颗稀少的星星站在山尖上眨着眼睛，一丝风都没有，火焰直直地跳动，蓝烟顺着火苗直勾勾地隐身在黑暗中。

“苏联红”卧在主人于毛子的身边，轻轻喘着粗气，训练有素地趴在火堆旁，一声不吭地等候着出发的命令。

到时候了，于毛子叫哥哥于金子帮助司机卸下吉普的前门，自己将腰里的绳子留出足够的距离，绳子的另一头捆在车座上。他换上半自动步枪，晚上要打大个的野兽了，谷部长和金子只能坐在后座上当观众了。

“开车不要亮灯，摸黑走，听俺的命令。”于毛子吩咐司机发动汽车慢慢地行驶。

汽车开到平地的中央，于毛子突然下达了命令：“开灯！”两道雪亮的灯光一下子直刺前方。

“狍子！”谷部长大声叫喊起来，心一下子就提到了嗓子眼。只见车的前方百米的地方，一公一母两只狍子站在灯光里发愣。

“加速！追！”于毛子站了起来，将身体的上半部分探出车外，左手扶住吉普前座面前的把手，右手拎着步枪，随时准备射击。这架势真有点像电影《铁道游击队》里的大队长刘洪在飞车。

两柱灯光，两只狍子在雪原中转起圈来，他们在斗智斗勇。这狍子哪能斗过于毛子这样的好猎手？狍子为什么被人们称之为傻狍子呢？因为它经常是顾头不顾腚。凡夜间，它们只顺着光亮跑，从不偏离，更不会拐弯消逝在夜幕里。

车和狍子的距离是越来越近，一百米，八十米，五十米了！于毛子的右手将枪拎起，左手突然离开握紧的把手托住了步枪，黑暗中准星和凹槽及飞奔的狍子怎能三点一线，凭的是经验和感觉。于毛子枪响了，跑在最前面的那只公狍子一头就扎在了吉普前的灯柱下，司机向左打了一下舵，绕过中弹的狍子，疯狂地往前冲。那只母狍子顾不上死去的伙伴，继续沿着灯光飞跑。第二声枪响，母狍子也栽倒在雪地里。

“苏联红”吼叫着跃出汽车，在黑暗中将目标锁定。

一场惊险的捕杀结束了。谷部长和司机的双手都是汗水，就跟刚刚洗过一般。于毛子解开绳索，若无其事地跳下汽车。于金子和“苏联红”这时已将两只狍子拖了回来。

“谷部长拿条麻袋来，要趁着狍子还没有冷却僵硬装进去，这样就能多装几只。”于毛子俨然一位领导，指挥着打扫战场。于金子和司机将两只狍子放进了后备箱。

四人喘着粗气，蹲在车灯前稍作休息。于毛子掏出一盒迎春牌香烟，谷有成点着了一支，这是他有生以来第一次抽烟，接得是那样自然，没有往日的推托，心情还很急切，这就是百姓们常说的抽支得胜烟的心情吧！第一口就呛得泪水流动，心里却是甜滋滋的。这桩差事办得漂亮，回去之后，又要得到李主任的表扬。说起来也怪，在谷有成心里最高兴的事就是受到李主任的表扬和称赞，那一刻也是最幸福的一刻，无法用语言去描述，心里痒痒的，怪怪的，热热的，只能意会不能言传。虽然只是左耳朵进，右耳朵出的一句话，没有留下任何印迹，也没有任何文字的记载，但他也会亢奋、激动，几天里都会精神昂扬。也许那只是领导的信口开河，或者是一句随口的话，在谷有成心里都永远挥之不去。

“野猪！”于毛子打断了谷部长幸福的心理享受。车灯的前方有一双绿眼在闪动，借着光亮，三十米开外的榛棵丛中钻出来一头棕黑色的野猪，瘦长的身躯，比家猪长出两个嘴巴，一边各探出一根半尺长的獠牙，是头孤猪。

“赶快上车！”孤猪要比群猪厉害得多，群猪蜂拥跑过，凭你猎杀一只、两只，它们并不在乎，似乎没有发现伙伴的掉队。而孤猪本能的自卫和攻击性都很强，它一点惧怕人的感觉都没有，脖子上的鬃毛都立了起来，低着头往车这边奔来。

大家慌忙上车，于毛子却挺立在车头的正前方。他将半自动步枪的刺刀扬起，推上了子弹，做好了袭击野猪的准备。“苏联红”的耳朵竖起，显得有些狂躁，后腿不停地刨着薄薄的清雪，嘴里“呜呜”地运着气，并不吼叫。

野猪凶狠地冲了过来，于毛子并没有开枪，而是健步地往边上一闪，躲过了两支獠牙的攻击，一下子就跑到了猪的身后。形势立刻发生了变化，他由被动变成了主动，由防守变成了进攻。只见于毛子用了一套民兵刺杀的动作要领，他猫下腰，一个突刺，步枪的刺刀就捅进了野猪的屁股。然后，他把枪托用力一横，就像杀家猪时用的背跨摔跤，野猪被掀翻在地。于毛子抽出带血的刺刀，枪筒指向仰面朝天的野猪胸膛，一个点射，“哒哒哒”三颗子弹钻进了野猪的心脏，那猪嚎叫了一声，抽动了几下就全身瘫软了下来。“苏联红”像一个胜利的士兵，冲到野猪的身边，叼住猪尾巴不松口。

谷有成等人终于恢复了呼吸，他们就像刚刚看完一场精彩的电影，久久不能从画面中解脱出来。散场了，有惊无险。于毛子在谷有成心目中不再是嘴上长着茸茸胡须的毛头小伙子，而是个男人、汉子、英雄。

汽车里装不下这头足有二百多斤的野猪，谷部长让司机先送回去一趟，于毛子笑了笑拦住了调过头的汽车。他从腰里拔出砍刀，将路边的小白桦砍了几棵，用绳子上下左右地捆绑着，不大一会儿一个小爬犁就做成了。野猪放在爬犁上，拴在汽车的后保险杠上，全胜收兵。

瑷珲县“农业学大寨”的庆功表彰大会如期召开，县电影院四周红旗招展，锣鼓喧天。县革委会主任李卫江率领县革委的领导们站在影剧院高高的台阶上，欢迎着各公社代表团的劳动模范。

当上公社革委会主任的范天宝几天前就用手摇电话通知了桦皮屯党支部，白二爷高兴地告诉于毛子，说他是临江公社出席县劳模大会唯一的代表，并嘱咐他明天星期五下午两点到乡政府，搭范主任的车一同去县招待所报到。

范天宝家住瑷珲县城里，十天半个月回不去一趟，平日里就盼个会议或者给李主任送些野味。媳妇孩子并不抱怨，夫贵妻荣嘛，老娘们儿在单位都拿丈夫打擂台，一个几十万人的小县，能有多少人当上个正科级干部？丈夫每次回来，大包小包的从不空手，娘俩吃不完还孝敬了娘家妈。

范天宝在乡下却闲饥难忍，晚上打打扑克喝几杯小酒只能解一时之闷。男人需要的根本问题也只是打一枪换一个地方，解急不解难。范天宝有一句至理名言，找女人要普遍撒网，重点培养，他把眼光盯上了沿江一带的村屯。

一方水土养一方人，黑河专署下辖六县，靠近黑龙江的有两个县，瑷珲和逊克。这两个县的百姓从骨子里看不起那四个县的人，说他们是大荒片，人长得粗没有教养。大荒片的人也服气，就是没有瑷珲、逊克人长得水灵漂亮，人家和“老毛子”同喝一江水，天生的白嫩。

桦皮屯处于两水相交处，近山者仁，近水者智，得天独厚的地理位置，造就了屯子里的英男俊女。除了白家之外，另一王姓的大户是早年从山东到北大荒的外来人家，两代人下来已和当地人没有了区别。初中毕业的王香香出落得花容月貌，在松树沟中学读书时是有名的校花，时常引起男学生之间的斗殴。当然，也引起了范天宝的留意。

王香香毕业的当年就被留在临江公社当上了电话员。她与范天宝的办公室一墙之隔，小鱼吊在猫鼻梁上整天晃悠，架不住天长日久，范天宝花言巧语的招工指标、城镇户口，终让涉世不深的王香香落入了范主任的怀抱。

临江公社的办公地点，是一座古老的山神庙，两棵百年以上的红松，树冠就像撑起的圆圆帷盖，将前后两院遮挡得风雪不透。人们都说这是一块风水宝地。两棵树一公一母。公树高大挺拔，黄里透红的树皮水洗一般的干净，翠绿的针叶蓬松展开，形象威严。母松则粗壮宽大，枝干都伸出了墙外，枝头立满了一个个如佛的松塔。这两棵树就代表着天地阴阳。在这里做官的人都会晋升，前途无量，老百姓掰着手指头数着呢，光当县官的也有五六人之多。

范天宝对此深信不疑，自己农校毕业没几年，官运顺畅，他都认为是托了这两棵松树的福。每当松塔成熟，他都亲自将它们扫成堆，扒下松子，用火一炒松香满院。对于那棵公松，他也会拍打着它金黄色的树干，自豪地跟它说:“这些都是你的种呀！”

主任办公室在里院正殿靠西的厢房，它比正房缩进去一块，显得十分隐蔽，陌生人轻易不会相信，那里是主任的办公室。西配殿靠北的那间屋，是公社广播站和电话交换室，它紧挨着公社领导的办公室。多少年来，各公社似乎都是这样配备的，也许是因为便于领导接听上级电话，或者利用广播喇叭传递公社的声音。不过，当发生几起广播员或电话员和主任书记乱搞男女关系的事件后，这样的配置就被人们认为是领导有意安排的。用范天宝自己的话说，不论你在这个问题上是否干净，电话员和公社领导的这层关系是老百姓公认的。没搞也说你搞了，那就不如搞了，心里也不觉得冤枉。

电话员虽然名声不好，却仍旧是乡村女孩子竞争的岗位，不少人托门子走关系。王香香没花一分钱，单凭一张让男人睡不着觉的脸，就被范主任用八抬大轿迎进了公社。范主任从此就金屋藏娇，有了固定的相好。

星期五中午的这顿饭，公社食堂最省事，猪肉白菜包子，住在县里的干部买上一兜，边吃边走到院门口等候班车。他们每星期只回家这一次，中途家里如果有点急事，只有搭乘乡领导去县里开会的小车。班车司机也和大家一样，上午就将车刷洗干净，十二点就把车停到乡政府门口，不用招呼，谁也落不下，人满车开。回家那急劲就如耕地的老牛，只要太阳西沉，它就赖着不干活了，只等车把式一卸套，老牛不用人牵，比人走得都快，低着头一路小跑，自己钻进牲口棚大口大口吃起草料。

十二点五分，人走屋空。公社大院便显得有些阴森森，十分寂静，仿佛又恢复了山神庙破败后的清冷。范天宝习惯性地在前后两院转上了一圈，推推门，看看是否都将门锁好。然后，他走到公社的大门口，左右看看，这才迅速扭身回到里院。一进门正巧和王香香打了个对面。范天宝挡住了去路，他急切地说："现在没人，快到我屋里来。"

王香香和范天宝像影子一样闪进了主任的办公室。一个星期只有星期五中午这个时候最有把握，不会有人打扰。范天宝连门都没顾上插好，就被一股诱人的香气搅得神魂颠倒，他一把将香香死死地搂在怀里，揉搓着，狂吻着。王香香已经感觉到主任下面那东西就像气吹了的一样，由小变大由软变硬死死地顶着自己松软的肚皮。

她突然将范主任推开，娇娇地说："你这个该死的，没良心的，我不要大集体的招工指标，我要全民的，你说，那指标什么时候能下来？"

范天宝这时哪还有心思对她许愿，抱起来就将香香她扔到了床上，到了这个份上，俩人还顾得上再说什么？只是麻利地将衣服脱了个净光，紧紧粘在了一起。范天宝像一头叫驴在咆哮，脏话连篇口水满嘴，他不停地骂着香香，香香一口咬住范天宝的肩膀，呻吟叫喊。这对胆大妄为的偷情鸳鸯忘记了世界的存在。

忽然，门被推开了，床上沸腾的男女如同夏日里遇上了一场暴雨，浇了个透心凉。范主任、王香香连忙用衣服遮住羞部，双双抬起了头。

“混蛋，给我滚出去！”范主任突然又来了精神，当他看清楚来人是桦皮屯民兵排长于毛子的时候，这才敢底气十足地叫骂起来。

当头一棒，于毛子被打得一头雾水。当他高高兴兴连跑带颠地走到公社的时候，才下午一点钟。他又不是第一次来，熟人熟道就去了后院。范主任屋里传来的叫骂声，让他误以为是上访的山民与主任打架，这才急急闯进来拦架。没承想撞上眼前的一幕，让这位还不知男女情爱之事的于毛子不知所措。

多亏了范主任的一声怒吼，他才如梦初醒，撒腿就往外跑，边跑边喊：“我什么也没看见，我什么也不知道！”

雨过天晴。范主任去县城的一路上对于毛子安抚有加，不时地讨好着这位曾被他称为苏修小特务的二毛子。于毛子受宠若惊，只用一句话回答：“我什么也没看见，那不是我们屯的王香香。”

劳模会场，于毛子胸前佩戴了一朵纸剪的大红花，他在范天宝主任的陪同下，受到了影剧院门前李卫江主任的接见。李主任好像是专门在这里等候，他挥了一下手，县革委会的委员们簇拥着这位黄头发高鼻梁的劳动模范步入了会场。

会场的劳模和代表们都站起来鼓掌，李卫江主任在《大海航行靠舵手》的歌曲声中，把于毛子让到了第一排。

大会开始了，于毛子早已忘记那件害眼的事情，他的身心完全沉浸在人生最幸福的时光里。

第五章

知识青年到农村去，接受贫下中农再教育。一列由上海开往嫩江的知青专列，停靠在北大荒这片蛮荒之地。五女四男的知青小分队来到了中苏边境上的桦皮屯，保卫边疆的神圣让他们狂热。初恋的爱情、虚荣让钱爱娣陷入一场旷日持久的、扭曲的幸福和痛苦之中。

混沌迷蒙的天空终于停止了宣泄，淅淅沥沥的秋雨把黑土地搅拌成一片大酱缸似的烂泥塘，太阳的光线被雨水洗得清新明亮。嫩江火车站站台上又恢复了喧闹，锣鼓点响成一片，红旗也被微风吹干，又重新舞动起来。

桦皮屯的胶轮“二八”拖拉机满身泥泞，阳光下脱落掉一块块晒干的泥巴。于金子坐在拖拉机驾驶员的车座上，摆弄着那杆双筒猎枪。支部书记白二爷和民兵排长于毛子站在拖拉机的后拖斗里，手擎的一条鲜艳横幅，在湛蓝色的天空中光彩夺目，横幅上书写着“瑷珲县临江公社桦皮屯生产队知青点”。他们在迎候已经晚点三个小时的知青专列。

一辆绿色的长龙被黑乎乎冒着黑烟的蒸汽机车牵引着，从南边缓缓驶进了站台。于毛子有生以来第一次看见火车，他激动万分，眼睛不听使唤，左右上下张望打量。只见一溜整齐划一打开的窗口里，伸出了无数相同的绿色的胳膊，手中全都握着红彤彤的《毛主席语录》在有节奏地挥动。“向贫下中农学习，向贫下中农致敬”的欢呼声一浪高过一浪，压垮了站台上疲倦的锣鼓。

车厢门被打开，绿色的潮水像浪头一般将欢迎的人群冲散，瞬间又搅拌在一起，拥挤着寻找自己的伙伴。

一个扎着把刷子的高挑的上海女青年在招呼着自己的队伍，五个女的四个男的迅速地集中在一块儿。他们四处张望和叫喊，很快就发现了桦皮屯贫下中农来迎接的拖拉机。村支书白二爷在向他们招手。

“快上车，上了车再介绍，免得在下面挨挤。”于毛子边喊边接过知青们的行李，然后又一个一个地将他们拽上车。

扎把刷的是知青们的头，她将介绍信递给了年纪大的白二爷，相互通报了姓名和职务。女青年叫钱爱娣，是小分队的负责人。她不解地望着高大的于毛子，眼神里略有一些愤怒和敌意，她问白书记：“为什么叫一个苏联人来迎接我们？”

“知青们，请不要误会，这位长得和苏联人一样的小伙子是中国人，是我们，不，应该说是咱们桦皮屯民兵排的排长，他叫于毛子，县劳动模范。今后你们都要编入他的民兵排，还要由他来负责你们的劳动生产和后勤生活呢！”白士良的话语刚一落地，大家一片啧啧声。

钱爱娣说话了：“我们是来边疆接受贫下中农再教育的，他这个不伦不类的模样，到底是个什么人？说不清楚，我们向知青办请求，转插到别的生产队。”

于毛子火了，他“啪”地将卷好的标语摔在拖车里，冲着钱爱娣吼叫起来：“我于毛子是堂堂正正的中国人，祖宗三代的贫雇农，本人既是民兵排长又是劳动模范，白二爷说得不错，听明白了吗？要说我的模样，那只好请你们去问我妈，那是俺家的私事。如果愿意转插到别村，那就随你们的便，别说俺们桦皮屯不欢迎你们！”

钱爱娣被于毛子强硬地顶了回来，有点下不了台。另外一个梳短发的胖姑娘连忙说：“民兵排长同志，谁让你长得和苏修一个样，我们也是例行公事，搞点政审，桦皮屯我们去定了，多么浪漫的名字。”

钱爱娣憋红了脸没有作声。白二爷踢了毛子一脚，于毛子马上把话又拉了回来，他一边码行李一边笑着说：“今后审查的机会还多着呢，金子开车吧，这里离你们的新家还有一百二十公里呢。”拖拉机突突突地冒着黑烟离开了人声鼎沸的火车站。

桦皮屯为这些大城市的小青年盖了一排整齐的红砖房，房后面就是宽阔的黑龙江，洗衣做饭十分方便。于毛子领着民兵们为知青点劈好了一冬的木柈子，预备好白面豆油。他还特意发挥了那条特殊渠道的作用，找县粮食科批了些大米，让这九个上海知青安全度过了最难熬的第一冬。

春暖花开，大江解冻。于毛子信步走到一冬没有登门的知青点。

院里冒着黑烟，咳嗽声连续不断地飞出墙外，还不到中午，这帮小青年不知在捉什么妖。他走到院门口往里一探，钱爱娣和另外两个女青年正在劈柈子做午饭。于毛子用刀锯锯成一尺多长一段，劈成一寸多厚的黄花松木料码好的一面墙不见了，一冬天都让他们给烧完了，剩下的歪疤节包的柞木柈子都没有截开，火点不着，三个人在院里干转悠没法子。

于毛子偷笑了起来，要上轿了才想起扎耳朵眼儿，我就等着你们这些城里来的少爷小姐们求俺这位模样不怎么样的民兵排长呢。

钱爱娣拎起院东墙的一把斧子，左脚踏住七扭八歪的柞木，费劲地举起劈斧，用力地劈下去，谁知斧头落到木头上便被弹了回来，就跟小孩子们闹着玩弹脑门儿一样，第二斧劈下去，斧子竟然脱手而出，跑出了好远。

两位旁边助威的女知青一下子大笑起来，梳短发的胖学生说：“钱爱娣同志，别撑着了，咱们有困难就去找那个长得漂漂亮亮、英俊魁梧的于毛子去，谁让他是我们的排长。”

于毛子心里一喜，原来我在她们心目中是这么好的一个形象，凭她们这样的评价，我得进去帮助她们。

“没有骨气，我就不信劈不开这木头。”钱爱娣第三次举起了斧头，她运足了气力，猛地劈了下去。这一斧下去不要紧，全身的力气都跑到了两只胳膊上，左脚一软，从木头上滑了下来。斧子砍在木头上又弹了出去。木头没有脚的固定，被斧子一击就借力飞了起来，一个回头棒，正砸在还没有直起腰来的钱爱娣的脸上。鼻子砸破，血流如注，疼得娇嫩的她大哭起来。那两个大笑的女生顿时慌了手脚，胖学生赶快掏毛巾堵住钱爱娣的鼻子，另一个女生边往外跑边喊叫："快来人呀！快来人呀！钱爱娣受伤了！"

于毛子冲进去，正好和那位女生撞了个满怀，他把她往边上一推，一个箭步冲到钱爱娣的身边："赶快仰起头，捂着鼻子先止住血，用嘴巴出气。看，这鼻子已被打豁了，大队医院治不了，怎么办？这么漂亮的女学生今后留下疤痕怎么向人家上海的父母交代！"

于毛子将钱爱娣从地上扶起来说："你们俩扶着她慢慢往江边走，咱们得去瑷珲县医院。"说罢头也不回地向江边跑去。

江边哨所的瞭望架边，停靠着两艘黑河军分区船艇大队二中队的巡逻快艇。二中队的官兵们经常光顾于毛子家，都是好朋友，没得说。

快艇发动了，于毛子掉头跑回去接她们。"这速度不行，你们俩让开。"说着背起钱爱娣一溜风地跑到了江边登上了船。

快艇划开碧波向下游急驶。艇长按照于毛子的要求联系上了县武装部长谷有成。他那里已做好了一切接应的准备。

二十分钟船就到了瑷珲边防会晤站。吉普将他们一直拉到了瑷珲县人民医院。于毛子一口气从一楼门诊背着钱爱娣爬上了五楼的外科。

外科主任刚刚从上海第六人民医院进修回来。他十分认真地为这位上海女青年进行了缝合，小手术十分成功。他保证钱爱娣秀丽的鼻子不会留下一点痕迹。

其实，钱爱娣从去年秋天在嫩江火车站第一次见到于毛子，心跳就加快了。于毛子英俊潇洒的外貌，忠厚朴实的举动，让从小就爱虚荣、崇洋媚外的钱爱娣动了心思。眼前这位和外国男人一样的小伙子，如果陪着自己在大上海的南京路上一走，不知要招惹多少羡慕的回头。老天有眼，送给俺钱爱娣一个如意的白马王子。

她很有心计，越想得到的越不能着急。她装得很像，故意用刺激的语言激怒了这位心地善良的于毛子，引起他对她的注意。

钱爱娣忍住了疼痛，她感激这一回头棒，用鲜血铺就了一条与于毛子接触的通道。从此两人有了交往，走得很近。

谷部长来到于家小院，带来了李卫江主任的指令。一位副省级干部要到瑷珲检查春播。这个季节招待客人最佳的当属黑龙江的开江鱼。黑龙江的鱼均属冷水鱼，生长缓慢，它们的生活环境是优质的水和大量天然的浮游生物，加上五个月厚厚冰壳封冻，鱼儿储备了大量的脂肪，当江面一敞开，新鲜的空气使鱼儿们的肉质更加鲜美。

于毛子奉命，他带上钱爱娣，开上谷部长的破旧吉普到江边蹚鱼。

于毛子边开车边给钱爱娣滔滔不绝地讲起黑龙江里鱼的品种及打鱼的趣事。黑龙江里最大的鱼有上千斤重，学名叫鳇鱼，听老人说是贡鱼，打上来不许百姓们吃，直接送往京城，故称鳇鱼。也有人说它体重最沉，体形最大，是群鱼之首，是鱼儿们的皇帝故称鳇鱼。

钱爱娣从未听说过有这种鱼，黄浦江里没有，长江里也没有吧？她瞪大眼睛听着。从小爱吃鱼的她，只要听到有人说鱼，就会闻到鱼鲜，似乎尝到了鱼香，就会马上激活肾上腺素而兴奋不已。

于毛子看钱爱娣听得高兴，便将自己知道的全都倒了出来。他说：“除了鳇鱼之外，还有一种同类，只是体重小了许多，最大的也就二三十斤。它们形象相似，都长了一根尖尖的软骨鼻子，是名贵的中药，专治小孩出麻疹的。它有一个奇怪的名字叫‘奇里付子’，我也闹不清楚是什么意思，好像是满语或者鄂伦春语吧。”

钱爱娣继续问道:“还有哪些鱼我们上海没有，或者我没有吃过?”

“多了去了，爱娣你放心，有我于毛子在，保你将这些鱼都吃全了！”

钱爱娣眼里露出了贪婪，她咽了一口唾沫，仔细地听他讲下去。

“其实黑龙江最名贵的应该数大马哈鱼了。”

钱爱娣抢过话来说，“这我知道，世界名鱼，生在黑龙江，长在大海里，这是上中学的课本里讲到的。”

“没错，秋季大马哈鱼长到四五斤重的时候，便从大海里洄游到咱瑷珲县上游一个叫漠河的地方，那里是黑龙江的源头，叫鄂尔古纳河。河床都是圆圆的鹅卵石，水深在二十公分左右。大马哈鱼群公母相伴，奋力地从海里顶水而上，到了产卵地已筋疲力尽，体重减到二三斤，它们偏着身子将鱼卵产下后便渐渐地结束了生命，成了大兴安岭熊瞎子的美食。”

于毛子顿了一下接着说:“大马哈鱼从苏联海参崴进入乌苏里江之后，便遭到渔民们的捕杀。你不要担心，漏网的还是大多数。”

“大马哈鱼好吃吗?小的时候上海也有的卖，只是价钱太昂贵，家里从来没有买过。”

“当然好吃，大马哈鱼除了金黄色的鱼子生吃之外，鲜鱼并不好吃，我们将大马哈鱼腌成鱼胚子晾干，冬季把它们切成小块，用油一炸，放点酱油葱姜在锅里一蒸，喝粥吃馒头别提有多香了。”

“你坏，净馋我，知道我就愿意吃大米饭就咸鱼!快说，还有什么鱼?”

“这黑龙江里的鱼还有很多叫不上名来，我只拣我知道的说吧。”于毛子变得有点谦逊起来，“这江里有名气的还有三花五螺八种名鱼，三花就是偏花、敖花、鲫花;五螺就是折螺、铜螺、细螺，那两螺我也没有见过。还有什么细鳞、嘛嘴、沙葫芦子，然后才能排上什么黑鱼、鲤鱼呢！”

说话间就到了江边。于毛子从车里拿下来一张一百三十米长的蹚网。他将网的一头捆在自己的腰上，将网的另一头捆上一个用洋铁皮做成的三角形的小帆一样的东西，同时再系上一根长长的绳子攥在手里。钱爱娣看着于毛子像变戏法一样，人都没下水，就把一百米的大蹚网放进黑龙江的水流之中。

于毛子用手抖动铁帆，那帆立刻就扬起了头，像一台小发动机，将网“嗖嗖嗖”地带入江中，然后他领着钱爱娣的手往下游走去。大网形成一个漫弧顺流而下，到了二三里地开外之后便开始收网。于毛子把小帆的绳索往回拉，鱼网形成了半个圆圈，一点点地在缩小。

一百三十米的鱼网全都被拉上了岸，各类的鱼怎么说也够十几斤。于毛子令钱爱娣从网眼里将鱼摘下装进袋子里，他自己跑回出发地，将吉普开过来，装上网，拉到出发地再下网。几个来回下来已收获百十斤鱼了，俩人累得直不起腰来。“不打了，休息会儿回家。”于毛子说。

钱爱娣躺在沙滩上，看着于毛子从吉普里拿出一个小铝锅，到江里舀满江水，放上点精盐，捡上两条鲜鱼，刮去鱼鳞掏去内脏放进锅中。他又走到江岸上捡回来些干柴，便开始了江水炖江鱼。

江风拂面吹过，炊烟里裹着生柴呛人的味道和一股股鱼鲜的清香，让钱爱娣疲劳全消精神振奋。她爬起来凑到鱼锅跟前一看，咳！滚开的江水已变成了乳白色，没有葱、姜、油任何调味品。可那淡淡的鱼香让她这位嗜鱼如命的上海姑娘如醉如痴，她第一次品尝到这世上如此鲜美的江水炖江鱼。

于毛子只吃了两个鱼头，剩下的鱼肉鱼汤被钱爱娣一扫而光。从那以后，钱爱娣成了于家的座上宾，民兵排的办公室也变成了知青们集聚的场所。

于毛子成了真正的知青领袖，有事没事的大家总愿意围着他转。

于毛子端坐在民兵排办公室的写字台旁，每日定点来接谷部长和范乡长的电话指示。他的身后，白墙上挂满了各种奖状和锦旗。桦皮屯民兵排夺取了临江公社民兵训练现场大比武的第一名。他自己又当上了瑷珲县的县级劳动模范，十分得意。还有比这更高兴的是，他与钱爱娣开始的初恋，使他懂得了人生中最大的幸福莫过于爱情。

院外传来一阵叽叽喳喳的笑声，推门进来的是那位梳着短发的胖知青。她穿着碎花西式小褂，一条洗得发白的劳动布裤子，一双白边松紧口布鞋，看起来也十分俊俏。她的身后挤着她的伙伴。

胖知青冲着于毛子喊了起来：“看呀！我们的于排长有病吧，大夏天还穿着涤卡冬装干部服啊。”众人跟着一起哄笑起来。

“去去，没事干了是吧，到江边抓沙葫芦子去，晒点鱼干，过年回家给上海的老人捎点，甭整天围着我于毛子起腻。”

“是啊！我们能吃上鱼，托的可是钱爱娣的福啊！”大伙一起又笑了起来。

于毛子站起身来，这帮小青年便一哄而散。于毛子知道，自打瑷珲县来了这批上海知青后，沿江一带的混血儿们的地位一下子就提高了。二毛子在当地没有人看得起，男毛子们娶不上媳妇，女毛子找婆家要降低条件，山里人不懂得什么种族歧视，只知道他们破坏了祖宗留下的规矩，因此，他们便没有了名分。二毛子们没有办法，有的只好自己找自己的同类，结果呢？生下的第三代却神奇地还原了，变成了真正的老毛子。

说来也怪，都说苏联比中国富裕，可瑷珲县的边境线长达一二百公里。二毛子的父亲都是中国人，母亲都是苏联人，而且都是中国的穷人娶苏联的女人，几十个村镇，找不出一个中国女人嫁给了苏联男人。这种现象谁也说不清楚到底是什么原因。

上海知青改变了这一历史现象。大城市人就喜欢这种族杂交，说是聪明，二毛子便成了香饽饽。钱爱娣看上了于毛子，桦皮屯知青点的男女青年们支持了他们的队长，大家跟着沾了不少的光。

钱爱娣隔三差五地去于毛子家解解馋，青年点有了意见，她央求于毛子给青年点也蹚点鱼。可蹚鱼的成本太高，上哪里去弄汽车？用屯子里的拖拉机山民们又有意见，怎么办？于毛子有办法。

他整天在江边观察鱼的习性。科洛河注入黑龙江后形成了一望无垠的沙滩，就像海岸的滩涂一样，平平地往水中延伸，成群结队的小鱼逆流而上，这种小鱼叫不出名来，老百姓管它叫沙葫芦子，圆身子，小肉滚儿，一根刺，小细鳞。用网打，水太浅；用网抄，这些小鱼又太机灵，游得飞快。于毛子反复琢磨，终于想出了一个不费工不费力、老少皆宜的好办法。

于毛子让钱爱娣从青年点捧来十几个大饭碗，胖姑娘从大队医生那里找来一些白纱布，于毛子开始了他的奇想。

碗里放着拌有滋味的麦麸子，碗口蒙好纱布，纱布中央剪一个小洞洞，然后挽起裤腿站在江水中，他轻轻地将饭碗一个一个地按在水底的沙子中。

好！成功了！知青们一起欢呼跳跃，只见那些沙葫芦子争先恐后地钻进碗里吃食，它扭不过身，再想游出来，就不那么容易了。于毛子这一排碗按完之后，休息十分钟，钱爱娣领着知青们就开始从下游起碗收鱼了。

鱼逮多了吃不完，知青们将鱼的内脏除净，穿成串，像升旗一样挂在院子中央高高的晒鱼杆上，苍蝇飞不上去，晒干的鱼用麻袋一装，等到冬天大江封冻之后，用温水一泡，去鳞放在碗中，加上葱姜蒜酱油等放在锅里一蒸，吃碗大米饭，胖知青说给个神仙当也不换。

这一发明迅速变成了生产力，桦皮屯的妇女孩子们都干起了这一行。挣钱的门道传得最快，沿江的漠河、呼玛、瑷珲、逊克一直到嘉荫县的临江农民们都学会了。江岸的村屯，家家都竖起了几丈高的晒鱼杆，对岸的老毛子不知情，羡慕中国的老百姓家家都竖起了电视天线。于毛子更神气了，成了名人。

钱爱娣喜欢于毛子，但内心深处又极其矛盾，扎根边疆保卫边疆的火热生活在漫长的严冬里冷却下来。单调无味的劳作，艰苦的生活条件使她的心开始有了凄凉感。接受贫下中农再教育的冲动变成了遥遥无期的忍耐，谁也不知道将在这大山之中度过多少时光，或者在这里结束一生短暂的生命。上海，只是作为一个概念留在脑海中。

每逢春节探亲回到这座让人留恋的大城市，漫步在黄浦江边，她就像这棵大树上飘落下的一片叶子，被风吹走，再也无法成为它的一员。江岸上骄傲地走过来的情侣，使她低下了头，她发现他们在用蔑视的眼光对她说了一声“乡下人”。

钱爱娣出身资本家，虽然她没有权利享受那些学习成绩不如自己的同学们的待遇，被选进黑龙江生产建设兵团，只能插队到艰苦的村屯，但她骨子里仍旧有着一股强烈的优越感。家里宽绰的住房，抄家时庆幸没被发现的存折，让她在里弄里的阔小姐的影子依存。

小姐的身子丫鬟的命，钱爱娣置身于人烟罕迹的边疆，万一逃不出这无情大山的封锁，那也决不能亏了自己。她把眼光瞄上了外表让她心动的于毛子。高大结实、潇洒英俊的于毛子，无论是在这被人遗忘的山村，还是回到灯红酒绿的大上海，他绝对算得上是一个出色的男人，一流的男人。这一点让钱爱娣似乎得到了一些安慰。和于毛子相好让她这飘落不定的叶子在精神上和物质上都有了寄托。

可这种暂时的抚慰，怎么也不能扑灭返回上海的强烈欲火，她一直在等待。

于毛子被卧虎山和科洛河造就了天生的朴实，肠子从来就不会打弯。他看到的世界全都是绿色，不知道什么叫五彩缤纷。城市对他的影响和印象，只是一辆冒着黑烟的绿色火车和嘈杂的人群、脏乱的街道。他爱桦皮屯，在他心目中，这里是世界上最美、最纯净的地方。

当钱爱娣走进他的世界里，城市的味道变了，她的身上散发出各种于毛子从未嗅到的气息，他们之间的交流，也许正是城市文化与农村文化的碰撞、融合所带来的新鲜，让他俩相互得到了满足。

于毛子相信钱爱娣对自己的感情是真诚的，自己也有能力给她带来生活上的美满与幸福，可是他们的交往，母亲于白氏的反应却极其平淡。她告诉于毛子，城里的女人图的是一时一事，逢场作戏，决不会屈身一个泥腿子，在远离上海的苍凉的边塞度过她的一生。这里过去是发配犯人的地方。但妈妈又不阻止，也许是这位经历过太多风雨的女人的自私吧，反正儿子是不会吃亏的。她只是不想让初涉男女情爱的儿子受到伤害。

散发着清冷寒气的绵绵细雨，雨点突然变大了，也密了。钱爱娣举在头顶上的伞布就像无数把小鼓槌同时敲击着一面大鼓，咚咚咚地响个不停。

钱爱娣穿了一双大红色的雨靴在雨中跳跃，她爬上泥泞的陡坡，来到于毛子家的小院。一阵风忽地把她手中的雨伞刮落，雨伞沿着陡坡像风车一样被吹到了山路的草丛中，她顾不上再去捡拾，浑身上下已被雨水淋湿。

她推门走进暖暖的小屋，喊了一声于阿姨，没有人回应。掀开东屋的门帘一看，空无一人。她又扭身来到西屋，只见火炕上铺着被子，椅子上晾着湿透的衣服，于毛子蜷曲在被窝里，头上扎着白毛巾，嘴唇干裂，轻轻地呻吟着。

钱爱娣伸出自己冰凉的小手，放在于毛子宽大滚烫的额头上。

烧得浑身酥软昏昏似睡的于毛子忽地觉得一阵凉意，火辣辣的嗓子就像流入一股甘甜的清泉，一双柔软清凉的小手从额头划到脸颊，电流针刺般酥酥地在全身的血管中跳动。于毛子睁开了眼睛。

钱爱娣连忙将晾凉的开水给于毛子灌下，于毛子好像又有了力量，他侧过身来，伸出毛茸茸的胳膊和那双骨节分明的大手，放在她湿漉漉的大腿上："爱娣，快把衣服脱了烤干，别感冒了。"

"我知道。你是怎么感冒的？牛一样的体格。"

"嗐，早晨白二爷家的小猪被冲进了河里，我衣服都没脱，给捞了上来，没承想，俺铁打一样的身板也知道感冒，这是我记忆中的第一次发烧。"

钱爱娣在于毛子的催促下脱去了湿衣服，全身只剩下一件三角裤头和于毛子从没见过的乳房罩。一个玉柱般雪白粉嫩色的身躯挡住了于毛子的视线，高高隆起的乳峰在乳罩里颤动，就像一对即将跳出草窝的白兔。于毛子血流加快，黄黄的眼珠里闪出一道钱爱娣从未见过的光，闪得她心里一阵颤抖。

于毛子不敢再看，他闭上眼睛翻过身去。钱爱娣顿觉浑身发冷，双腿也开始打战。于毛子凸起的胸肌，就像山峦一样坚硬，又像火山爆发的千度熔岩，她需要温度来拯救。

钱爱娣忽地撩起被子，于毛子全身一丝不挂，就像一只毛猴。她扑上去，搂住也在战栗的于毛子。一对光溜溜的身子滚在了一起。

于毛子的身体再次滚烫起来，他一动不敢动，任凭钱爱娣的双手在他全身滑动。钱爱娣跃上了他的身子，两只雪白鼓胀的乳房像两轮太阳似的晃得于毛子睁不开眼睛，他霎时觉得天地都旋转起来。

钱爱娣那两只星光灿烂的眼睛激情地看着他，不像是挑逗，也不像是乞求。那是心碰心燃烧出的火苗。于毛子突然发疯一样抱住了钱爱娣，并迅速地将她翻在身下。

一条被子盖在两个赤裸的身躯上，两个湿淋淋的身子分不清是雨水还是汗水，黏在一起互相擦拭着，搂抱着。两个人都呼呼喘着粗气，慌乱地交织着，融合着，侵吞着，干柴烈火般地燃烧起来……

他俩第一次偷尝了禁果。

于毛子神奇地退烧了，两人穿上烤干的衣服，仍旧搂抱在一起，描述和回味刚才的那场厮杀。于白氏和哥哥于金子回来了，他俩顶雨抓回来的中药没有派上用场。于金子闹不清楚这是为什么，妈妈于白氏清楚，她内心里不知为何冒出一阵阵的欢喜，甚至希望这个上海女青年被儿子于毛子给种上，生下一个三毛子似的大孙子。

钱爱娣冷静过来，她不后悔，她清楚地知道自己把女人最珍贵的东西给了这个并不能托付终身的男人。她从一个姑娘变成了一个女人，寻求的只是愉快，至少是在最艰苦的环境中，在万般烦恼中寻找出一种高兴，这也就足够了。

她不在乎从姑娘到女人身份的转换，她和当年于白氏不一样，不想做母亲。

除了于毛子之外，这一对事实上的婆媳心照不宣，屯子里和青年点都把明眼放到肚子里，钱爱娣只经于白氏的一劝，便毫不犹豫地搬进了于家吃住。

于金子心里不痛快，这不是成心往外撵我吗？朴实的金子回过头来又一想，谁让咱是哥哥呢？做大哥的要做出个样来，他十分痛快就答应了母亲的请求，只是当父亲的于掌包觉得有些对不起自己的亲生儿子。按山东老家的规矩，哪有哥哥不结婚，弟弟就把媳妇领到了炕头上的。

全屯子再明白也明白不过村支书白二爷。他走南闯北，出过国。无论资历、经历和辈分，在这桦皮屯无人能比。他将于金子领回自己的家里住，于家让出了一铺炕，白家添了一口人，皆大欢喜。

一级伤残的复员军人白士良自从回屯子当上了支部书记，村里的王姓早就想攀白家的高枝，托媒拉纤地没少往白士良家跑。起初，这位抗美援朝的英雄说死不吐嘴，王家骂他眼高，可那姑娘是王八吃秤砣铁了心了，非白士良不嫁。一年两年，水滴石穿，白士良终于同意了这门婚事，将王家姑娘娶回，清冷的草屋多了一个白王氏，日子也就火红起来。

一晃又是几年，白王氏仍旧闹了一个肚子扁平。渐渐地屯子里的人们才知道，白二爷不光光是伤残了一只眼睛，裤裆里的蛋蛋也被美国鬼子的卡宾枪给扫光了，剩下了一支光会射击却没有子弹的空枪。

白王氏婚前全都知道了这秘密。她心甘情愿嫁给白士良，她坚守着女人的妇道，无论开明的丈夫怎么相劝，她却不会像当年的白瑛，迫不及待地做个母亲，拥有一个从自己身上掉下的肉。时间长了，两口子渐渐也就适应了。

今天，白二爷将孙伙计于金子领回了家，白王氏也是喜出望外。虽然差着辈分，于掌包可是真心把儿子过继给二叔白士良。白二爷和白王氏也把金子当成儿子养。白王氏托王家族亲，想办法给于金子找一个合适的对象。这样于、白两家的烟囱就不会断火，祖宗的坟地还会不断地扩大，定会长出挺拔翠绿的蒿子来。

于毛子将青年点钱爱娣的行李都搬回了家，胖姑娘领着剩下的四男四女，算是当了钱爱娣的一回娘家。他们在江边放了一挂鞭炮，将他们的头头送到了屯东头坡上的屋子里，胖姑娘还掉了几滴眼泪。这虽说不上明媒正娶，连结婚证也不领就走了，但女宿舍的铺空了一张，还是让她们感觉到了有一些空旷。

其实，这些上海知识青年不会担心钱爱娣的生活，都在一个屯子里，天天见面，她的生活肯定要比青年点强了百倍，这是大家羡慕的。找了一个温暖体贴入微的家，一个样样都行的民兵排长做靠山，还有一屯子里当家做主的白二爷的大伞，加上光顾过于家的县革委会的领导和谷部长的关照，这是打着灯笼也找不到的美事。另外，于毛子的爸爸于掌包，过去是个淘金的把式，家里肯定存了不少的金子，钱爱娣这回可是一跟头摔在了大皮袄上，享清福了。

青年们担心的却是，于毛子再也不会来到青年点了，于毛子也不再心甘情愿地送给他们山珍野味了。

第六章

革命样板戏《智取威虎山》的旋律感染着龙江大地，舞台布景中的座山雕风行省地市县。瑷珲县委书记李卫江近水楼台，谷有成、范天宝寒冬里深入民间，搅得桦皮屯风云变幻，老神枪于掌包暴尸残月荒郊，鹅毛大雪狂飘三天，山河披孝……

一九七三年冬，李卫江卸掉了县革命委员会主任职务，改任中共瑷珲县委书记，当上了真正的第一把手。县革命委员会与县人民代表大会合署办公，履行县政府职能，一直延续到一九七九年，结束了特殊时期的历史使命。

地委在逊克县召开了全区党建工作会议。沿江各县，瑷珲是老大，因此，会议在安排座次和发言上，李卫江都觉得高出一头，沾沾自喜。

逊克县委书记老张，年龄大，资历老，无奈旱龙缺水，被困在交通闭塞人口稀少的逊克小镇，讨论分组的组长只当上了个副的，还要看李卫江的脸色。

老张也有一手，会议休息，他邀上李卫江参观一下他的小县县委书记的办公室。

吉普在逊克镇低矮的铺面房中左拐右拐地驶进逊克县委的三层办公楼，和瑷珲县委的楼一个格局：圆形的车道，探出几米的宽大的雨榻，刚刚粉刷过的米黄色的楼面墙，在白雪的衬托之下十分耀眼，展现出浓重的俄式风采。

走上二楼东侧的203办公室，连门牌号都和李卫江的办公室一样。老张热情地将门打开，日伪时期留下的沙发、写字台没有什么两样，一块淡绿色的地毯，将屋子的档次提升起来，正面墙上一幅风景油画夺目，画的是小兴安岭的白桦林，山坡上尺厚的积雪和融化的溪水。

“好漂亮！”李卫江脱口而出。他心里暗想，这个胆大妄为的老张，竟敢把马、恩、列、斯、毛的伟人像换成了如此雅致鲜亮的俄罗斯油画。

老张看出了李卫江的心思，并未作声，而是一把拉着李卫江的手，走到一个用大理石板黏结的四方形花架旁，让他看到更大的惊奇。老张伸手揭开上面盖着的一块白色台布之后，着实吓了李卫江一跳，他不由自主地往后闪了一步，深深嘘了一口气。

大理石方墩上，是一块没有修整的自然状态的红玛瑙坯料，逊克县是中国红玛瑙的故乡，这没有什么奇怪。让李卫江耳目一新的是，坯料之上站立着一只灰色的雄鹰标本。它的两只利爪深深植入玛瑙石中，铠甲一般土黄色的鹰腿，两只展开的双翅足有一米半长，鹰头昂立，鹰嘴微微下勾。金黄乌亮的眼珠，眸子里闪烁着逼人的凶光。

“好哇！老张书记，现在正处在批林批孔的高潮时期，你老竟敢玩起封资修的这套东西了。”

“李书记，这些可都是名贵的艺术品，封江前和老毛子会晤时对方赠送的，别人不敢摆嘛，在我这里放着最保险，我天天看着，有利于大批判嘛！”

李卫江嘴上这么说着，心里却有了几分羡慕。这鹰确实威风，智取威虎山中的威虎厅、虎椅后悬挂半空的老鹰，凭空增添了崔旅长的霸气，听说这玩意儿还避邪，是镇宅之物。

“李卫江，怎么样，喜欢就拿去，它将预示着你的前程似锦，鹏程万里。老张我老了，它在我这里的寓意只能是逊克县的革命生产如同这雄鹰展翅嘛！”

“不敢，怎能夺兄长所爱，瑷珲县地大物博，野生动物资源丰富，苏修老毛子怎能一比。等会散了，我也邀老哥去趟瑷珲，保证弄一个比你这个鹰，不，是比苏联这个鹰更雄伟漂亮的！”

老张露足了脸，心理得到了平衡，这才顺手从写字台里拿出一对十分精致的红玛瑙手球，一点瑕疵也没有，光亮透明，恰似一条枝头上两颗顶着露水的樱桃。李卫江高兴地收下了。

谷有成接到李卫江电话里布置的任务，没顾得上吃中午饭，就令司机开上那辆69吉普，赶往桦皮屯。

汽车停靠在屯东头于毛子家的坡下，谷有成小跑着爬上坡头，气喘吁吁地推开于家虚掩着的院门。

“于大嫂，来贵客了！”居然没人应答，他东西屋里转了一圈，空无一人，只有那条“苏联红”在他屁股后面一个劲地摇晃着尾巴。真怪了事了，大中午的门也没锁，这人都跑哪里去了？原想着在于家吃上一顿热乎乎的午饭，再喝上几杯，没承想碰上了一个闭门羹。他将带来的两瓶瑷珲大曲放在屋外的窗台上，然后将院门带上。

他招呼司机，去村支书白二爷家。

白二爷家的烟筒缓缓地冒着白烟，热气不断地从门缝里挤出，与寒冷的空气对接之后，结成无数的冰花爬满了房门，屋里还不时传来笑声和喧哗。

“白二爷，来贵客了！”谷有成大声地喊叫起来。门开了，只见白士良、于掌包和于金子陪着公社范天宝主任迎出了门外。

“咳！原来这人都在这儿呢。”

“来来来，谷部长，刚摆桌，还没有动筷呢，你好大的口头福呀！”白二爷连忙将谷部长让进屋。谷有成却将范天宝拉到了院子中央，他低声地问：“你好大的闲心，没事干了是吧，躲在这里喝酒吃肉，完事又去搞哪家的女人呀？”

“谷部长，你可别冤枉好人，我是个有贼心没贼胆的男人，我是来为李书记办事的。”

“办啥事？是不是弄这个？”谷有成做了一个大鹏展翅的动作。

“你怎么知道？”范天宝反问了一句。

“我也是为这个来的。”谷有成心想，这李书记真厉害，一个指示两人去办，这叫作双管齐下，万无一失。其实，这两条管最终的交叉点还不都归到了桦皮屯的于家。

“于毛子上哪去了？他们娘俩怎没看见？”

“于毛子陪着他妈和媳妇去瑷珲了。”

“我怎么没碰着？”范天宝接过话茬说他们母子三人没走公路，而是赶着马爬犁顺着黑龙江航道走的。

范天宝告诉谷部长，打鹰的事千万不能声张，老鹰在山民中一直被视为山神来供奉。老鹰盘旋在空中，最知人间善恶美丑，卧虎山乃至整个大小兴安岭都在它的注视之下。几百年来，沿江这一带的百姓对山鹰一直是十分敬畏的，因此，能否做通于家的工作还是未知数，所以，今天中午才来找德高望重的白二爷。

“噢，原来是这样。”谷有成心里暗自佩服范天宝的诡计多端。

白二爷去过朝鲜见过世面，对当地的民俗并不十分看重，这是找他老人家的原因之一。其二，他是白家长辈，又是屯子里的支书，村威族威全够分量。其三呢？这件事决不能叫于毛子这辈人知道，因此，只能托白士良请老神枪于掌包出山。

范天宝分析得头头是道：于掌包年龄已大，对自己今后命运的把握已相对淡化，这也是原因之一。其二，他是外乡人，关内的山东老家没有这个习俗，打山鹰在心理上容易被接受。其三，这是关键的关键，由你谷部长当说客分量最重：其一，你是县委领导，百姓的父母官，天经地义。其二，你是武装部长，是于掌包儿子的顶头上司。这其三是，你是于家的救命恩人，有恩于家，这三条都是于家无法推辞的硬碰硬的铁打的理由。

谷有成听了范天宝的一席话，如梦初醒，他还真不知道这老鹰在山民心中有如此重要的位置。亏了没有碰上于毛子，不然，这件事恐怕就要流产了，李书记这关就无法交差了。

“好，那就听你范大主任的吧，吃完饭让白二爷和于掌包谈，这样最保险，今后万一有个什么闪失，咱们俩都好说话，但必须把握好一条，决不能把李书记露出来！”

谷有成拉着范天宝进了东屋，呼天唤地地喝了起来。

任务有了着落，实施有了步骤，心里的惦记就搁在了地上。这酒喝得无忧无虑，谷有成和范天宝成了东家，把白二爷和于掌包丢到一边，他俩你扯过来，他推过去，像拉大锯没完没了，一直喝到了太阳落山。

白士良一夜都没有睡好觉，两位领导交办的任务太沉重了，这远比去打一只东北虎更让他为难。自己的眼神不济，无能为力，只有动员于掌包出山。思来想去，鸡叫头遍他才迷迷糊糊合上了眼睛。

让白士良喜出望外的是，当他将谷有成、范天宝交给他的任务说完之后，于掌包蹲在地上只是用了一袋烟的工夫便站了起来。他将烟灰磕净之后，冲着白二爷说：“行！俺答应，受人滴水之恩，当涌泉相报，这是我在几年前谷有成当营长时就说过的，一定兑现。”

于掌包觉得这次冒险犯忌也值得，以后在他的心里也算是摆平了，谁也不欠谁的。但此事一定要严格保密，只限他和白二爷俩人知道。两人背着于白氏、白王氏及金子、毛子，开始了进山打鹰的各项准备。

腊月，强劲的北风跨过黑龙江，抄着地皮卷起团团的大烟炮，风裹着雪像长龙一般沿着科洛河的峡谷长驱直入，扫荡着卧虎山，暴虐着桦皮屯。

万里无垠的大地上几乎没有了生命，只有家家户户的屋檐下，生机盎然地悬挂着一根根长长的冰溜子，它在不断地变粗变长，银刻玉雕一般，抗击着不可一世的寒冬。

于掌包告诉毛子哥俩和孩子妈于白氏，自从于毛子接过神枪的称谓之后，一年多了，腿脚生了锈，跟了他半辈子的双筒猎枪都快要拎不起来了，寒冬腊月的怕歇坏了身子，老爷俩想进山舒舒筋骨。两个孩子想陪同进山，白二爷和于掌包坚决反对，理由只有一条，怕孩子们抢了他俩的生意，扫了两位老人的心气。

三天过后，狂风骤然停止，灰蒙蒙的天空变成了蓝色，阳光普照下的卧虎山岭，银光一片。

于掌包穿上狍皮鞋套，戴上狐狸皮呢面的坦克帽，扎紧油光发黑的宽宽的牛皮带，挂上子弹带、匕首、酒缶，装满一袋狍肉干和馒头，进山的物资一应俱全。他扛上心爱的双筒猎枪，在大衣柜的穿衣镜前转了一圈。于白氏见老头子这一身的打扮，赞他不减当年英姿。

白二爷也毫不逊色。他穿上抗美援朝回国后发给他的羊皮军大衣，戴上一顶狗皮帽子，扛上德国造的单筒猎枪，比于掌包多了一副风镜，为的是保护那只伤残的眼睛。老爷俩牵着“苏联红”，蹚着尺厚的积雪进山了。

打了一辈子猎的于掌包太熟悉这卧虎山了，当然，他更知道哪条沟里有金子，什么成色，一天能淘多少金。至于山鹰的生活习性和规律，虽然他没有专门留心研究过，日积月累的，也多少摸索到了山鹰的一些踪迹。

老爷俩翻越了一道又一道的白皑皑的山梁，穿过一片又一片白桦和樟松林。

高远的天空深处，一只黑鹰在盘旋，忠实地守卫着属于它的这片疆土。它看见了于掌包和白士良，就像遇到了多年不见的老朋友。

只见它在空中猛一振翅，箭一般落在离老爷俩最近的陡峭的山岩上，安详地望着于掌包。

白士良有些激动，第一天进山，目标就这么容易地进入了视线。两人收住了脚，和这只黑鹰对视，白士良用自己的猎枪托悄悄拍了一下于掌包的屁股说：“到手的肉，快打呀！”

“这只鹰不能打，它认识我，我不能猎杀朋友！”

于掌包说完便从干粮袋里掏出一块狍肉，奋力地抛向天空，黑鹰忽地从崖上弹出，在最高点开始下落的一刹那，两只利钳般的鹰爪同时抓住狍肉，然后飞回石岩上，它的双翅抖动了一下，好像是在表示感谢，然后才彬彬有礼地开始进食。

于掌包告诉白二爷，这鹰已与他相识多年，每次路过这里，黑鹰都会在石崖上迎送，他也经常送给黑鹰一些山兔或野鸡。白二爷无奈：“那就听你于掌包的。”

俩人干脆也坐了下来，喝了几口酒，吃了些干粮，继续寻找山鹰。

太阳偏西，老爷俩一无所获地返回了桦皮屯，于白氏早就烫热了酒，又将小婶白王氏请了过来，两家七口给两位老爷子接风。

一个星期过去了，老爷俩偶尔也拎回几只山鸡、野兔、飞龙等小物件。于白氏和白王氏也都很高兴，老头子们遛硬了筋骨是目的，缺啥短啥的，让于毛子进山就都办齐了。

大家谁也不知于掌包的心思，就连白二爷也蒙在了鼓里。他不愿意在腊月年底实施他们的计划。不管谷部长和范乡长几次电话的督促，他都有他的一定之规，过一个痛快的年再说。要等到出了正月，风水才会转向，但他心里好像有一种预感，不祥的预感，他怕预感成了现实，搅了两家过大年的局。

桦皮屯高低错落的上百盏红灯，伴着过大年的喜庆，一直亮到出了正月。二月二龙抬头，到了这个日子，所有家的过年货都已吃干喝净，只剩下了猪头，吃完猪头也就标志春节过完了，过大年火爆的浓墨重彩便画上了句号。

于掌包再也无辞可推，大年里谷部长和范主任三次光顾于家，每次都备了厚礼，说是拜年，倒不如说是催办，他们彼此心知肚明。于掌包吃完了猪头，便火急火燎地和白二爷全副武装地上山了。

三天的巡山探找，除了黑鹰之外，再无一根羽毛，山鹰们严守着自己的疆土，它们互不侵犯，履行着动物之间的信义和承诺。白士良用长辈和支书的双重身份，命令于掌包捕杀黑鹰，别无选择。

于掌包再一次在他熟悉的地方见到了那只熟悉的黑鹰，黑鹰又一次落在离他最近的山岩上。于掌包的手第一次颤抖了，那杆双筒猎枪不知怎的就是抬不起来。白士良在一旁急得直跺脚，并厉声骂道："老不死的，快打呀！"

鬼使神差，于掌包万般无奈，他不知道自己怎样扣动的扳机，"啪"的一声枪响，声音是那般沉闷，没有了往日的清脆。

于掌包的脑海里一片空白，只有黑鹰在空旷的大脑中闪现。他看见黑鹰的眼睛充满了困惑，不易让人发现的细小鼻孔突然扩张，接着就是一声凄厉的尖叫，黑鹰傲立的山岩上腾起一片羽毛。

黑鹰突然一个打挺，斜着身子，顽强地用单翅拼命地拍打着，两爪伸开向白士良扑来。

白士良手握的单筒猎枪惊落在山路一边，呆傻地任凭悲剧的发生。

于掌包在这千钧一发的时候，空白的大脑一下子清醒了，他猛地恢复了猎人的矫健。只见他枪筒一顺，子弹飞沙般地射出，受伤的黑鹰就像失重的飞机，一头扎在离于掌包眼前一米的地方，再无生机。它双翅平平地舒展在雪地上，足足有一米半长，黄色的鹰眼圆圆的，怒视着于掌包这位背信弃义的朋友。

老爷俩吓得出了一身的冷汗，瘫坐在雪地里。于掌包望着眼前死去的黑鹰，心里一阵阵地作晕。往日里那种获取猎物的喜悦一扫而光。他觉得头一阵阵地发晕，四肢无力，便躺在了雪地里，仰望着蓝天白云，心里十分懊悔，他对天发誓，从此不再打猎，请苍天做证。于掌包的泪水从眼角流出，他合上了眼睛。“苏联红”卧在他的身旁一动不动。

白士良和于掌包的心态正好相反，当他看见死去的黑鹰就在自己的眼前时，一下子来了情绪，多少天来的盼望和努力终于实现了，刚才的那点惧怕都没了踪影，他高兴地将死鹰装进袋子，兴奋得嗷嗷地喊叫着。

“噌”的一声，一只狍子从他们眼前驰过，白士良更是来了精神，甚至有些狂热。鹰算什么山神呀，你看，这肥猪不是又来拱门了，把狍子送到俺的跟前。他拉起浑身无力虚躺在雪地里的于掌包说：“你就在这守着，我去追那自投罗网的狍子，不能让这黑鹰给咱们带来晦气。”

白士良拎枪向山里追去。

于掌包看了一眼那装着黑鹰的麻袋，心里仍旧一团乱麻，他还想再躺一会儿，休息一下身心，忽又感觉到肚子不舒服，开始一阵阵疼痛，肠子像灌上了铅块往下坠。于掌包连忙给“苏联红”打了个手势，猎狗十分聪明地卧在了麻袋旁，一动不动。

于掌包来到了一片榛棵丛中，脱下了裤子……

气喘吁吁的白士良狂追了一圈，连狍子的影子也没发现，他有点丧气，只好磨过身来原路返回，他边走边东瞧西望地咂摸，这狍子一定钻进树棵丛中躲了起来，谁说是傻狍子！

白士良受伤的眼睛有些酸痛，北风一吹，眼泪不能自控地流了下来，他用手背擦去泪水，突然，坡下的榛子棵里抖动了一下，一个白花花的狍子腚露了出来。白士良喜出望外，他迅速举起了猎枪，那独眼不用瞄准，粗壮的右手稳稳地扣动了扳机。“啪”的一声清脆的枪声，远处传来一声闷闷无力的“噢”声，白屁股不见了。

“苏联红”听见枪响，突然发疯似的向白士良扑了过来，上下左右围着撕咬。白士良用枪托狠狠地回击着“苏联红”，嘴里不停地叫骂：“咳！这狗，他妈的翻脸不认人，怎么咬起主人了！”这时，“苏联红”似乎明白了什么，它丢掉白士良，箭一般向榛棵丛跑去。

白士良跟在“苏联红”的身后跑到了榛棵旁，哪里来的什么狍子，只见于掌包侧卧在榛棵里，眼睛闭上没了呼吸，没有提上的裤子，露出白花花的屁股蛋，上面沾满了屎……

白士良惊呆了，全身的血液瞬间凝固了，心脏被炸成了粉碎，冲出了胸膛，老人一个跟头栽倒在于掌包的脚下，失去了知觉。

“苏联红”掉头往桦皮屯飞奔。

山民们在“苏联红”的带领下赶到了出事现场，天已完全黑了下来，火把围着于掌包的尸体将夜空照得通亮。于白氏在两个儿子的搀扶下哭得死去活来，王白氏搂着已苏醒的白士良，任凭人们的叫骂，场景惨不忍睹。

谷有成和范天宝的汽车赶到了，公安局的警车闪着刺眼的红灯也赶到了。警察勘察了现场，听了白士良的自述后，认定这是一起过失杀人案件。无论谷有成和范天宝怎样说情，人命关天，这位抗美援朝的老英雄，村党支书记白士良还是被警察押上了警车，等候法律的判决。

于金子坚持把父亲于掌包的尸体放在拖拉机上，于毛子和母亲于白氏哪里还有心思坐你谷有成的吉普，他们娘俩坐在于掌包尸体的两侧，不停拍打着已经僵硬的于掌包。山民们护卫着灵车，哭号声和发动机引擎的轰鸣声悲愤地交织在了一起，慢慢地消逝在无尽的雪夜中。

谷有成心里承受着翻江倒海般一浪高过一浪的折磨，谁是这起血案的制造者？自己，还是范天宝？或者是那个李……他不敢往下想下去，是白士良，白二爷！没有人让他去打于掌包呀，那就是山神的原因吧，算了。心里稍有一些安慰的是，那只黑鹰没有被于家、白家和山民们发现，这是不幸中的万幸了。

还要感谢白士良，他是个汉子，他没有说破老爷俩进山的秘密。还有那个诡计多端的范天宝，他一赶到现场，就趁着混乱，将装有黑鹰的麻袋放进了吉普里，他有他的理论，两头总要有一头满意才行，否则，那才叫里外不是人呢。

月残星稀，谷有成和范天宝见人群都已散去，公安局的警车载着白二爷也走了。两人开始合计如何把于家的丧事办妥。

鹰尽快送到省城去做标本，打鹰的事和于掌包的死，一定要在时间上拉开距离。它们之间不是一回事，是两码事，没有因果关系。一旦李卫江书记知道后问起，决不能让他知道黑鹰与血案有什么牵连。二人议定后分别离开了，离开了这块让他俩永远不会忘记的地方，失魂落魄的地方。

于白氏连续两天没有合眼了，她经受了两个与她有直接关系的男人的死。与弗拉基米诺夫的一夜情后，他永远地离去了，可是他的魂，他的影子，他留下的信物和后代，却与她朝夕相伴。她从于毛子身上找回了一些寄托和自信。今天，二十几年风雨共度的丈夫于掌包的突然离去，她无论如何也无法接受这眼前的现实，暴死！又是被白家最亲近的长辈，于她家有恩的白士良误杀，这在朴实的山民心中是最大的不吉利啊！

于白氏哭干了眼泪，躺在东屋的炕上，一会儿看着炕柜上老头子的被褥，一会儿又挣扎着爬起来，隔着那块玻璃小窗，看看院外席棚搭成的灵堂和一口还未刷漆的白茬柏木棺材。

于家不大的小院里，灵棚占了大半个院子。花圈、挽幛从院内一直摆到院外的坡下，冰灯全部换成了白色。村里、公社和县里，凡是与于家有过交往的个人和单位都来了，他们轮番守护着灵棚。

夜半，山里的温度已降到了零下二十几度，虽然已经立春，寒风要比初冬更加刺骨。于毛子单衣赤臂地将棺材用刨子刨净，汗珠滴答滴答地落在光滑的棺材盖上，全屯老少像走马灯似的，看看于掌包，烧上纸钱，点上把香。看看于毛子和他哥哥于金子，递上碗水、递条毛巾给于毛子擦擦汗。然后，鱼贯般地出入于家的三间小屋，安慰劝解一下于白氏。

谷有成带着于金子、于毛子在卧虎山风水最好的地方选择了墓地，打好了坟坑，只等三天后出殡。

第二天早晨，血红的太阳从黑龙江下游慢慢地升起来，惊慌失措地瞪着通圆的眼睛，注视着烟气笼罩着的桦皮屯。山坳中蒸腾起的白色霜雾，轻轻地升上了天空，渐渐地吞噬了光明。卧虎山岭一下子变得阴沉起来。

“起灵！”随着于金子用力摔碎的瓦罐落地，十六个年轻人，将于掌包的灵柩抬起上肩，霎时，全村响起了天裂般的哭喊声。于毛子披麻戴孝，钱爱娣只是在头上扎了一条白带，紧紧地跟在于毛子的身后。谷有成、范天宝各持一幡，在风中飘荡，为于掌包招魂。男女老少都罩上了白色的孝服，一杆杆耸立的白幡，一把把抛向天空中的纸钱，伴着出殡的队伍，浩浩荡荡地向墓地行进。

队伍来到了墓地，棺木徐徐落入了坑底。突然，一股旋风卷走了人们手中的纸花和部分花圈，形成了一根白色的通天柱，旋转着，吼叫着，沿着山坡冲向卧虎山头，紧接着，阴阴沉沉的天空中飞起了鹅毛般的雪片。

谷有成的心又一次拎起，老天有眼，于掌包死得冤枉呀！

范天宝拿起于掌包的双筒猎枪，朝空中鸣放。哭声又起，人们连忙将坟头堆好，竖起一块青石墓碑，上面镌刻着：于掌包之墓。众人慌乱地离开了墓地。

大雪连降三天，风卷着雪花，蛮横地掀起雪幔，飞扑着山岭、沟壑、树林和草甸，发出悲惨的尖啸。白桦树和大青杨弯下腰，躲过风头，发出嘤嘤的低咽，还有那脆弱的柞树枝，被积雪压断身腰，发出咯吱咯吱的痛苦呻吟。山峦河流全都披上了一层厚厚的孝装，一齐在为一代神枪的逝去祭奠。

死人安然地永远冬眠在卧虎山岭，活人却在受煎熬。谷有成踯躅漫步在通往公安局看守所的雪路上，他脸色铁青，眼珠失去了光泽变得灰蒙蒙，一种郁结在心头的酸辛，总是那样火辣辣地从心头升腾。他一会儿以县委常委的身份和公安法院商讨着审判的结果，一会儿又以兄弟的情谊乞求办案的哥们儿手下留情。

谷有成的身份让武警看守网开一面，白士良在监号里放了个单间，王白氏就住在县武装部，每日三餐给老头子送饭，度日如年地等待着最后的审判。

于金子和于毛子悲愤交加，爸爸玩了一辈子枪，最后却死在枪下。白二爷对于家一直不薄，想当初帮助妈妈白瑛出嫁，“文革”解救“苏修小特务”，又将于金子收为继子。为什么突然心血来潮到山里打什么猎？老眼昏花地误杀了他最亲近的人，落得将在铁窗度过余生，可悲可恨。

于白氏完全变了，变成了另一个人，表情不再是那样丰富，悲喜如常、不哭不闹的倒显出了几分的豁达。她告诉两个儿子，父亲的死是命中注定，他玩了一辈子枪，落了这个下场，也是与枪有缘。人要是命里注定死于水，就是一洼马蹄坑的水，也能要了命，不要再怨天尤人了。她让于金子一定要照顾好王白氏，待白二爷案子有了了结，妈妈也要去看看这位左右了自己一生命运的小叔叔。

于毛子晚上又一次来到东屋，于白氏知道毛子为何而来。爸爸在时，于毛子曾多次问过自己的身世，都被妈妈厉声喝回。于毛子是个孝子，每当这时，他从不还嘴，低头默默回到自己的西屋。这回爸爸走了，金子又住在了白家。小院里只剩下于毛子、钱爱娣和妈妈。钱爱娣催促于毛子再次央求母亲道明自己的身世，总不能一辈子是个谜。

妈妈端庄地坐在炕上，她叫儿子把钱爱娣也叫了过来。小两口顺着炕沿坐下，看见妈妈眼前摆放了一套鲜亮艳丽的苏联木制套娃，还有一块苏制的大三针手表。

妈妈显得十分庄重，眼神里没有一点激情闪动，好像这些东西与她没有丝毫关系，只是和儿子于毛子有关的证物。

于毛子听着妈妈的讲述，他再也控制不住自己的感情，眼泪夺眶而出。这个戴大三针手表的苏联小伙子，弗拉基米诺夫是自己的生父，俺的血管里流淌着俄罗斯民族的魂魄，自己没有见过他，母亲也只是在黑暗中将他永远地送回了他的国度。父子连心，情思不断。

于毛子接过妈妈递过来的手表，认真地戴在了自己手腕上。钱爱娣接过套娃，将她们一个个地重新套回大娃的怀里，然后用妈妈给的红绸子将她包裹好。妈妈早和那个人没有了牵挂，甚至连模样也记不起来了。其实于毛子正是那人的翻版，用不着再去回忆什么。和那个人最亲近的，当然是他的儿子于毛子，还有跟儿子一块儿睡觉的这位上海女学生，这些东西属于他俩。

于白氏心里的期盼，只是希望这两件物件能够在与他有关系的链条上传下去，不要断流。

悲伤总要过去，活人还要生活，明天法院就要开庭审判白士良误杀人命一案。

谷有成来了，他用吉普接着于白氏、于金子和于毛子当晚就赶到了瑷珲县。谷有成将娘三个安排在县委招待所，然后又将白王氏接来，大家一起静静地等待着天明。

不大的审判庭里坐满了人，于白氏、白王氏和金子、毛子在谷部长的陪同下坐在了第一排。范天宝也来了，还有许多面孔似乎熟悉又叫不上名字的人，都依次和于白两家打个招呼。

审判长、书记员、人民陪审员坐定之后，审判庭立刻变得鸦雀无声。审判长看了一眼台下的谷部长，稍稍点了一下头表示致礼，又看了看谷部长身旁的家属，然后庄严地抬起了头，“把……把白士良带上来！”审判长考虑到台下领导和亲友们的心理承受，还是把“犯人”略去，把“押上来”改成了“带上来”。

白士良在两位身着蓝色制服的法警带领下，走进了审判庭，出乎所有人的预料，这位杀人犯居然没有佩戴任何刑具，脸色还算红润，只是过去花白的头发已变成了银白色。

白士良环顾了一下四周，当他的眼神与于白氏的眼光对接的时候，老人的眼睛里立刻就积满了泪水，一圈又一圈地在眼窝里打着转转，突然，眼角一股清澈的泪顺着脸颊唰地像条直线淌出来。是内疚，还是忏悔？谁也说不清楚这里包含的到底是什么，辛、酸、苦、辣。

于白氏哭干的泪床又有了一些湿润，她微微地立了一下身子，嘴巴张了几张，话又咽了回去，上嘴唇死死地咬住了下嘴唇……

“白士良犯有……”什么罪？于白氏一句也没有听见，耳朵里充满了麦克风嗡嗡的杂乱刺耳的尖叫。

最后一句于白氏听见了，白士良因过失杀人被判处有期徒刑十年。

法院宽容，于白两家把白士良一直送到瑷珲县稗子沟农场服刑，这里离桦皮屯很近。

白士良望着于白氏和孩子们说:“我对不起你们!”

于白氏说:“这里没有谁对不起谁的事，大家都认命吧，好好服刑，争取早日出来。我们会经常来看你。”

第七章

一个新的生命诞生在卧虎山下的于家小院，给久违欢乐的于白氏带来了莫大的幸福。小生命延续着不灭的香火，无论他走到天涯海角，父母严肃地履行了他俩的城下之盟。于家这条小船，在风雨飘摇的沧海中经受了一次又一次无奈的洗礼。

钱爱娣一直担心的事还是发生了。自打她搬进于家，睡在于毛子怀里的那天起，她就掐指头算日子，计算着她的安全期，偶尔进城时也买一些避孕的药具。可是，常在河边走哪有不湿鞋的。有时两人控制不住，就先痛快了再说，完事之后又提心吊胆地盼着下个月来例假。一年多了竟也安然无事。

钱爱娣翻过来调过去地睡不着觉，她望着眼前这堵肉墙，气就不打一处来，她推醒身边的于毛子说："睡睡睡，你就知道睡！拿我当催眠曲了，翻下身来就成了死猪，亮给我一个大后背。"

"哎呀，男人不都这样吗，我浑身上下好像抽走了骨头，成了一堆烂肉，你就让我先睡一会儿不行吗？"

"不行！我可告诉你，我可有了，怀上了，都两个月没来例假了，你说怎么办？"

"真的，那敢情好！"于毛子一个鲤鱼打挺坐了起来，他一只手拍着钱爱娣的肚子，一只手抚摸着她娇嫩的小脸，声音一下子变得温柔起来，"给我生个儿子，生一个和我一样的小毛子。"

"去去，别没正形儿，咱们不早就有言在先吗！我也不是你媳妇，凭什么给你生儿子？你能让俺娘俩回上海吗？"

"咋的，不是我媳妇你让我睡？咱俩不能老是这样不明不白的，明早就去公社领结婚证！你觉得这辈子你还能回上海吗？你的户口在桦皮屯，你就是我于毛子的媳妇！"

"呸！臭不要脸的，想得倒美，明天我就去瑷珲县医院给做了去，然后就回上海。”

“你敢！我瞧你做一个试试，我……我打断了你的腿！”于毛子第一次蛮横起来。

钱爱娣从未看见过温顺的于毛子发起火来，横眉立目的像一个凶神。她常听屯子里的老人说，苏联人都是反性子，说好就好，说急就急，果真如此。钱爱娣哭了，是打那次鼻子砸坏了之后第二次流泪。她感到了委屈和无助，一下子就想起了上海的妈妈，她更伤心了，呜呜地哭了起来。

东屋的于白氏早就听到西屋两个孩子在叽叽咕咕地拌嘴。一开始还以为是打情骂俏闹着玩，听着听着两人叫了起来，于白氏在东屋听了个明白，她当然觉得理在儿子一边，虽然她知道这个上海女学生和儿子有个约定，这也怪于白氏糊涂，当时就同意了。一不领结婚证，二不生小孩，三是知青政策一变，必须放钱爱娣回上海。这是她和儿子都同意的，不能说人家上海学生不讲理。有了这个约定，钱爱娣才从知青点搬进了于家。

于白氏和儿子知道钱爱娣自私，和于毛子好是为了到这儿享福，饭来张口衣来伸手。于毛子能从县粮食科批大米，天天的鸡鸭鱼肉不断，比她上海娘家还舒服。另外，白二爷还给她安排了一个闲差看大队部，每天和知青们下地干活一样拿着十分。年底一分红，三千来块钱到手后便回上海。这是周瑜打黄盖，一个愿打一个愿挨嘛。

于白氏和儿子原想着人心都是肉长的，时间长了，钱爱娣就会感化过来的。当妈的也自私，即使钱爱娣以后回了上海，俺于毛子也不吃亏，无牵无挂没有负担，再找一个姑娘照样过日子。如果上海学生这两年能给于家生下一个孙子，那就再好不过了，于白氏也会重重酬谢人家。

话就朝着这儿来了。于白氏听说钱爱娣有了身孕，她喜出望外，丈夫于掌包死后的悲伤终于让这么个喜讯冲洗得一干二净。

她披衣趿拉着鞋就闯进了西屋，钱爱娣止住了哭声，于毛子连忙穿上衣服请妈妈坐下。

于白氏用手势告诉儿子不要说话，老人家给钱爱娣擦了擦眼泪，给孩子往上拽了拽被子。“事我都知道了，在东屋听了个明明白白的。这理儿在钱爱娣这边，谁让咱们有约在先呢。毛子耍混，爱娣别和他一般见识，你俩听我说句话，如果有点道理，你们就商量商量，如果不进盐星儿，就算阿姨我没说。”

钱爱娣这时也穿好了衣服偎坐在炕头上，她冲着于白氏点了点头，表示同意。

“咳，我是个苦命的人，于毛子的亲爹早就不在了，你们都知道。他爸爸于掌包走得惨，眼看俺们这院里就没了生机，需要添丁进口，冲冲邪气。爱娣你怀上了，这是两位走了的先人托的魂，我做过梦，可千万不能打了胎呀！我琢磨着你俩的契约是否能变通一下，或者续上什么补充约定？”

于白氏眼睛湿了，她接着说：“爱娣呀，俺孤儿寡母求你把孩子生下，由我这个半大老婆子带着，你还不放心吗？到时候你该回上海就回上海，想回来看看孩子就回来。”

于白氏说完扭身回了东屋，不大一会儿手里抱过来一个黑釉小罐，罐口用红布系着，她用袖口擦了擦上面的灰土，把小罐放在钱爱娣的脸前。她将红布解开，里面装满了黄灿灿的一罐沙金，钱爱娣眼睛一亮，将身子往前靠了靠，满满的一罐。她心里怦然一动。

“孩子们，这是俺老头子年轻时偷着掖着藏下来这一罐沙金，也可以说是用命换来的，留着给后代盖房置地的。俺儿毛子和爱娣的婚姻不会长久，我心里早就有数。什么时候明媒正娶个媳妇还不知猴年马月，现在我就盼着有个隔辈的人。爱娣呀，你把孩子生下来，不管男女，这罐金子就算那地底下的爷爷给孙伙计的财产吧！”

钱爱娣心里火烧一般地灼热，心跳加剧。这么多的金子，回上海买个房子都够了。她着实动了心。

“不行，这是我爸用命挣来的钱，留着给您养老的，俺不能动这看家的钱！”

于毛子觉得自己实在没有本事，娶个媳妇是个假的，生个孩子又说了不算，这是什么老爷们儿？他站起身来就去拿那罐金子。

“给我坐下，你这个不知深浅的东西，钱是人挣的，这孩子过了这个村就没有这个店了，那是一条小生命啊，你妈豁出命来也要保住这个孩子！”

钱爱娣这时有点骑虎难下了，现在就同意，显然是见财眼开为了这罐黄金，如果咬死嘴不改主意，这罐金子确实诱人。再说于家对自己那真是说不出二话，绝了于阿姨的脸面，在于家也就算住到了头，想到这里，钱爱娣心里有了主意。

“阿姨，虽然我住在您这，和毛子一起生活，但是对外来说我还算是个姑娘，哪有姑娘家生孩子的？话又说回来，其实这些对俺一个上海姑娘也算不上什么。我考虑的是俺还要回上海，领着个孩子回去怎么向邻里交代？孩子是母亲身上掉下的肉，不生是不生，只要生下来，俺钱爱娣还舍得将孩子留在这大山深处？请阿姨容我考虑几天，俺再和于毛子商量商量，一定给您老一个答复。”

于白氏见钱爱娣心眼有了活动，也就来了个顺水推舟，留给孩子一个思考的余地。

于毛子见状，连忙抱起金罐子陪妈回到了东屋。一进门，于白氏就拧着儿子的耳朵小声说道：“傻孩子，要学会讲软话，不要硬碰硬地来，这几天你给我看好了她，决不允许出现什么意外。”母命难违，于毛子更加乖巧地侍奉着钱爱娣，与她形影不离。

钱爱娣插了几年队，接受贫下中农再教育，与屯子里的老百姓结下了情谊，她深知于家娘俩的为人，重感情识情谊。自己和于毛子好也是自己愿意。她喜欢他，每次从上海回来总要给于家捎些糖果、腊肉的。记得第二年秋后队里分红一分一块五，她挣了二千多分，分了三千多块钱。回到上海过年，父母怎么也不相信，硬是在邮局蹲了半天，要了长途电话，于毛子还跑到县知青办给开具了证明，证明这钱确实是劳动所得，父母才平静了心。七十年代一年里挣这么多的钱，那可是钱家几个人全年的收入啊。

钱爱娣从上海回来，在南京路给于毛子买了一身蓝涤卡双线缝的中山装，买了几斤驼色毛线，打了一件高领棒针毛衣，将于毛子打扮得十分洋气，就像刚从江北过来的苏联大学生。

转过年的冬天，钱爱娣又说服了于阿姨，领着只去过瑷珲和嫩江的于毛子，坐上了从嫩江县开往上海的知青直达专列。

谁也看不出来于毛子是东北当地的坐地户，他的帅气招惹了满车厢知青们的好奇，大家围着他问这问那，于毛子成了宠物，女知青们还纷纷与他合影留念。

在上海，钱爱娣神气十足地挎着于毛子的胳膊逛大街。每当这时，都会引起熙熙攘攘人群的议论，大伙都向这么一对招摇过市的青年男女，投来异样的目光。偶尔碰上几位私下里学着外语的青年，向他热情地问好，于毛子无言回应，弄得双方面红耳赤。就是这样，于毛子心里也是高兴，他在上海找到了不少做人的尊严。

让钱爱娣终生难忘的一件事，是来到桦皮屯的第一个寒冷的冬天。

于毛子分管知青点的生活起居，他和每位上海知青碰面都会热情地打个招呼，唯独见了钱爱娣，他就会立刻板起面孔，俨然一个民兵排长和他的下属在讲话。也许是嫩江火车站那一幕刺痛了他的自尊，令他总在她面前摆出一副当领导的架子。钱爱娣表面上装得满不在乎，甚至讨厌他，心里可是美滋滋的，这样会在于毛子心中长出个刺头，说痛不痛，说痒不痒地让他总不能忘记。

于毛子和钱爱娣的关系时好时坏。有一次于毛子率领知青在公社开会回来的路上，于金子开着拖拉机，知青们坐在拖车厢里唱着革命歌曲，于毛子就坐在钱爱娣的身边，他不会唱歌，从小就五音不全。他专心致志地擦拭着那杆心爱的双筒猎枪。

拖拉机翻过卧虎岭的虎尾关塞，路边一块巨大的石崖后面，突然蹿出一只青灰色的公狼，知青们的歌声顿时变成了一片惊叫。

于毛子的反应相当灵敏，动作十分敏捷，就在大灰狼横在路中央的那一瞬，他的枪筒已调直，对准了这只拦路的恶狼。钱爱娣从小就热爱动物，本能的意识让她用手推开了瞄准好的猎枪。“砰、砰”两声枪响，子弹飞沙般射向了天空。那只大灰狼并没有立刻跳走，它打了一个愣，然后向远方跑去。

“对不起，于排长，狼也是生命，我们应该保护它。”钱爱娣自知理亏，首先用抱歉的话语来了个以攻为守。

没想到于毛子一声不吱，根本就没有理会她，他吹了吹枪筒里冒出的蓝烟，用枪托拍了一下于金子。拖拉机“突突突”地驶回了桦皮屯。

卧虎山入冬的第一场大雪，将桦皮屯染成了白色，于毛子站在知青宿舍的墙外面高喊，通知大家今天不用出工了。

钱爱娣坐在用松木板搭成的大通铺上，眼看着布满冰花的窗户，不知是哪位有心人贴上了红彤彤的剪纸。那是一幅刻有东方红铁牛耕地的作品，蓝天上一行歪歪扭扭的大字“广阔天地大有作为”几乎把纸画和小窗撑破，好让室外漫天的大雪和凛冽的寒风吹进来，与这些都市里来的新主人亲热。

钱爱娣感到了一丝寒意，她不由自主地打了个冷战，连忙用嘴往手里吹着热哈气，并使劲地搓了搓冻得发紫的小手。她从苏北表哥转业时送给她的军用挎包里轻轻掏出妈妈编织的红围巾。

红围巾是用苏北农村姨妈家偷偷养的两只绒山羊的毛编织的。每到深夜，姨妈就把两只听话的山羊牵到灯下，剪下一把把的羊毛，纺成线，然后再将绒线洗净晾干。她烧上一大柴锅的沸水，将在供销社买回来的红色颜料放进去搅匀，把本色的毛线放进去不停地翻卷，待毛线均匀着色之后晾干。姨妈没有女儿，她喜欢钱爱娣，当她知道她报名去了北大荒插队，便从苏北赶到上海，和妈妈大吵了一架，都是上山下乡，为何不到姨妈家来呢？

钱爱娣的妈妈知道姐姐的心思，她就一个儿子，一直想攀一个两姨亲的婚事。这怎么可能？俺爱娣怎么能嫁到农村去，去黑龙江早晚能回来，她一直抱着这个不灭的希望。

钱爱娣的妈妈连夜给女儿织好这条红围巾，足足有一米半长，十分的鲜红漂亮。

钱爱娣第一次围上它，招惹得知青点里的女生一片的羡慕和嫉妒。今天下雪了，入冬的第一次大雪，这会儿可派上用场了，她要戴着它，融进举目一色的世界里。

钱爱娣知道知青们不愿意和自己一起出去踏雪赏景，她们怕和她有反差。她不愿意到江边去，怕对岸的苏修将她作为打着红旗的靶子，万一枪走了火，不就亏了俺这么水灵的黄花姑娘了。她又不愿在屯子里招摇，干脆到旷野中去吟唱一下毛主席的诗句《沁园春·雪》，“北国风光，千里冰封，万里雪飘……”她沿着出屯的小路，踏着于金子开着的拖拉机留下的两条清晰的人字花车辙，一路小跑，她脖子上的红围巾在茫茫的山野中飞舞，就像一把火炬。

红围巾的后面，桦皮屯的栋栋小房子越来越小，和雪融在了一起。钱爱娣觉得自己的胸膛都被打开了，心蹦了出来，和洁白的雪，清新的空气接吻。她从小就喜欢大自然，经常缠着父母带她到苏北农村，在姨妈家，她敢和村里的傻小子们打仗，却从不欺负姨妈家的山羊和邻居家的黄狗。记得上小学三年级的时候，她从苏北回到学校，写了一篇得意的作文，故意将钱爱娣写成了钱爱地。

钱爱娣忘情地走着，走着，前面有一块巨石卧在车辙的右边，噢，她想起来了，就是那次从公社回来，她阻拦于毛子打狼的地方。钱爱娣想正好休息一下，站在石崖上沐浴一下这雪中太阳的光照。当她兴高采烈地走到离石头不到五米的地方的时候，钱爱娣惊呆了，她万万没有想到，从那块巨石的背后突然蹿出一只青灰色的公狼，站在两条车辙的中央。

还是那只公狼，钱爱娣的脑袋嗡的一下变成了空白，两条已感疲惫的腿突然颤抖起来，只要有一阵微风吹过，她都会马上瘫倒在地上。眼睛顷刻就涌满了泪水，视线开始浑浊，那只青灰色的公狼似乎变成了黑色的狼，一会儿大一会儿小。

钱爱娣完全失去了抵抗的能力，空白的脑海中出现了恐惧，她觉得生命已经开始了倒计时。

忽然，脑海中飘出了姨妈的声音，苏北农村房山上用白灰画涂的白圈也在脑海中呈现。对了，狼怕亮圈，怕火。快把红围巾解下来划弧抖动。这是一只公狼，它不像母狼那样护崽儿容易伤人，想办法赶走它。

钱爱娣慢慢恢复了知觉。她看清楚了，眼前的灰狼足足有一米多高，皮毛非常光亮，确实是一只公狼，正值盛年的狼。她想轻轻地举手摘下脖子上的红围巾，可是双臂就像两根煮熟了的面条，怎么也抬不起来，怎么办？她知道，每相持一分钟就多一分钟的危险，她盼着有路人相救，她不敢回头，姨妈说："遇到狼不能回头，不然它会扑上来咬断你的脖子。"

她又恨自己，为什么那天偏要阻止于毛子射杀这只忘恩负义的公狼。

钱爱娣和公狼四目对峙，那狼始终一动不动地站在那里，看来一时半会儿还没有进攻的准备，狼眼中凶恶的绿光也好像淡了许多，已没有刚见面那一刹那的凶狠。

狼也在想对策？它的身子在发抖，是狼害怕了，还是认出钱爱娣曾是那个解救过它的年轻漂亮的姑娘？

钱爱娣心里一下子有了热气，从脚开始往身上涌，往头上涌，涌到了全身所有的毛细血管和神经末梢，她感到了一股力量，一股强大的力量，她想喊，大喊！心里憋得慌！

气越压越足，好像浑身的劲儿已经到了嗓子眼儿，她不能控制自己了，钱爱娣像井喷一样突然爆发出一声歇斯底里的号叫。谁想那只大灰狼猛地听到这狂风般的吼叫，就像一支离弦的箭，掉头飞奔，转眼就没了踪影。

钱爱娣也如梦初醒，掉过头向桦皮屯奔跑，那条红围巾在奔跑中飘落在雪原中。

当她跑到屯东头于毛子家的坡下，双腿一软，一头扎进厚厚的积雪中，没了知觉。

于毛子将她背回了知青点，她昏昏迷迷地一睡就是三天。

钱爱娣哭了，她醒来的第一件事就是寻找那条心爱的红围巾。于毛子发动知青们按原路回去寻找，还有当天从公社开着拖拉机回来的于金子，谁也没有发现那条耀眼的红围巾。雪原中的它就像一朵盛开的金达莱，如果没有人去摘取，怎能消逝得无影无踪呢？

第五天的早晨天刚蒙蒙亮，于金子开着拖拉机到江边拉冰块，他看到了红围巾，他冲着知青点狂叫起来："红围巾，红围巾！"知青们争先恐后地爬上拖车，只见江岸的冰雪中，一只青灰色的公狼，嘴里叼着一条鲜红的围巾，在雪原中奔跑，那条红围巾就像一条红色的飘带在风中起舞。它一会儿加速，一会儿又停下来，冲着知青点的方向嗷嗷地叫着。

钱爱娣疯了一样地从拖车上蹦下来，谁也拦不住她，她高喊着："还我的红围巾。"

公狼不叫了，站在那里一动也不动，红围巾静静地躺在公狼开阔的前裆下。钱爱娣向公狼跑去。

公狼好像一下子激动起来，它前爪撑地，后爪疯狂地刨了起来，刨起来的雪花一浪高过一浪，一会儿就变成了雪雾。红围巾在阳光的照射下折射出的光线打在雪雾中，奇迹随之出现了，一道七色彩虹把灰狼罩在光环之中。

知青们被这奇异的景象惊呆了，忽又欢呼起来，谁也不再去理会钱爱娣所面临的危险，于金子喊破了嗓子都没有人理睬他。

于毛子赶到了，他举起双筒猎枪指向了湛蓝的天空，他怕伤着钱爱娣。"啪啪！"清脆凄凉的枪声让世界立刻都安静了下来。钱爱娣停止了奔跑，公狼也停止了刨雪。它向着钱爱娣"嗷"了一声之后，叼起了红围巾，竖起了尾巴向江北跑去。

于毛子将知青们召集到民兵排的办公室里，他发了脾气，他批评这帮失去理智的小青年们不计后果。他痛斥钱爱娣爱财不要命，拿自己如花的生命当儿戏，于毛子说："狼是我们的敌人，尤其是来自苏联的狼，它在用红围巾诱惑着你们这些涉世浅薄的青年。"他把自己当成了大人，在教训着他们。

于毛子旧账重提，如果不是你钱爱娣那天的阻拦，这条可恶的公狼早就报销在俺的枪下。于毛子命令知青们加强警戒，早晚一定将院门关好，以防公狼的袭击。

心照不宣，知青点的青年们多了一个毛病，每天早晨起来，无论男女都会悄悄地爬到木栱子垛上，向江边公狼出现过的雪原上张望。

没有人再看到那条飘动着的红围巾。只有钱爱娣，每天的黎明，当东方的霞光破冰而出的时候，她从青年点后院的木板障子的空隙中，总能看到那只青灰色的公狼和那条鲜红的围巾。

于毛子发现了这个秘密，他比钱爱娣起得更早。他埋伏在木板障子的旁边，子弹打中了公狼的后腿，鲜血染红了那一片雪，就像那条红围巾。于毛子跑过去一看大失所望，钱爱娣心爱的红围巾又被受伤的公狼叼走了。

又是一个星期天，于金子开着拖拉机从公社回来，路过那块巨石时，石崖上边的积雪已结成了一层硬壳，硬壳上面端放着钱爱娣的红围巾，叠得整整齐齐。

从那以后，钱爱娣再也没有见过那只公狼，可那条红围巾却被于毛子收了起来，他就像那只公狼一样与她有了联系，有了关系。每每想起这些事情，总能让她兴奋，回味无穷。

于毛子开始接受钱爱娣，也接受上海知青格格不入的生活习性。也有一件让他佩服的事情，这件事情让他懂得了很多的道理。江湖上的疏财仗义，平民百姓之间的交情友谊都是有度的，应该有章可循。

那是钱爱娣回上海探亲的时候，队里还没有分红，于毛子托她给妈妈捎一条裤子和一双系带的布鞋。钱爱娣十分上心，她逛了南京路、淮海路，一百到十百足足用了一天的时间，终于买到了她认为可心的裤子和布鞋，一直到了黄浦江畔亮起了华灯才返回家。她家住在徐家汇，倒了几路公共汽车，累得她晚饭都没有吃，衣服也没有脱就栽在床上睡着了。

阳春三月，上海已是花红柳绿，钱爱娣换上了冬装，又一次坐上专列回到了黑龙江畔的桦皮屯。黑龙江这条傲慢懒惰的冰龙，卧了整整一冬，连个身都没有翻滚一下，沉沉地睡着没有一丝的醒意。

钱爱娣的心情格外地好，她约上于毛子沿着江边散步。江道里偶尔一辆马爬犁飞驰而过，仿佛将她带入了苏联歌曲“三套车”中的伏尔加河。她情不自禁地唱了起来：“冰雪覆盖了伏尔加河，冰河上跑着三套车，有人唱起了忧郁的歌，唱歌的是那赶车的人。”

于毛子傻傻地听着，他不理解歌词的含义，当然也探测不到钱爱娣内心深处奔腾着的汹涌的浪花，就像这黑龙江面上厚厚的冰壳下的急流，期待着四月的冰裂。

于毛子急不可待地问钱爱娣：“我让你给捎的裤子和布鞋捎回来了吗？你怎么只字不提，难道给忘了吗？”

钱爱娣瞧了一眼高出自己一头的于毛子，笑了笑便从背着的马桶包里取出了裤子和布鞋。“瞧，这是什么？”说着又放进书包里。

“现在不能看，我要亲自给于阿姨送去。看看她穿着合适不合适。”钱爱娣推着于毛子来到了于家小院。

于白氏穿上很漂亮，多了几分城市人的洋气。于毛子看着妈妈一直在傻笑，他觉得妈妈俊了，秀气了。年轻时候的妈妈一定是沿江一带无人相比的美人。

钱爱娣从马桶包里拿出了剩余的钱和几张发票及公共汽车票。她将票据依次码开，这是裤子的，这是鞋的，两张加起来总共是多少钱；她从徐家汇去南京路，公共汽车一共花了多少钱，合计是多少钱；现在应该剩下多少钱。她俨然一个村里的会计，将出差回来的单据一一报账。

于毛子越听越生气，这上海人怎么如此小气。他把钱爱娣的手推了回去：“干啥算得这样细，剩下的钱俺不要了，你还没算上从嫩江到上海的火车票钱呢！”

钱爱娣眉毛立了起来，脸颊通红，她像受到了侮辱，当着于阿姨又无法反抗。

“君子明算账，该谁花的钱就应该谁花，这里没有什么小气不小气的问题。”

钱爱娣接着又从马桶包里取出了一件女式灰涤卡上衣，一条带嘴的凤凰牌香烟。

“这上衣是我送给于阿姨的，您穿穿看看合适吗？这是和裤子鞋搭配穿在一块选择的，样子和颜色很谐调。这条烟是给……是给于伯伯的，也是我送的。这里也没有什么大气不大气的问题！”钱爱娣显得很激动，她瞪了于毛子一眼，扭身就跑出了于家。

于白氏追出院外，喊了几声钱爱娣，她头也不回地跑远了。于白氏回到屋里狠狠地推了推坐在炕沿上的儿子梗着的头说：“你这个该死的，不等人家学生把话说完，你看看，人家送的东西要比咱们买的东西还值钱。你说，到底是谁小气！哪像咱们东北人，不管眉毛胡子一把抓，黄瓜茄子一个价。”

于白氏说着将衣服收拾起来，并将那条香烟扔给了于毛子：“这还看不明白吗？你爸他抽旱烟，这烟原本就是送给你的。人家姑娘瞧你的那个态度，熊样，才把到嘴边的话拐了弯。去，还不赶快找人家赔个礼道个歉，记住，别忘了晚上请钱爱娣过来吃个饭。”

于毛子觉得钱爱娣做人有规矩。

两个人都在回忆两人的优点，两个人又都清楚两人之间所立的规矩。

钱爱娣思索了三天，她让步了，续签了两个人的约定，并请来县武装部长谷有成做了个证人。

契约规定：一、按于白氏的要求，照桦皮屯的习俗，在村里办喜事，以免去今后新生儿的许多风凉话及说辞；二、对上海钱家不许提起钱爱娣结婚之事；三、办一个假结婚证，不留底档，将来孩子好上户口；四、生下的孩子无论男女都归钱爱娣抚养；五、允许钱爱娣返回上海工作；六、那罐沙金用于生下的孩子的生活费用；七、于毛子和钱爱娣今后仍可自由婚配。

一桩离奇的婚姻，在三方完全自由平等、自作主张的原始约定下形成了。三方各自的利益和权利都得到了应有的保护和使用。婚事办得是有头有脸体面大方，没有人去验证它的合法性。村民们觉得只要双方愿意，凡是合情的就一定合理，那么合理的就一定合法。

卧虎山被秋霜浸染得万紫千红，满山遍野的针叶林、阔叶林交织错落，绿叶、红叶、黄叶重重叠叠地点缀着科洛河的峪谷，蜿蜒的山体丰满得就像一根鼓鼓溜溜的灌肠。钱爱娣的肚子丝毫不比这丰收的美景逊色，她静静地仰卧在温暖的炕头上，做母亲的喜悦是女人的天性，她等待着那一天的开镰收割。

预产期临近了，于家早就将一切准备停当。屯子里的接生婆换成了瑷珲县妇幼保健站的专职医生，谷有成用吉普负责接送。当过钱爱娣伴娘的上海胖姑娘早早就坐在炕上陪着她们的头头。于毛子像热锅上的蚂蚁，六神无主地一会儿进屋，一会儿在院里不停地转悠。于白氏见儿子急成这个样子，她告诉金子领着弟弟去科洛河边上烧炷香，求求河神保她们母子平安。

于白氏高兴之余，想到了当年生下于毛子的那场充满悲壮戏剧色彩的一幕，想到了短命的弗拉基米诺夫，想到了屈死的丈夫。今天他们的孙伙计就要来到这个七彩的世界里，子孙的延续是于白氏安慰这些在天之灵的最好的祭品。

“哇”的一声哭，震得于家小院里的人群一片欢腾。“儿子，是个三毛子！”于毛子一个高地跳上了木柈子垛，点燃了一挂喜鞭，噼噼啪啪的响声和婴儿的哭声撞击着卧虎山岭，一直回荡到于掌包的墓碑前。于金子早已等候在那里，他听到爆竹声后，点燃了供果盘后面的香火，让父亲分享于家新一代出生的喜悦。

于毛子冲进屋里，连鞋都没有脱就上了炕。只见蓝漆炕上包裹着一个白胖小子，刚刚称过八斤重，和于毛子长得一个模样，黄头发、黄眼睛、大鼻子。

于毛子转过身来，冲着钱爱娣“当”地磕了一个响头，扭身下炕走出了院门。

于毛子此时的心情极其复杂，一个新的生命诞生在卧虎山下的于家，冲散了笼罩一年的阴云，两只大尾巴喜鹊站在高高的晒鱼杆上喳喳喳地叫个不停。

于毛子沿着科洛河走到了入江口，他将手腕上的大三针手表放在了江岸边，头朝着江北双腿跪下，他从衣袋里掏出了事先准备好的信封，里面装着儿子的出生年月日，名字已经起好叫于小毛。信封上写着弗拉基米诺夫收。

一只用桦皮做成的小船，载着那封信，载着儿子、孙子的心血，慢慢地驶向了江北陌生的国度。

第八章

乌云还没有完全散尽，中苏边境的气氛就开始出现了趋缓。瑷珲县最后一届的民兵大比武现场会拉开了帷幕，于毛子战前领命，率桦皮屯民兵排勇夺冠军，风头出尽。

于毛子尾随着谷有成和范天宝从一楼轻手轻脚地爬上了二楼。

县委机关大楼内格外安静，楼道里空空荡荡，偶尔哪间办公室走出一两个工作人员，他们也是表情严肃行色匆匆地和你擦肩而过，不留下一点声响，连平日说话如同打雷的谷部长，嘻嘻哈哈的范主任也像黄花鱼一样，溜着墙蹑手蹑脚地来到203办公室的门前。

于毛子还是很紧张，虽然他不是第一次和那位和善的县委书记打交道，但那毕竟是在自己的家里。今天听谷部长说，李书记听说于毛子来了瑷珲，便决定亲自召见，而且定在书记的办公室，于毛子的心七上八下地跳个不停。

李书记笑容可掬地将于毛子三人让进了自己宽大明亮的办公室，于毛子小心地坐在了写字台对面的沙发上，紧张地望着李书记。

张秘书给于毛子沏上一杯山里人爱喝的红茶，并告诉他书记的办公室经常接待的都是上级领导或者外宾，他是书记请来的第一位农民朋友。于毛子慌忙站起身来，接过茶杯有礼貌地冲着李书记点了一下头，然后又坐在了沙发里。他望着沙发对面铺着绿呢绒毯压着厚厚玻璃砖的写字台，感到了主人的居高临下。写字台的后面是四柜八扇门的老式书架，洁净的玻璃窗里面摆满了马、恩、列、斯、毛的经典著作，有的成套的书籍还没启封。书架的左侧放着一台木雕花架，花架上立着一只展翅欲飞的黑鹰标本。两侧挂着一副装裱精细的书法对联，上联是：大鹏一日同风起；下联是：扶摇直上九万里。

于毛子心里一颤，难道这就是白二爷暗示的那只黑鹰？白二爷在昨天探监时曾多次和母亲提到什么黑鹰，话里话外暗示老哥俩进山打猎和这黑鹰有关，因而冲了山神才失手将父亲打死。白二爷没有提及是谁要的黑鹰，好像涉及谷部长和范主任。

于毛子心里突然感觉到一阵绞痛，汗珠从金黄色的鬈发里流淌出来，父亲于掌包仿佛就站在这只黑鹰的面前……

“于毛子，看你紧张的，我们又不是第一次见面，老朋友了嘛！”李书记笑了起来。

于毛子在恍惚中又恢复了自然，他连忙从衣袋里摸出刚刚在大街上买的一盒香烟，是邻县孙吴生产的。他撕开锡纸，抖动的手半天才抽出来一支，起身递给红光满面的李书记。

“坐下，坐下，到我这里来的朋友怎能让你拿烟呢？”李书记边说边拉开了抽屉，拿出了一盒大前门牌的香烟问道，“于毛子，这烟比你的怎么样啊？”

“这烟好哇！”于毛子有点不好意思，赶快将自己的香烟揣了起来。

“这大前门烟是我招待范天宝他们这些科级干部的，不能给你抽这个。”

李书记又拿出来一盒上海产的牡丹牌香烟。于毛子认识，钱爱娣从上海回来曾给过他一盒。

“这牡丹牌的是招待谷部长我们这一级干部的，也就是中央红头文件经常提到的，此件发至县团级，也不给你于毛子抽。”

于毛子心里不是滋味了，刚才科级的不给我，俺知道咱不配，一个小老百姓。可是李书记这次拿出来的烟反而级别更高了，县太爷了，这是不是在戏耍我？

李书记第三次从抽屉里拿出了一盒红色的中华牌香烟。于毛子听说过，没有见过，更别说抽上一口了。他有点丈二和尚摸不着头脑了，这李书记一而再，再而三的不知是在卖什么药？

“于毛子，这红中华牌的香烟是中国最好的香烟了，听说毛主席就抽它。我一年也弄不到几盒，因为咱们是边境，沾了外事活动的光，这特供烟咱们这小地方才见得着。”

李书记停顿了一下，这盒中华烟在他手里不停地摆弄着，真有点爱不释手。他看了一眼于毛子，突然大声说道：“这烟是专门招待比我官大的人抽的，最起码也是地厅级或省部级，别人没有这个待遇。”

李书记顺手指了指谷有成和范天宝接着说：“今天，我可是把于毛子当成了我的贵客，也是我的朋友嘛，毛子，接着！这盒烟属于你的了。”

李书记一扬手，那盒红色的大中华从写字台上飞了过来。于毛子身手矫健，他完全可以用任何一只手将烟接住。可是，刚才李书记这一段话和精彩的表演，让他受宠若惊，双手同时伸出也没有接稳，烟还是掉在了地板上。

李书记和谷部长、范天宝哈哈大笑了起来。

于毛子越发感动起来，他看了看那只黑鹰：这绝不是白二爷说的那只，和我爸爸没有关系！

李书记中午时间有客人，谷有成代表书记将于毛子请到了地委招待所，张秘书、范主任亲自作陪美美地饱餐了一顿。于毛子大开眼界，长了不少的见识。这茅台酒怎么喝，这鱼头冲着谁，就连点烟弹烟灰都十分讲究。

饭后张秘书批评于毛子给谷部长点烟不懂得规矩。

“今后你也经常接触领导了，得学着点。”

张秘书说着掏出了一支香烟，拿起放在茶几上的打火机，给于毛子示范起来。

“你看，这下级给上级点烟，是火找烟，上级坐着不动，下级主动将火送到领导的嘴边。上级偶尔也给下级点那么一次两次火，那是烟找火，领导的火原地不动，而下级要主动将嘴凑过去，烟找着火自行点着。要是同级和兄弟朋友之间呢，那就是火找烟，烟找火了。双方都主动往前凑，听懂了吗？”

于毛子心里一亮，咳！还真是有点学问。

“弹烟灰也有讲究，领导弹烟灰可以跷起二郎腿，手舞动起来往烟缸里弹，潇洒自然。下级在领导面前抽烟，烟灰长了，不能随意就弹掉。这时的下级，眼要看着领导，双腿合拢并齐，手轻轻地将烟放在烟缸的边沿上，慢慢地将烟灰蹭掉，显得尊重恭敬，明白吗？”

“明白了，请领导放心，我也表示两层意思：一是继续为领导服务，说一不二；二是一定抓好民兵建设，力保在全县大比武取得好成绩！”

于毛子从县里回到桦皮屯之后，就像打了一针强心剂，狠狠地抓住以上海知青为主体的民兵排的各项训练。钱爱娣也不甘落后，将一岁多的于小毛交给奶奶于白氏，她也投身到训练之中。谷有成干脆就住在了桦皮屯，给民兵排开了个小灶，一时间把个民兵排折腾得虎虎生威。

大比武的比赛现场就设在了临江公社的松树沟中学的操场上。学校放了假，教室里都住满了全县的民兵。三天后正式比武，各连排都在抓紧熟悉场地，做最后的磨枪。训练间隙，公社之间开始了拉歌比赛，桦皮屯民兵排将他们的排长赶出了队伍。钱爱娣说：“于毛子五音不全，一只苍蝇坏了一锅汤。只要他一张嘴，原本整齐嘹亮的歌声就噼里啪啦地散了架，全被于毛子带到沟里去了。”

唱歌不带于毛子玩，他就来到江边的沙滩上凑热闹。两个排正在进行拔河比赛。他也想掺和掺和，结果又被轰了出来。于毛子壮得像头牛，一个人顶两个人用，放在哪一边对方都不愿意。于毛子又讨了没趣，他抬头往西一看，咳，三营一连的解放军正从江里的木排上，把一根根粗大的落叶松拉上江岸装上汽车。“一二三！一二三！”口号震天，围观了不少老百姓在看热闹。

闲着难受，于毛子信步向储木场走去。

十几个战士将绳索套在十二米长的圆木大头那一边，一连长手拿小红旗高喊着口号，战士们齐心协力把被江水浸透得死沉死沉的松木拉到坡岸上。

这根落叶松更粗更长，于毛子一搭眼就看出了这根原木不是中国产的，长有十三米，直径超过了一米。一连长不愿意听了：“谁说这根木头不是中国产的，你有什么凭据，难道是苏联你叔叔那边产的？”

战士们一听哄堂大笑。连长和于毛子半熟脸，他也笑得前仰后合的十分得意。

“笑够了没有？不懂就问问师傅，不错！这根原木就是老毛子产的。两国的林业工人都伐木放排，一旦木排散了怎么判定谁是谁的，没有人给判决。时间长了，两国就有了约定，中国的木头全都是双数，六米、八米、十米……苏联的都是单数，五米、七米、九米……我说连长同志。”

江岸上看热闹的老百姓们鼓起了掌，其中有一个伐过木材的汉子证实了这一点。

一连长吃了个大窝脖，继续指挥战士将这根最大的木头捆好。“一二三,一二三！”原木纹丝不动，就像长在沙滩上。实在是太沉了，吼也没用。连长笑呵呵地请于毛子伸把手，帮个忙。

于毛子说：“帮忙没问题，可我有个条件，请你把指挥权交给我，俺不用添人，还是你的这些战士们，我一叫号，保证给你拉上岸！”

一连长噗嗤一声笑了起来，满嘴的唾沫星子喷了于毛子一脸。

“我的战士听本连长指挥都拉不动，你一个老百姓，他们能听你的吗？这不是白日里说梦话吗？中，中，就按你说的办！”连长是个河南人，愿意咬一个死理，他把红旗交给了于毛子，立眉横眼望着他的战士们。

于毛子接过红旗，擦掉了脸上的唾沫星子说：“还有一个条件，你站在这里战士们敢拉上去吗？请你站到岸上去。”连长倒要看看这个号称二毛子的民兵排长有什么本事。一个正规军一个土八路，一个连长一个排长，一个中国人，一个二苏联，开什么国际玩笑。连长爬上陡坡当起了观众。

战士们看着英俊高大的于毛子都十分高兴，当了几年兵，没和对岸的苏联边防军打过一个照面，这回可好了，来了一个真的，大家看了个够。

“兄弟们，仔细看看，我这脸是个老毛子，这根木头也是老毛子，咱要把老毛子的木头拉到咱们中国来，为咱们服务。”于毛子耍了个鬼脸引得战士们笑了起来。

“拉这根木头关键在于喊口号，一二三的多单调，我教你们一个奇招，又好玩又省力！”他趴在每个战士的耳边说了一句话，战士们又一次大笑起来。

“注意了，听我喊一二，大家就喊口号并拼命地拉，目的就一个，把木头拉上岸，你们连长就高兴嘛！”

战士们憋住了笑，相互点了点头，眼睛全都盯住了于毛子手中的红旗。

“一二！”于毛子的口令和红旗同时发出，战士们将“三”字的口令变成了“操”字，“一二！”“操！”“一二！”“操！”那根苏联产的粗大的落叶松在节奏明快的“操”声中拉到了坡岸。

一连长傻了，看热闹的老百姓起哄架秧子地喊个不停。于毛子抬头一看，江边围满了人，桦皮屯、松树沟的民兵也凑在这里围观。

“于毛子！你这是干什么？你教我们的战士干什么？”连长醒过了神，大发脾气，战士们立刻安静下来，老百姓也安静了下来，于毛子眨了眨他的黄眼睛也没了电。他耸了耸肩，两手一分做成了一个无可奈何的样子。

“干什么？一连长同志，这叫作把性饥渴变成了革命干劲，木头拉上来了！就干的是这个！”人群中飘出银铃般的声音，是钱爱娣给于毛子解了围，民兵排的民兵们更是笑成一团，他们前推后拥地将于毛子拉回了操场继续训练。

午夜时分，民兵们正在酣睡，学校食堂门前的钟声骤然划破寂静的夜空，疾速而有节奏地三响一顿地向校园传递着紧急集合的口令。

谷有成部长在民兵集中集训的头一天就郑重宣布这约定的钟声。不管什么时候，只要听到这报警声，便是出现十万火急的敌情，必须以战斗的姿态迅速到食堂前紧急集合，随时准备消灭入侵之敌，若有怠慢的军法处置。

十几个教室的民兵们谁也不敢拉亮电灯，谁也不敢吱声，在一片慌乱中摸黑穿衣、找鞋。动作慢的拎着裤腰，提上鞋，戴上帽子或边扣着衣扣就往外跑。武装基干民兵在枪库领取枪支弹药后飞速赶到食堂门前，队伍很快就集合完毕。

“稍息，立正，报数！”

随着谷部长喊声落地，各民兵连排报数声先后迭起，紧张的气氛刹那间笼罩了夜色迷蒙的校园。

突然，从卧虎山方向“嗖嗖嗖”升起了三颗金黄色的信号弹，在漆黑的天际划出三道耀眼的伤痕，刺痛了所有民兵绷紧的心弦。

“民兵同志们——”谷部长指了指腾飞信号弹的卧虎山方向，亮着他浑重而紧张的语调，“大家都看到了吧，这说明我们接到的情报非常准确，卧虎山附近发现了苏联特务的活动，情况万分火急。现在敌人正在放信号弹搞联络，考验我们的时候到了……”

于毛子和民兵们血气方刚，满腔的爱国热情，只要祖国一声令下，他们肯定会赴汤蹈火在所不辞的！对于眼前“捉特务”这紧张而富有神秘色彩的小型战斗，谁都想显一把身手去创建奇功。

“……咱们可能要采取拉网的战术，也可能明击暗捉，到时根据情况下达命令，一切行动都要听指挥。”谷部长比平常更有威风，只见他猛一挥手，“出——发！”浩浩荡荡的搜捕敌特的民兵队伍出发了。

稀疏的星月闪烁着微弱的光亮，深秋的夜风已有几分寒冷，队伍在荒野中东撞西碰地艰难地行进着，秋霜和露水打湿了民兵们的裤腿和鞋袜。

队伍越走越慢，民兵们紧绷的心弦也渐渐地松弛了下来，有的神秘地切磋猜想，你问我，我问你，议论着，前进着。队伍没了形了，一大伙，一小簇，由刚才两列纵队变成了黑鸦鸦的一片。

谷部长和于毛子雄赳赳气昂昂地走在队伍的前头。

无数只脚落地，踏着落叶发出簌簌簌、沙沙沙的声响，伴着民兵们叽叽喳喳的说话声，奏响了一支神秘的边境小夜曲。几个扛着半自动步枪的体弱的上海知青落伍了，他们拼力地在追赶着队伍。

“哎呀！妈呀！”钱爱娣回头拽了胖姑娘一把，胖姑娘脚好像扭伤了，一拐一跛地走着十分吃力。于毛子接过胖知青的步枪继续往前走，后面队伍里又传出了咕噜咕噜的说话声，不是哪个穿错了鞋，就是哪个穿反了裤子。

谷部长一回头，听到了叽叽喳喳的议论声，发出了警告：“你们后面瞎戗戗什么玩意儿，要是暴露了目标，别怨我拿你们开刀。”

这个时候指挥是最灵的，不论大干部还是小干部，都变得很有威信了，这可能就是人们常说的官大一级压死人，在战场上不这样也不行呀。

嘈杂的议论声霎时消失，寂寞的山野里只有零乱的脚步声。

“砰！砰！砰！”前面突然传来了震耳的三声枪响，接着就听见了乱糟糟的一阵窜跑声。

“就地卧倒！”谷部长发出了命令。民兵们噼里啪啦地全都卧倒了。紧贴着荒野草地的一颗颗心，都在紧张地跳动，所有瞪大的眼睛全神贯注地注视着前方。胖姑娘挽紧钱爱娣的胳膊，筛糠一样打起了哆嗦，枪声意味着前面不远出现了凶恶的敌人。

不仅民兵们，连谷部长也蒙瞪了，心弦倏地绷紧了：看来还真是遇到敌情，这假仗要当真仗打了！

这场深夜搜捕敌特的出击战是他一手策划的，想在大比武正式开始之前搞一场演习，给李卫江书记一个惊喜，给训练增加一个新科目，让民兵们受到一次接近实战的教育。可眼下，令他奇怪的是，昨晚他明明白白地派通讯员和自己的司机在午夜前赶到卧虎山的前岭，刚才的信号弹也是他嘱咐按时发射的，因为假仗要当真戏演，他还千叮咛万嘱咐地叱他们一定要抢在搜山队伍到达之前返回学校，再说他们除了那支手枪和三颗信号弹之外，再没有携带任何武器，怎么迎面突然响起了步枪发射的声音，莫非当真遇上了敌情？

谷有成捅了捅身边的于毛子，让他悄悄地往后传递命令：不许说话不准乱动！

距前方不远处的山林边约二百米处有一个小水泡子，枪声就从那里响起的，他们瞧着瞧着，发现水泡子边上慢慢腾腾地站起了一个端枪的人迎面走来，鬼鬼祟祟窥探了一阵子，又慢慢蹲下来。

谷有成思忖着，派桦皮屯民兵排冲上去？不行，前边的黑影是敌是友还分辨不清。真是敌人，他在暗处我们在明处。前边的黑影是一个人还是有同伙在埋伏？民兵们没有实战经验，即使自己亲身带队上去也难料伤亡后果。

谷有成又思忖，不行就撤，可来时气昂昂的怎么下达这个命令？真撤的话威信扫地不说，传出去让李书记知道不就成了天大的笑话。

天寒地凉，民兵们趴卧的时间长了，前胸凉得受不住了，侧身再躺一会儿，有的干脆就仰脸躺着，望着高远天空中的星星，每个人都在忍耐中焦急地等待着命令。

“是死是活屌朝上，看我这个苏修小特务去抓这个苏联真特务！”于毛子向谷部长请命了，钱爱娣捅了一下他：“你别瞎逞能！”

谷有成这时觉得只有这个拿手的棋子了，他将自己的手枪递给了于毛子，嘱咐他从水泡子的后面迂回过去。于毛子一点也没有紧张，他就像去捕杀一只凶猛的金钱豹，胆大心细地握住“五四”手枪，匍匐前进，所有的民兵都将注意力集中在于毛子身上。

淡淡的曙光穿过黑沉沉的云雾从高高的天空中洒来，和民兵们步枪上的寒光交辉，缓缓地托现出山林、田野和一行弯弯曲曲队伍的轮廓。

于毛子摸到了水泡子旁，他定了定神，两眼死盯盯地瞧着水泡边上，暗淡的曙光中他渐渐看出来了，水泡堰沿上露着一个黑乎乎的东西在晃动。他猜想，这一定是那个王八羔子特务在探头探脑吧？

于毛子快速地接近了那个黑乎乎的东西。突然，他的身后又传来沙沙的脚步声，于毛子急忙蹲在一丛柳毛子树旁。他猎人的机警判断出黑乎乎的是头野猪，他回过头来，向传来脚步声处张望。只见一个端着步枪的黑影冲着那黑乎乎的东西又是连开了三枪。

于毛子绕到开枪人的身后，一个扫堂腿将黑影绊倒在草丛中，然后使用了在民兵训练时学的擒拿式，将黑影的胳膊撇在了背后，黑影的步枪成了战利品。他又马上抬头探寻，那个黑乎乎的东西已没了动静。

于毛子向谷部长高喊了一声："上来吧！特务已被我生擒！"民兵们听到特务已被捉住，一下子就没了指挥，一片散沙地呼喊着冲了过来。谷部长喊破了嗓子也无济于事，只好尾随着炸了窝的蜂群奔到了水泡子旁边。

天已蒙蒙亮了，于毛子一手拎着那支半自动步枪，一只大手掐着黑影的脖子，摁趴在草地上，那人的嘴已啃着草地憋得说不出话来。

谷部长让于毛子松开手，当黑影猛一抬头，谷有成大吃一惊，这不是边防三营的一连长吗？于毛子仔细一看，这正是昨天在储木场和自己较劲的一连长！

一连长喘着粗气嗫声说道："老营长，搞错了，我哪里是什么特务呀，我在捕杀偷吃连队猪崽的野猪呀！"

一连长战战兢兢地爬起身来，冲着于毛子没好气地骂道："你这个混蛋小子，差点就把老子的气管给掐断了。"

连长说："昨天傍晚，本连长到猪舍，饲养员告诉俺连队的花母猪下了一窝野猪崽儿，俺不信就提着马灯过去一照，咳！挤挤擦擦滚成了一个团的小猪崽子，个个都是长嘴巴。他妈的这野公猪也搞破鞋！俺想这做贼的野猪肯定还会回来看看它的儿女们，可是隔圈还有不少连队的猪崽子，俺怕半夜让野猪吃了去，就在圈门口下了一对狼夹子。半夜里俺拎枪出来查岗，听见猪圈这边有头野猪在嚎叫，俺拎起枪就赶了过来，一看少了一个狼夹子，又听见前边不远的地方有野猪拖着夹子跑的声音，就一直追到这里。"

一连长见大家听得认真，神情镇静了一下接着说："那猪流血过多，渴了，就到泡子边喝水，俺就连打三枪，刚要上去看看，就见泡子边卧倒了黑压压的一片。哪知道那是你们呀！俺以为是遇到了野猪群了，这回麻烦大了，就没敢吱声，以后的事你们就都知道了。”

一连长带着大伙儿来到了泡子边，果然有一头后腿夹着夹子的野猪中弹，死在了那里。

“那三个信号弹又是怎么回事？”一向聪明的钱爱娣向一连长提出了疑问，“对！这事你得说清楚！”民兵们一阵质问。

“好了！信号弹的问题我清楚！回去后告诉你们，今晚完全是一场误会。一连长对不起了。谁让你撞在了我们民兵们的枪口上了，野猪就归我们了，于毛子抬起猪，大家按原队形撤回！”

淡青色的天边泛出一缕缕红晕，晨曦从朦胧的夜色里喷薄而出，队伍整齐地唱起钱爱娣略加修改的歌词：“日出东方红霞飞，战士打靶把营归，胸前的红花映彩霞，愉快的歌声漫天飞……”

大比武正式开始了，松树沟中学的操场上，十几个民兵方队整齐地走过阅兵台，县委李书记坐在阅兵台上，不停地挥着手向民兵方队致意。范天宝坐在第二排，没有自己的差事，感到有些失落。

于毛子一身的草绿军装，扎紧的武装带和那杆擦得亮闪闪的半自动步枪，伴着他魁梧的身姿站在桦皮屯民兵排方队的前端。当他听到桦皮屯民兵排进行列队表演时，他跑步来到阅兵台前打了个标准的军礼，然后一个漂亮的后转身，又跑回了自己的队伍前。一套洪亮的队列口令，十分娴熟。

“正步——走！”“向后转——走！”“一二一！”桦皮屯民兵排步伐整齐，动作标准，三营一连的解放军战士也给于毛子站脚助威。

“预备用枪，一步前进！两步前进！突刺——刺！”于毛子高喊着，桦皮屯民兵排的刺杀表演赢得了周边学生和老百姓的阵阵掌声。

到了个人比赛项目，这就是于毛子的强项了，他连续闯关成功。手榴弹让他投出了八十米，破了全县纪录，也破了全军分区的纪录。

最后一项是步枪卧姿胸环靶，每人五发子弹。一号位于毛子利索地完成了卧姿装子弹、出枪的系列动作。静静地等候射击的命令。

发令员的红旗一闪，于毛子将准星移到凹口正中央，三点一线。然后屏住呼吸，食指稳稳地扣动了扳机，五发子弹频率相同地向靶心射去。

“一号靶五十环！”报靶员高喊，全场沸腾。李书记下台高兴地握着于毛子的手表示祝贺，谷部长更是激动，这好成绩说明了自己抓民兵训练的成果。他望着李书记充满喜悦的笑脸，内心里甜滋滋的，忘记了前天晚上的那场尴尬。

桦皮屯的民兵们把得意的于毛子推倒在地，扑到他的身上，也不论男女叠起了罗汉。

晚上，中学礼堂的长条板凳全部撤掉，四个课桌拼在一起为一个餐桌。不大的礼堂摆满了近三十桌。讲台上特意安排了一张大圆桌面，上面还铺上了白色的台布。这桌是专为县里领导准备的。

红色的横幅会标十分醒目，悬挂在讲台的上方：瑷珲县民兵训练比武总结大会。讲台的两侧垂下两条红色的对联，上联是：练本领红心忠于毛主席；下联是：保边疆赤胆献给共产党。

太阳落山了，会场上人头攒动，学校的礼堂晚上从未启用过，两盏一百瓦的灯泡是那么昏暗，民兵们一片议论：“这是谁布置的会场？一会儿酒还不从鼻子里灌进去呀！”

县委书记李卫江在谷有成、范天宝的陪同下走上了讲台，会场立刻安静下来。忽然传来一声洪亮的大喊：“厅内掌灯，厅外掌明子！”霎时间，自制的松木明子在桦皮屯民兵们的手中点燃，放在了固定的架子上，松油被火烧得吧吧地发出响声，礼堂内外一片通明。全县的民兵代表们欢呼起来，这简直就是威虎山上的百鸡宴嘛！大家的心情一下子激动了。“谁是今晚宴会的执勤官老九啊？”有人壮胆问了一声。

“肯定是桦皮屯民兵排长于毛子了，他和县武装部长是老铁了，这回又拿了团体、个人两项第一。”有人说。

“是啊，是啊，你瞧这小子神气的，坐在主桌上了，紧挨着县委李书记。刚才那一声大喊点明子的就是他。”

有人接过话茬：“不过这小子确实有本事，他们屯的知青多，素质高，再加上请来了苏联老毛子当顾问，能不拿第一吗？”台下一片哄笑。

“请安静！”扩音喇叭发出了刺耳的尖叫，县武装部长谷有成站了起来，场内一下子变得鸦雀无声。

“下午我们在这里召开了总结大会，县委书记兼武装部党委第一书记李卫江同志做了重要讲话，他说全县民兵训练工作又有了新的起点，那就是桦皮屯民兵排，他们在短短几个月的训练中，取得了如此好的成绩，县委和武装部要给他们记功。因此，今天晚上是庆功会，议题只有一个，那就是喝酒！”谷部长说完往台下一挥手，十几位松树沟中学的女学生每人拎着一把洋铁壶，鱼贯进入大厅。

每张桌面上都摆满了菜，当然是以野味为主。听说为了筹办这顿晚宴，会前于毛子领着各村的好猎手进山扫荡了三天。当然，还有三营一连长贡献的那头公野猪。

每张桌子上最显眼的是十个蓝花粗瓷大饭碗，土烧的纯正苞米酒从大洋铁壶的嘴里不偏不向、不分男女一律灌满。

谷部长接着说：“下面，请我们尊敬的县委李书记致词开酒。”

李书记连忙站起身来，向台下连连摆了摆手说：“该说的我下午的讲话都已说透了，我建议，还是请我们这个现场会的双料冠军，桦皮屯民兵排长于毛子领酒吧！”

台下立马响起了掌声和用筷子击打酒碗的声响，十分热烈。于毛子涨红了脸，他被谷部长推到了麦克风前，他紧张地看着台下的钱爱娣，钱爱娣带头又一次鼓掌给了于毛子勇气。

于毛子双手举起了蓝花碗："没啥说的，感谢李书记和谷部长的领导，感谢大家的支持。兄弟们，把酒碗都端起来，把嘴张开，把酒扬进去！”

于毛子说完，将高高举过头的蓝花碗一倾斜，嘴不沾碗，酒就像山谷里的清泉顺崖飞下，一股劲地倒进了嘴里，然后他将碗面往外一翻，台下看得清楚，滴酒不剩，豪情满怀。

“好！”台下一片叫好，顷刻之间，台上台下乒乒乓乓的撞击声在大厅回荡。行令的，猜拳的，酒宴瞬间就进入了高潮。

于毛子一会儿敬李卫江，一会儿又敬谷部长和范主任，黄眼珠已喝成了红色。谷部长见台下已有人醉倒，他对于毛子说："这酒已喝到份儿上了，咱们来个节目就散吧。”

谷部长又请示了县委李书记。

于毛子抖了抖精神，摇晃着身子又一次站到了麦克风前。这小兴安岭一带有个约定俗成的规矩，逢酒行拳，逢酒唱歌，唱歌是酒宴的最后一道大菜。

五音不全的于毛子起了一个头，台下二三百号人咧开了大嘴，亮开了酒嗓，歌声雄壮："说打就打，说干就干，练一练手中枪刺刀手榴弹，瞄得准呀，投呀投得远……”

民兵排长于毛子名震乡里。

第九章

一九七六年，历时十年的“文革”终于画上了句号。知识青年重新回到了那一座座属于他们自己的城市。钱爱娣带着卧虎山养育的儿子于小毛回到了久别的上海。于家小院鞭炮齐鸣，又迎来了于金子明媒正娶的一房媳妇。悲喜交加的演变，勉强维持了于白氏内心短暂的平衡。

人散灯熄，范天宝酒喝得不痛快，闷闷不乐地走出了松树沟中学礼堂，他怨恨谷有成，在他的临江公社召开现场会，竟不给他这位东道主一项差事。这么热火朝天的场面，几百号人居然把公社主任忘得一干二净。县委李书记也好像没有正面看过他一眼，更甭说说句让他痛快的话了。

范天宝晕晕乎乎摇摇晃晃地回到了公社后院，他看到王香香屋里的灯还亮着。前院的民兵们借着酒劲正在神吹。他便轻轻敲了敲王香香的窗户。王香香拉开了半扇窗帘，一见是范天宝就熄灭了灯，随后就溜进了范天宝的办公室。

县委书记李卫江的汽车驶过临江公社大门时，书记突然心血来潮，或者说觉得这两天似乎对范天宝不算热情，既然到了院门口，何不进去视察一番再回县里，也让这个滑头滑脑的范天宝高兴。

谷有成陪着李卫江走进公社大院，门卫的老头儿连忙迎了出来。他告诉两位县领导，范天宝主任刚刚回到后院的办公室，李书记不愿惊动前院的民兵，便和谷有成二人径直奔了后院。

范天宝把这两天的不痛快全部撒在了王香香身上，酒壮英雄胆，他虽然拉灭了电灯却忘记了关紧门。在临江公社的一亩三分地还没有人敢闯他的办公室，何况是深更半夜。谷有成心里骂道，他倒会享福，回来就睡了。谷有成两步就迈上了台阶，用手一推，门并没插上。

“这是谁呀！连门也不敲就敢往屋里闯，赶快给我滚出去！”屋里范天宝的声音愤怒中带着几分颤抖。

“还不赶快出来迎驾！是县委李书记！”谷有成边说边拉开了电灯。

“哎呀我的妈呀！你们可千万别进来呀！”话还没说完，电灯就被谷有成拉亮了。只见范天宝浑身上下一丝不挂地从床上滚到了地上，抱着头就往床底下钻。床上王香香连忙将被子捂住了头，雪白的屁股露在了外面，正和谷有成打了个照面。

李书记左脚踏在屋里，右脚踏在屋外，这场景惊得他目瞪口呆。还算谷有成反应得快，他连忙将灯拽灭，把李书记扶到了院外。他冲着屋里骂道：“范天宝呀，你就找死吧！别害了我们的眼！”

李书记愤怒地往外走，嘴里叨唠着：“真他妈的晦气，看我怎么收拾你范天宝！”

谷有成护送李书记来到吉普旁：“李书记，您犯不着和他生这么大的气，您先回县里，我在这里将事情调查清楚，明天向您汇报！”李书记点了点头，钻进汽车里走了。

范天宝惊破了胆：“完了！这回全完了！让李书记抓了个正着。大好的前程全坏在你王香香手里了。”王香香哪还顾得上还嘴吵架，她拿好自己的衣服，一秒钟也不敢耽误就跑回了自己的电话室。

范天宝迅速穿好衣服，将床上收拾整齐。他刚要去追李书记，只见谷有成怒气冲冲地又闯了回来。范天宝听说李书记已回县，就连忙将屋门插上，双腿扑通一声跪在了地上：“谷常委呀，谷部长快救救老弟吧！我范天宝今后就是做牛做马全凭谷部长你一句话，我不能就这样丢了前程啊！”

谷有成见到平日里油腔滑调的范天宝哭成了泪人，像一条断了脊梁的癞皮狗，又让他心里产生了一丝怜悯。谷有成心想，人在危难之中救他一把，他会感激你一辈子，比多少次锦上添花都管用，今后他范天宝就会死心塌地成为我谷有成的人。

“起来！快起来！不是我说你，你挺聪明的一个人怎么尽干傻事，‘搞破鞋’这在‘文革’中是最臭的事了，也是最毁干部的一件事。再说了兔子不吃窝边草，嗐，算了算了，你先起来，俺谷有成一定帮你，行了吧！”

范天宝听说谷部长答应帮忙，这才从地上爬了起来，海誓山盟地表示了自己的忠心，并写了两份书面检查交给了谷部长，谷部长答应将大事化小，小事化了。

谷有成、范天宝二人最后商定，公社电话员王香香为了达到招工转为所有制工人的目的，趁范天宝酒后失控之机，跑到领导宿舍里以身相许，拉拢腐蚀革命干部，造成极坏的影响，考虑到王香香年纪轻轻又是初犯，为保护其名誉不予声张，清退回村。范天宝酒后失德，丧失了革命的警惕性，给坏人以可乘之机，险些酿成大案。考虑范天宝长期两地分居的实际困难，本人检查深刻并保证不再重犯，建议此事只限李书记和谷有成知道，给予口头严肃的批评教育，以观后效。

李卫江听了汇报后心里踏实了许多，他最怕闹出来个公社领导强奸妇女的丑闻，那样的话他这个县委书记脸面也不好看。想想以前这个范天宝对自己还算忠心耿耿，又会来事讨领导喜欢，书记同意了谷有成的处理意见，两份检查李卫江和谷有成各持一份，他们将范天宝牢牢地拴在了自己的手里。

王香香哭得死去活来，一个屎盆子全都扣在了她的头上。无奈这官官相护，并不给她一个申诉的机会，她又怕把事搞得满城风雨，今后怎么做人？到头来吃亏倒霉的还是老百姓，她落了一个哑巴吃黄连，极不情愿地回到了自己的家乡桦皮屯。

俗话说落架的凤凰不如鸡，王香香回到桦皮屯一头扎进家里不出屋了。这可高兴了白二爷的媳妇白王氏，白王氏是王香香出了五服的姑姑，将侄女许配给于金子那是再好不过的事了。白二爷一晃在大狱里已蹲了几年，白王氏年龄也渐渐大了，加上丈夫惹出的祸，身体大不如以前了，苍老了许多。于金子已是三十岁老大不小了，给他娶个媳妇已经变成了她的心病。

王香香的回村给白王氏带来了希望，她托媒人找说合人，开始了攻关。

一九七六年的冬天，知识青年开始了大规模的返城。知青政策发生了根本性变化，不再只是给那些以独生子女或病退困难为理由的知青办理回城手续了。只要知青下乡单位和原住地的街道居委会开具证明，到区知青办就可办理。一时间成千上万的知青又重新拥挤到人满为患的城市，挤在老少三辈狭小的房屋里，等候工作分配，哪怕是进街道办的手工作坊。

钱爱娣终于盼到了这一天，上海的父母隔几天就来一封电报催女儿回城，胖姑娘她们已经一块儿返回了上海。知青点人去房空，空荡荡的屋子和空荡荡的院落没有了生机。钱爱娣领着三岁的于小毛几次来到她熟悉的知青点，北风吹过，房檐上飞落的雪尘凭空又给钱爱娣动荡的心增添了几分凄苦。

钱爱娣和于毛子进行了几次艰苦的争吵，于白氏央求钱爱娣看在孙子于小毛的分上就留在桦皮屯。钱爱娣以契约为凭，以儿子于小毛今后的前途、学习和生活环境为由，最后又搬出了证人——县武装部长谷有成，这场拉了几个月的舌战终算告捷。

大雪围着桦皮屯整整飘了一夜，清晨雪停了，太阳爬上了窗棂。于家除了孙子于小毛之外，全都是彻夜未眠，于白氏自从丈夫死后已哭干了泪水。钱爱娣要将孙子于小毛领走，今后再难见面，这撕心裂肺的骨肉分离之痛，竟让于白氏的泪腺恢复了功能，泪如雨下，眼泡哭得肿肿的。

钱爱娣虽说归心似箭，恨不得插上翅膀飞回梦里的上海，但她也是个知情知义的人。在于家住了几年，生下了于家的根苗，婆婆于白氏把她当成了亲生女儿养活，丈夫于毛子可以说是百里挑一，在上海是绝对找不着第二个于毛子，一日夫妻百日恩，她怎能轻易地就割舍断这夫妻之情呢？

她没有别的办法，上海是她终身唯一的选择，况且现在有了儿子于小毛，她决不会让自己的骨肉在这大山深处过上一辈子。

钱爱娣哭得也是眼泪一把鼻涕一把，原本温馨的小屋已变得十分清冷。

于毛子天一放亮就出去了，他挥舞着笤帚从自家小院一直扫到科洛河的木桥，整整一里地。积雪被他打扫得干干净净。于毛子通身大汗，几天来憋在心里的火气都释放了出去。他心里想着这娘俩，让他娘俩高高兴兴地走出咱这大山，走出桦皮屯。这是俺大山人的胸怀，是俺于毛子对他们娘俩的情义。

于毛子想得很开，留也留不住，那就干脆让他们走！钱爱娣早就身在曹营心在汉，这又何必呢？你既然爱她，更爱儿子于小毛，就应该让他们比在这里过得更幸福。为了爱娣和小毛的将来，俺和俺娘再苦也认了。

一场风雪填平了这深深的山谷。中午，谷有成部长的吉普来了，这是一辆苏制的嘎斯69，车的轮距窄，压不上车辙，兀在了村前坡下。屯子里前来送行的乡亲们连忙回家取铁锨，大家一起动手将几尺厚的积雪硬是给挖通了一条车道，众人连拉带拽地把小汽车给拖了出来。

于家吃完了最后一顿散伙饺子。于毛子拎着随身带的简易行李放在了车的后备箱里。谷部长问："就这么点东西？"

"前几天我和金子跑了一趟嫩江，都在火车站托运走了，还请林业科批了一立方米的一等红松，回到上海打个家具什么的。”

“好了！好了！先都别哭了，把脸擦干净，咱先照个相，留个全家福。”谷部长吩咐司机把照相机拿了出来。

于家老少坐在院子的中央，于金子从屋里捧出了父亲于掌包的遗像交给了妈妈。于白氏和白王氏坐在长条板凳上。孙子靠在两位老人的中间，于毛子站在中间，两边是钱爱娣和于金子。

“咔”的一声，120 型照相机记录了这一历史时刻，一张没有笑容的全家福。

“别哭了！这又不是上江北，这是去上海大城市，是高兴的事，看看这左邻右舍的都让你们弄得眼红了不是？”

谷部长边说边拦住了于白氏，其实他心里也是酸溜溜的。好好的这么一个家，这不就完了，谁知道他们娘俩一走还能否回来？于毛子是走了背字了，爹没了，儿子媳妇也远走高飞了，扔下孤儿寡母……嗐，认命吧。

“爸爸我不走，我想你和奶奶，城里人不喜欢三毛子。”小毛哭成了泪人，抱着“苏联红”不撒手。

于小毛自打生下来就没有离开过这小院，于家不敢叫钱爱娣领他回上海。钱爱娣看着儿子和奶奶笃实的感情，心里不是个滋味，她已欲哭无泪。

“上车！上车！爸和你奶奶会常到上海去看你们，要听妈妈的话，长点出息，大小也算是个男子汉了！”于毛子把他们推上了车。

“余下的事，谷部长就全拜托你了！”于毛子眼睛红了。

“行了，别啰唆了，我会安全地送他们到嫩江上火车。”谷部长一招手，司机发动了汽车。

“到了上海赶紧来封信，省了让人惦记。”于白氏边喊边跑。

吉普瞬间就消失在路的尽头。

于毛子一连三天没有去他的排长办公室。民兵排的骨干全都回了上海，他变成了光杆司令，不吃不喝地只自躺在西屋蓝漆火炕上发呆。只要一闭上眼睛，满脑袋装的就是儿子于小毛和钱爱娣。

于白氏躺在东屋里头，孙子的走比老头子于掌包的死更让她难受，牵心挂肚地难受。屋里没有星火，变得和野外一样寒冷，小院里的积雪连推门都费劲，日子过得没有了盼头。

白王氏来了，身后跟着她侄女王香香。两人进院二话没说就铲开了积雪，院子本来就不大，一袋烟的工夫就打扫得干干净净。

姑侄两人进屋添柴烧水开始做饭，于白氏和于毛子躺不住了，让一个刚从公社回村的外姓姑娘忙里忙外的不落忍。娘俩连忙下地，大家一块儿动手，饭就做好了。有了人气，屋里也显得暖和起来。这是王香香回屯之后第一次走出家门。

王香香在痛苦和无望中醒悟过来，将自己的命运拴在范天宝的裤腰带上已是无稽之谈。父母早逝，哥嫂将自己带大，嫂子经常开导她，男人立命之本，是要有一个能养家的行业，挣钱糊口。行业选正了，不光解决了温饱，还能将日子过到了小康。女人呢？关键是找个好丈夫，一个疼爱女人，能给家里搂钱的汉子，女人将一生都寄希望于这个人，俗话说得好哇，男怕选错行，女怕嫁错郎。

王香香的哥哥虽然长得是一表人才，心眼却不灵光，打小办事就不会拐弯。父母逝后，他没有本事，家境过得不富裕。这些一直影响了王香香的世界观，她从小就愿攀高枝，羡慕那些有权有势的，因此，才上了范天宝的当，最后落个人财两空。还算范天宝有那么一点情义和良心，事情败露后，知道留她也留不住了，香香家境又十分困难，他给了王香香几千元钱，两人算平了账。

白王氏这些日子简直是踢破了香香家的门槛，说是替于家来说亲。她哥嫂不拿主意，全凭香香自己做主，生怕选好选坏今后落埋怨。

香香知道自己在于毛子手里有短儿，上次在公社让他碰个正着。可于毛子守口如瓶，没有向外透露半点消息，香香心里一直感激他。她知道于毛子的媳妇带儿子回了上海，把于毛子甩了，现在他急需要得到女人的安慰。于毛子可是顶天立地的男人，过日子的好手。她不挑剔他曾娶妻生子，自己不也偷过男人嘛，两人谁也不会给谁难看，香香主意已定。现在正是个机会，一旦于毛子缓过了洋，没准还看不上她呢。

王香香这才主动和白王氏来到了于家小院。

可王香香搞错了，王白氏提亲是给于金子。于金子已经三十出头，五短的身材哪里像个男人？除了人老实之外，没有什么优点可说。在农村开个拖拉机也算是技术活，但他倔强的山东脾气犯了，几头牛也拉不回来。嫁给他不就是一朵鲜花插在牛粪上了吗！

香香不同意，要嫁俺嫁给于毛子！于毛子一听生了气。俺哪能抢哥哥的媳妇呀，再说自己已经娶妻生子，谷部长正在活动县知青办，请他们和上海的知青办商量一下，能否让于毛子随妻到上海，给个什么样的脏活累活都能干。

于毛子和王香香进行了一次单独的谈话。

“香香，你再仔细地想一想，俺哥是个好人，是于家和白家两家的儿子，俺两家生活条件都好，家里还有些积蓄，你又不是找个漂亮的秧子在家里摆着，好看，顶吃顶喝呀！你哥哥还不是例子吗？瞧这日子过的，让你嫂子受了多少的罪，到头来他还得到西岗子煤矿去下井，挣点卖命的钱。”

“毛子哥，俺知道金子人不错，但俺不爱他，你也知道俺爱谁，俺不能嫁给了哥哥，心里却想的是弟弟，你不愿意，俺就嫁到屯子外面去。”

“咱们屯子工分高，到外头哪个村都是受穷的命，再说了，你现在不嫁，今后万一和范主任的事传出去，你可怎么做人？到那时候，像金子这样的也没有了。”

王香香一想到范天宝，心里就“咯噔”一下，立刻就没了精神，几天也缓不过那股劲来。一个如花似玉的姑娘就这样不值钱了，放到了处理品那堆里去了。现在是心比天高，命比纸薄呀。要立足现实，毛子哥说得也有道理。

“毛子哥，你们现在谁也别逼俺，让俺想一想，再和俺哥嫂商量商量。”香香心里还有别的寻思，就算俺同意了，这于金子到底是个什么态度，敲锣打鼓的挺热闹，唱戏的主角却始终没有上台，她要看看于金子的心是热的还是凉的。

于毛子的工作算是有了一些缝隙，香香给留下了一个活口。他和妈妈于白氏、二奶奶白王氏调过头来，开始做于金子的工作。

于金子一句话“同意”就算表明了态度，老大不小了，早就过了睡不着觉的时候了，一个汉子空躺在被窝里，还有不想女人的？这生理上的需求有时还算好熬，可心理上要想挺过去还真有点困难。男大当婚，娶不上媳妇在农村被人们笑话，这还不说，金子总想着卧虎山上的爸爸，于家的血脉要靠俺这个不争气的儿子接续，是个女人也就行了，更何况王香香人漂亮又有文化。

于金子知道王香香和公社范主任的那些丑事，他老跑公社给屯子里拉农资肥料，早就听供销社的人议论过。他恨范天宝，几年前将弟弟于毛子当苏联小特务抓了去。父亲于掌包进山打鹰也跟他有关。更可气的是，他那双淫手到处划拉，专找那些没有结婚的黄花姑娘。玩够了就这么一推，算是万事大吉，毫不负责任。于金子同情王香香的遭遇，他同意向王香香求婚。

“王香香，俺是一个老实人，这你知道，经常搭俺的拖拉机回屯又不是一次两次，虽然咱俩总共也说不过十句话，但俺不会绕圈子，山东人的脾气就像山东人吃的大葱，火辣辣的，直挺挺的，青是青，白是白，不掺假。”于金子抬头看了一眼王香香，只见她低着头，凭你去说，手里拿着一根桦树枝在地上不停地画着。

“王香香，俺不会说啥，就想着把心掏出来给你看看，绝对是鲜红鲜红的。俺知道俺个人条件差，外表不像个老爷们儿，可骨子里却是一条堂堂正正的硬汉子，只要俺认准了一个理，这条道就不会出岔！”

王香香心里想着，谁说这小子不会说话，他什么道理都明白，上中学时的哲学老师说过：“不要看不起农民，那些普普通通的人，都有着精彩人生的一面。每一块平凡的墓碑下面，都埋葬着一部生动的故事。”至理名言呀！王香香抬起头，第一次仔细地端详着这个不起眼的男人，小头小脸却棱角分明，眉毛挺黑形成了一条直线，两眉连接在了一起。听人说长这种眉毛的人心眼小，认死理。

王香香看着突然地觉着于金子的眉宇之间还散发出一种与身材极不相符的气息，一种霸气的流露。怪了，他的身上男子汉的味道渐渐地浓厚起来。

王香香对于金子的了解已经有了八成，她还想试探试探他的心胸。

“金子哥！”王香香终于说话了。

“你经常去公社拉货，难道就没有听到一些关于我的风言风语吗？如果是真的，你是什么态度？”

于金子没有想到面前这个曾受范天宝欺凌过的女人突然如此豪爽、坦荡和大方。

“俺听说过，俺不信。就算是真的有那么回事，俺还是不信！俺信现在的王香香。甭看俺个头小，胆量却冲破天，从今往后谁也甭想再欺负你！”

好让王香香感动，于金子虽然没有伟岸的身躯，可他却是一个能让漂泊的小船停靠的码头。

“金子哥，今天算是俺对你有了一些了解，这样吧，俺回去再和哥嫂合计一下，到时候给于家、白家一个信。”

俩人从一根没有了树皮光滑如镜的原木上站了起来，他们回头张望了身后蒿草丛生的知青点的院落，没有玻璃的一栋红砖房。王香香心里想，生活从每一天都要有一个新的起点，无论昨天的败落和兴盛，荣誉也好，名声也好，永远是昨天。她仿佛一下子找回了生活的勇气。

于金子没有那么浪漫，只觉得三十年来第一次有了一种幸福的感觉，完全属于个人的那种幸福感。

山野向后移动，那移动起伏不定。这才几天的光景，西北风抄着枯黄的地皮，将树叶抽打到山谷之中，只剩下光秃秃的树干，在风中摇晃着，战栗着，发出凄惨的嘶鸣，它们企盼着大雪的降临，以抵抗冬季的无情。

范天宝坐在汽车里一路上闭目思索，偶尔汽车的颠簸让他睁开眼睛望一望窗外略带凄凉的景色。他的心境和窗外枯燥的天气一样，需要一场时令的大雪，抚慰一下仕途上的创伤。

王香香这边他已完全放心了，王香香嫁给于金子好哇，于毛子是他的弟弟，又怎能把俺和王香香的那桩见不得人的桃色新闻传播出去？这件事已变成了他们于家的家丑，他们遮盖还怕遮盖不严实，万一露出了风声，不也是自己往自己身上扣屎盆子吗！

范天宝目前最担心的还是涉及自己前途的政治关。虽说谷有成帮了他，李书记放他一马，可这小辫子在书记手里攥着，想什么时候拽一把就拽一把，自己变成了书记手中的木偶，没有自由。这根线太重要了，要想办法让李卫江书记割断这根线。

范天宝媳妇有个远房的表哥在省政府财贸办当处长，听说和李卫江书记是黑龙江大学中文系的同学。范天宝听说后如获至宝，他对媳妇隐瞒了真正的目的，只说是让这位表哥帮忙搭句话，早日将自己调到瑷珲县城，使全家能够团聚在一起。

范天宝拎了两大口袋的山珍野味，乘嫩江直达哈尔滨的火车，一夜的颠簸，第二天早上七点到了哈尔滨。

范天宝被熙熙攘攘的人流拥到了车站广场，时间还早，他在广场一角的一个国营小吃店里买了一碗豆腐脑和两根油条，一算账整整比县城贵了一倍，还缺了两味调料，韭菜花和大蒜汁。他心里嘀咕着，人们都愿意往省城跑，千方百计托人将工作调入哈尔滨，这里有什么好的？除了开销大，就是眼皮高。一月供应那几斤白面，实在可怜。其实，小县城的人也看不起这大城市，老百姓们编了一句顺口溜，说哈尔滨人是“的确良的裤子，苞米面的肚子”，驴粪蛋表面光。

范天宝挤上公共汽车，手里拎着那两大袋山珍野味，一会儿被挤得碰上了左边的车窗，一会儿又被拥到了右边的汽车门旁。大冷的天，他却像在蒸笼一样冒出了滴滴答答的汗珠。偶尔遇上个不客气的年轻人，说两袋东西挡了道，骂他一声“屯老迷”。范天宝心里窝火，心想，这要放在俺临江公社，瞧俺不活剥了他！

好容易到了花园街省政府的大院门口，传达室的老式座钟正好敲了八下。传达室的老同志看了范天宝的工作证后，很客气，找人必须事先有预约，这是规矩，谁也不敢让人贸然进去。

老同志客气地搬来椅子，从自己满是茶锈的瓷缸里倒出来一玻璃杯浑浊的茶水，范天宝连忙接了过来，嘴上不停地说着谢谢，心里也有了一丝温暖。老同志这才拿起了桌子上的红色内部电话帮他联系。

省政府财贸办回话，处长正在路上，让他的亲戚稍候。

范天宝走出传达室，走向那敞开的黑色铸铁略带欧美风格的大栅栏门，他没想到刚刚靠近，就被一位孩子气很浓的解放军战士拦住，蛮横地命令他退回警戒线之外。范天宝心里愤怒，想发火骂娘，俺他妈好赖也是个科级干部，边防三营穿四个兜的解放军干部见俺，都要打立正敬礼。

他抬起头来，看着鱼贯而入这大门的省政府大大小小的干部们，一个个挺胸昂首，有胳膊上夹着公文袋的，有手里拎着各式皮包的，脸色都像是一个模子里刻出来的，傲慢地在他眼皮下匆匆而过。一辆辆黑色轿车，除了他在瑷珲看到外事谈判的伏尔加轿车外，大都叫不上名来，但清脆的喇叭声都是一个样，都是那么的官气十足，令人止步。它们一溜烟地消失在大门里面深深的楼群之中。

范天宝就像一位上访者，一位普通得不能再普通的乡下农民，呆呆地站在那里，无人理睬。他多么希望这些小汽车里有自己的表哥，那小车停在自己的身旁，将自己拉进这座令人向往，又充满神秘的全省最高的权力机构。

随着一声清脆的自行车铃声响过，“表妹夫！”表哥从那辆崭新的凤凰 28 锰钢大链套自行车上跨下来。范天宝一头的雾水：“怎么？表哥一个正处级干部没有专车？”

“表妹夫，这正处级在你们县里算是个大官了，在咱省政府用鞭子赶，一群一群的，表妹昨天晚上来了个长途，把你的情况都说清楚了，我和李卫江没的说，老同学了，这是我给他写的信，你拿着找他去，他会买账的！”表哥说完，又从内衣口袋里掏出了一张批条，是购买一台彩色电视机的批条，把它交给了范天宝。在瑷珲五金文化商店交钱提货，17 寸日本东芝的。

范天宝连忙到传达室将两袋子的山珍野味放在了表哥的车后架上。俩人客套地打了个招呼，一个骑车进了省政府大院，一个立马来到火车站购买了当晚去嫩江的火车票。

范天宝出了血本，将彩电买回家中，夫妻围着这看看那看看，孩子将电源插上，全家围坐在一起，观看了一会儿电视节目，效果极佳。色彩鲜亮，屏幕清晰，送给李卫江真有点舍不得了。孩子的小嘴噘了老高，满心的不愿意，媳妇说："老范，不行就留下咱们自己看吧，万一掉了井，不就白瞎了吗？"范天宝说："这点礼算得了什么，舍不得孩子套不着狼！"

媳妇说："你开好发票了吗？要把发票一块儿给人家送去，这样书记才敢要。"

范天宝早就将发票准备好了，媳妇还不放心："万一李卫江收了电视，翻脸不认账了，照样不给你调回来，咱们不成了哑巴吃黄连，有苦说不出来吗？"

"对呀，害人之心不可有，防人之心不可无啊，咱们给人家送礼，决不能又坏了人家的事，这样的缺德事咱不做，万一这李书记矢口否认，咱也不能没有一点准备，得留个后手！"刁钻的范天宝围着电视机转了一圈，鬼主意来了。

范天宝从媳妇手里接过螺丝刀，将电视机的后盖打开，找了一条药用胶布，在胶布上写下了何时何地何人送给了县委李卫江书记电视机一台，留此为证。他将写好的胶布贴在了电视机里面的一个不易发现的地方。然后，再轻轻地把后盖拧上，不留下一丝拧过的痕迹。

电视机送到了李卫江家里，李卫江板着个脸，死活不收。范天宝将表哥的信交给了他，告诉书记这台电视机是他的老同学让俺这个表妹夫给捎回来的，不是俺范天宝送的。再说了，俺范天宝就是有这个心，也无能为力。日本货，他的老同学找人特批的，这是发票。

李书记接过发票，脸色一下子就暖了下来："我说的呢，你范天宝也没有这么大的本事，你表哥是我的老同学不说，就咱们瑷珲县这几年没少麻烦他。”

“咳，小范怎么不坐下？坐下，坐下，不要客气。”李书记的爱人看着丈夫的脸色行事，这正是火候，她将茶水端了上来。

“小范啊，引以为戒吧！过去的事情就按谷有成同志说好的意思办理好了，这一页咱们就算翻了过去。有了错误改正就是好同志嘛！只要你努力工作，不会影响今后的提拔任用。”

范天宝几天的努力没有白费，他要的就是县委书记最后的这句话，目的达到了，这里就不能久留，万一再碰上个其他领导来串门，不方便。话多有失，坐长即烦。范天宝起身告辞。

于金子和王香香的婚事定下来了，日子选在了新年的元旦。

新房当然还要放在于家，于白氏和小婶白王氏商量好了，结婚回门之后，就搬回到白家。于白两家都在收拾新房、剪窗花、贴喜字。全新的家具先放在于家，然后再随新人移驾白家。

于毛子为哥哥于金子的婚事起早贪黑地忙着，于白氏觉得有点对不住自己的亲生儿子，毛子和钱爱娣甭说做新家具，就连床新棉被也是压箱底的。谁让他们不是明媒正娶呢，儿子还有机会，给金子办喜事是给大家看的，越不是俺亲生的，俺越要给他办得体体面面，也让卧虎山上的老头子放心。

于白氏心地善良，两个儿子不偏不向，结婚的头一天晚上，她把于金子和王香香叫到了东屋，抱出了同样的一罐沙金。于掌包这一辈子就为两个儿子准备了这些财产，于毛子那罐给了钱爱娣和孙子于小毛，这罐给金子媳妇王香香。

王香香接过金子，给于白氏鞠了个躬，叫一声“妈”。

于金子跪在了地上，给妈磕了一个头，眼泪涌出了眼眶。他低估了于白氏的为人。他在于小毛出生的那天，在卧虎山父亲的坟前告诉爸爸，于白氏偏心，将家里唯一的财产都给了她的亲生儿子。于金子错怪了老人。

于白氏心里全都明白，她并不解释。

于毛子从县武装部谷部长那里借来了吉普。虽说于家在屯东头，王家在屯西头，加起来一里路的距离，但于毛子要为三十岁出头的哥哥，把婚事办成全屯最好的，当然要用小汽车当花轿。

于家白家做了几十盏红色的冰灯，晒鱼杆上挂起了红红的鞭炮，于家院门口的坡下，立起了一个用翠柏枝编扎的迎亲门，挂上了两盏大红宫灯，写了一副红红的对联，是于毛子请县一中的语文老师写的。上联：香染桦皮红卧虎；下联：金揽佳人耀龙江；横批：百年好合。

清晨，于毛子推门一看，不知何时天降瑞雪，卧虎山银装妖娆，干燥的空气立刻就湿润了起来，一切的残枝落叶都被大雪覆盖，留下了一个清洁的世界。

上午十点，迎亲的队伍从屯东头排到了屯西头，花车在不动的人流中间，迎了出去接了回来。婚礼开始了，鞭炮齐鸣，谷有成这次又扮演了证婚人的角色，他当众宣读了结婚证书。

县里请来了礼宾司仪将婚礼掀起了一个又一个的高潮，让桦皮屯的父老乡亲开尽了眼。到了夫妻拜见高堂的时候，于家小院放了两把红布垫子的木椅。上首坐着白王氏，手里抱着白士良的照片，下首坐着于白氏，怀里抱着于掌包的照片。

于金子忍不住哭出了声，悲喜交加，他和王香香双双跪下，给两位端坐在椅子上的老妇人磕头，给卧虎山上、稗子沟里的两位老父磕头。

谷有成心里一阵酸楚，胸口仿佛有电流通过。

不知摆了多少桌，全屯家家户户都关闭了灶坑，喜酒从中午一直喝到了冰灯闪烁。

累了几天的于毛子和妈妈于白氏总算挨上了炕席，妈妈只翻了一个身就睡着了，不一会儿就传来了老人均匀的、轻柔的呼噜声。

西屋仍在闹着洞房，不时传来青年男女嘻嘻哈哈的欢笑声。于毛子没有一点困意，他一会儿望着屋内低矮的顶棚，一会儿又从玻璃窗前望着窗外天上的月亮。院墙上无数盏红红的冰灯映红了月亮的脸庞。他想起了天的那一边，那座灯火辉煌的不夜城，有着自己亲爱的儿子和那个离开自己的女人。

第十章

分久必合，合久必分。中苏之间的冰冷随着边境贸易的恢复而复苏。深挖洞、广积粮、全民皆兵的时代被历史翻开了新的一页。桦皮屯民兵排面临马放南山刀枪入库的转轨期，桦皮屯的山民们同样面临着封山育林生产方式的改变。这一切，给民兵排长于毛子的人生命运又打上了许许多多的问号……

冬去春来，峰回路转。桦皮屯的老百姓面临着划时代的转产，祖祖辈辈伐木淘金、捕鱼打猎的生产方式发生了根本性的变化，那种掠夺资源式的原始围猎生活受到了政府的限制。

于毛子几天都睡不好觉，他在民兵排的办公室里听广播看报纸，打电话给县里的关系户了解时局的变化。一连串的新名词铺天盖地，县林业局的牌子摘了下来，换成了县营林局。过去以伐木为主的林大头，是全县肥得流油的单位，县里面头头脑脑的公子小姐挤满了局机关和各林场机关。如今的林业局变成了营林局，只种树不伐木。树木成长的周期少则十几年，多则上百年。林业又变成了穷光蛋，有权有势的又忙着将孩子们调走。

于毛子的脑筋一时还转不过来，省政府还下发了文件，封山育林，连那些偷吃百姓家猪、羊、鸡、鸭的野兽们，和人们争夺资源的野生动物，统统都变成了人类的朋友。不，应该说变成了祖宗，甚至连山兔野鸡这些小玩意儿也不让打了，还说谁打了就是触犯了法律。这官司邪了，人总是输家，听说还要蹲大狱。

于毛子回到家里和妈妈于白氏争论着，无论是哪朝哪代就属人不值钱，还不如四条腿的野猪了。

于白氏虽然不明白为什么把卧虎山定为了野生动物保护区，沿黑龙江一带定为了自然资源生态保护带，但她老人家还是很称赞政府的决策。不让打猎好哇，整天玩个枪弄不好就要招灾惹祸，两位老人的命运不就是现成的例子吗？

于毛子不同意妈的观点，咱于家在县里、乡里吃得开受人尊敬，不全凭俺这两条枪吗？不让进山打猎谁还求俺于毛子？钱爱娣领着儿子于小毛走了，至今音信皆无，俺写了多少封信都被邮局退了回来，说是查无此人，俺能熬过这些日子，不全凭了这杆枪和卧虎山上的野兽们。咱不图钱不图利，不就图个热闹和落个好人缘吗？

于毛子心里想，打不着个猎物，甭说社会上的三教九流瞧不起咱们，连屯子里的小媳妇们都不往俺于毛子身上靠了。她们不像钱爱娣图俺是个混血儿，长得帅气漂亮，这些小媳妇们家里都有汉子，不缺那个。她们嘴馋，图的是俺毛子手里的野鸡和野兔。

更让于毛子焦急的是，听说沿江一带民兵的武器也一律上缴，连猎户们的猎枪都要收了去，只保留鄂伦春族的枪支，说是尊重少数民族的生活习惯。没有了枪，俺于毛子是英雄无用武之地了。他不甘心自己的辉煌就这样一眨眼就消逝了，再没有了光彩。于毛子一天几个电话搬找救兵。

“喂，范主任吗？我是于毛子，派出所收缴枪支的事你知道吗？”

“知道，知道，你不要着急，我刚和县委李卫江书记通过了电话，说明了你和枪的重要性，这是和省、地领导交往的一条重要通道，李书记答应和县公安局打个招呼，把你作为特殊处理，你知道了吧……”范天宝有意拉长了官腔。

“喂谷部长吗？俺的谷叔叔，这枪要是一收走，你要的东西今后就再没有指望了，你得赶快想办法，保住你多年经营的这块基地呀！”于毛子煞有介事地往大里说。

“毛子，这些我都知道，其重要性捆住了县委、乡里和你们于家。我刚才和李书记通了电话，估计问题不大，这枪一定要保住。保住了枪，也就是保住了你，也保住了我，还有那个滑头的范天宝，我知道这里的分量。”

“喂！县委招待所吗？噢，张经理呀！俺是于毛子，听说县里要收枪的事了吗？……”

“于毛子，不用说，我全都知道。我已分别请示了县委和政府两位一把手，咱们招待所正式改名为瑷珲宾馆，是接待省地领导的唯一指定宾馆，全县所有的宾馆饭店全都停止了山珍海味的经营，只保留了咱们一家，你这个特供渠道当然不能堵塞，在家好好听佳音吧。”

于毛子悬着的心总算是搁到了肚子里。

县委的红头文件迅速下发到各个乡镇。全县统一行动，民兵的枪支弹药全都收缴，放在县武装部民兵装备器材仓库。社会闲散枪支全部集中在县公安局。

收枪是一项十分困难的社会工作，过去公安局从社会治安的角度出发，曾几次动员都无果收兵，这次是县委按照省委的要求下发了红头文件，全社会一齐动手，公安局当然最积极。一个月的期限没到，收枪已完成了百分之九十九。

桦皮屯民兵排的那杆半自动步枪也作为强兵固防的需要，在县委红头文件的下面开了一个小洞，暂由桦皮屯民兵排代管。不过公安局约法三章，配发的子弹全部上缴；步枪只限于毛子在民兵训练中使用；任何人不得持枪进山打猎。

这个结果令于毛子是喜出望外，在这个特殊的约法下面，又保住了于家的双筒猎枪和白家的单筒猎枪。他和哥哥于金子把三杆枪擦上了枪油，戴上枪套放到柜子里，真的马放南山洗手不干了。

谷部长和范主任严令他不能顶风而上，什么时候进山听候县乡指令。

一年没动枪了，于毛子心痒手痒脚痒，浑身不是滋味，失落感、饥渴感、思亲感、孤独感、无助感也全都交织在了一起，摧残着于毛子高大的身躯和脆弱的心灵。

当妈的心疼儿子，眼看于毛子的身形瘦去了一圈。她劝他到哥哥于金子的家里走走，散散心火，要是浑身的力气没处释放，那就到科洛河与黑龙江交汇的三岔口去打鱼。打鱼又没有人限制，要自己学会找乐趣。等到了冬闲，妈陪你去上海找那没良心的钱爱娣，妈想孙子于小毛了。可于毛子还是整天把自己锁在已经荒废了的民兵排部，看着那台已换成拨号的红色电话机发呆。

人走背字喝凉水都塞牙，县里的那些大人物们再没有踏进于家的小院。

于毛子闲极难耐，想干点无事生非的事都没地方施展。温饱生淫欲，他更想女人。没有沾过女人的男人，想女人都是夜间躺在被窝里，那种思恋充满了神秘，充满了朦胧，闭上眼睛就可以充分展示自己的想象，他可以把白天见到的任何一个女人，或者他心中早就确立的偶像当作新娘或者性伙伴。在寂静的那属于自己漆黑可怜的空间里，自由地完成他的需求。到了白天，黑夜里的事情早已忘记得一干二净，即使见到昨夜和自己做爱的那个女人，身心都不会有什么异样。

沾过女人的男人想女人，想的是过程，想的是感受。他们想女人不论是黑夜和白天，见到漂亮的女人，或者丰满性感的女人，他会用透视的眼睛，扒光女人的衣服，看到女人的肥臀、细腰，尤其是那高耸的乳山，烧得男人不能自拔，裤裆里的命根子会立刻勃起，强烈的欲火烧涨了头。所有沾过女人的男人都有过这样的感受，而多数的男人都是用理性控制了冲动。

于毛子是沾过几个女人的男人，自从钱爱娣回到了上海，屯子里的大姑娘小媳妇整天围着他起腻，有的看中了于毛子手中的山珍野味，打个情骂个俏地摸上一把，捅上一把，落下一锅肥肥的肉汤，吃得全家的嘴唇油光闪亮。

有的看中于毛子健壮的身体，隆起的胸肌和肩头凸起的三角肌，两条杠子一样的胳膊上长了一层白白的汗毛，确有让女人心动的阳刚之美。

有的小媳妇趁着丈夫出门做工，借机也想沾一把于毛子的便宜。哪有猫见鱼腥不起腻的，再加上他身边如花似玉的上海女学生已经远走高飞。这阴阳一碰就有了火花，完事之后，于毛子反客为主嬉皮笑脸地约定下一次，说这是互相帮助，各取所需。

王香香的嫂子在村里的官称叫王家媳妇，家住瑷珲的西岗子镇。香香的哥哥在岳父的帮助下，经常到西岗子煤矿去打短工，挣点钱补贴不富裕的日子。于毛子仗义，有时也经常给这位漂亮性感的王家媳妇送上点吃喝。俩人一个走了媳妇，一个走了丈夫，就经常地做那些“互相帮助”的事情。自从于金子娶了王香香，两家成了亲戚之后，俩人便停止了交往。

于毛子穿着那件总不离身的大红背心，前胸“劳模”两个大字，标榜着他昔日的辉煌。他在屯子里转悠了一圈又一圈，平时相好的大姑娘小媳妇一个也不见了，势利眼啊，瞧俺于毛子不中用了，这帮无利不起早的东西们，十年河西，十年河东，总有一天俺东山再起。他嘴里骂着，这脚熟把于毛子不知不觉地又带到了民兵排部，原本光滑的小路被路边的杂草掩没，门框边上的民兵排的那块白底红字的牌子歪歪斜斜，早就漆皮脱落。

于毛子的眼神呆滞，他忽然看到那把早已生锈的门锁不知了去向，其实那把锁早就失去了作用，只挡君子不挡小人。

“咳！他妈的这是谁呀？谁吃了他妈的豹子胆了，竟敢把门锁给撬了，这不是大白天往俺于毛子脑门上撒尿吗？”

于毛子的火气没有地方撒，这回全都拱到了嗓子眼。他一脚将门踢开，顿时愣住了，四个老娘们儿东西南北各把一角，敞胸露怀地坐在写字台上打扑克，红色的电话机被丢到了地上，民兵排那枚标志权力的红塑料大印也丢弃在了一旁。四个人全都是和他“互相帮助”过的女人，领头的是那个越发水灵的王家媳妇。

这帮老娘们儿根本就无视于毛子的到来，笑声、骂声、撩骚声此起彼伏。你进来你的，她们打她们的，没有一点反应。

于毛子怒火冲天，红脸变成了白脸，这一年的气就全撒在四位女人的身上。

“俺操你们八辈祖宗！”他一把抓起桌上的扑克牌甩向空中，转身推下桌上惊呆的女人们，回手又掀翻了写字台。

女人们一片惊叫，拔腿就往外跑，于毛子放过了那三位女人，只拦下了平日里最喜欢的王家媳妇。他最喜欢她的大奶子、大屁股。于毛子把王家媳妇紧紧地抱在了怀里，顺势将她按倒在地上，一手伸进怀里，揉搓着想疯了的两个大奶子，一只手伸进了裤裆里……

于毛子嘴也不闲着，边啃边骂。小媳妇动弹不得，那杀猪般的叫声、骂声又唤回来跑出院外的三个妇女。

三位女人重新跑进了屋，看到了于毛子疯狂的就像一头豹子，一时不知所措。

“二嫂子，还愣着干什么？和他于毛子拼了！”一位胖女人高叫着。“于毛子你这个混蛋，山珍野味的连根毛都没有了，还想占老娘的便宜，咱们一起上，打他这个没有用的二毛子！”

三位女人一起拥上，鞋底子抡圆了，劈头盖脸雨点一般落在了于毛子的身上。

于毛子一点也不觉得痛，全身的精力完全倾注于王家媳妇的身上。

于毛子穿的旧军装早已褪色，那布也没了韧性，二嫂子使劲往下推拉，只听那裤子“刺啦”一声就被撕开了一个大口子，于毛子白花花的屁股一下就见了天日。这一对光滑白嫩的屁股对于她们早已不新鲜了，现在更没有心气欣赏或开怀大笑。三位女人怎么也扳不动于毛子牛一样的身板。

混乱之中，胖女人摸到了那枚红色的公章，愤怒之下有了灵感，她连忙找来印泥盒，“啪啪啪”地开始往于毛子的屁股上盖章，零乱无序的红彤彤的图章印在了于毛子雪白的两扇屁股蛋上，就像屠宰厂新杀的猪盖上的检疫印章一样。

于毛子突然觉得屁股上一阵的凉爽，他抬眼一看，那胖女人正举着那枚民兵排的大印。于毛子明白了刚才那一阵湿漉漉的缘故，他一抬脚就把那位胖女人踢翻在地。

于毛子仍不撒手，王家媳妇已是有气无力，一动不动任凭摆布了。

二嫂子眼看着王家媳妇的衣服开了，裤腰带也断了，裤子褪到了屁股。虽然大家和于毛子经历过，这场面谁也不陌生，但总不能把相互之间那点事都放在明处，眼巴巴地瞧着他俩干那个。

胖女人急中生智喊了起来：“哎呀妈呀，不好了，王家的老爷们儿过来了。”

三位女人拔腿就跑，她们心想，能解这眼前之危就算解了，解救不了王家媳妇，咱们不能害了眼，反正他们也不是头一回。

于毛子激灵一下打了一个愣，刚要起身，王家媳妇却用手死死地搂住了他：“那该死的昨天才去了西岗子！”于毛子精神大振，这熟悉的房子里又剩下了熟悉的两个人，彼此的声调就像换了音节，尽情地歌唱起来……

俩人穿好了衣服，相互拧了对方红扑扑的脸蛋，什么亲戚不亲戚的，反正他俩之间没有任何的血缘关系也就行了，和于金子也不搭边，俩人心安理得并许下诺言，从今往后“相互帮助”的事只限于他们之间。

于毛子高高兴兴地来到了科洛河边，西山边的晚霞又变得五颜六色了，他脱了个精光，蹲在河边使劲地洗着屁股，河水泛起了红色，好像天边的红霞映在水中的倒影。

好久没有这么痛快了，余性未了的于毛子浑身还有使不完的劲，他一个猛子扎入水中向河的东岸游去。

断了线的风筝又接了起来，于毛子精神抖擞，重新扬起了新生活的风帆。

于毛子和于金子哥俩商议着，不进山打猎，那就下江捕鱼，黑龙江的鱼是越来越少了，价钱也越来越贵，他们相信鱼鲜仍能招回昔日的风采。

于毛子招呼金子开上拖拉机去了临江的桦皮窑林场，林场场长过去也没少求过于毛子，虽然不让打猎了，交情仍在。哥俩装满了整整一拖车桦木杆，只花了十块钱就拉到了桦皮屯江边的三岔口。

三间白桦杆的房子很快就盖了起来，它坐南朝北，远处是青翠墨绿的卧虎山，近处江河缠绕，北面是黑绿的龙江水，东面是清澈的科洛河，西边坡头上几十栋洋铁瓦盖的桦皮屯民居，太阳下闪着银光。

桦木房子就像俄罗斯的一幅油画，哥俩给它起了和他们有关的名字“鱼房子”，乍一听这于金子、于毛子、鱼房子成了哥仨。

界河是不让捕鱼的，两公里之内不许鸣枪，这些戒律边民们都很清楚，于毛子理直气壮，枪是不打了，鱼捕的是科洛河的，三营的边防战士也奈何不得，况且首长早就有指示，对于毛子睁一只眼闭一只眼地就过去了。

于毛子干一行钻一行，他又发明了一种捕捉大鱼的办法，衣服不用脱，鞋子不会湿，那条条大鱼在江中便会被他擒上来。

于毛子手巧，他在镀锌铁皮上画好一条三寸长的小鱼，然后用剪子把它剪下来，铁鱼尾巴上拴着一个倒刺鱼钩，鱼头拴上一个铁坠，鱼嘴里系上一条白色的尼龙丝绳，一个捕捉鳇鱼、奇里付子、黑鱼的工具算是完成了。

于金子和王香香叫上嫂子王家媳妇一齐来到江边看热闹，为于毛子助威，大家谁也不敢相信，就这么一条绳子上拴了一条假鱼，竟能捕鱼卖钱发财?

于毛子直挺挺地立在江岸上，他把一根长二百米的尼龙绳一圈圈套在自己的左胳膊上，右手拎住距绳头一米左右的铁假鱼，然后抡圆了右胳膊，一圈、两圈……划起了大弧，突然于毛子一撒手，沉沉的鱼坠带着铁鱼，拖着长长的绳索，就像火箭一样被发射了出去，“嗖”的一声伴着于毛子的一声大喊，铁鱼飞出了一百五十米开外。

于毛子显得沉稳有度，不慌不忙地等铁鱼被水流冲到了下游，绳子拉直了的时候，他迅速地用双手往岸边一把一把地拽着绳索。

铁鱼落入水中后便渐渐地往江底沉下，当铁鱼遇到力量拉它顶水而上的时候，铁鱼受到了江水冲击的阻力后，铁鱼自身在水流中开始旋转，绳索拉得越快，铁鱼转得就越快，还会发出“嗖嗖”轻微的声响，它就像一条银鱼在水中逆流飞驰。如果这时遇到了凶猛的食小鱼的大鱼，大鱼就会掉头扑向小鱼，一口死死咬住，绳索的力将铁鱼和鱼钩深深地扎进或卡住大鱼的喉咙，这条大鱼就被拽上岸来。

奇妙的构思，从理论上讲完全符合逻辑。

第一次拉回岸边一无所获，二次，三次……金子和香香似乎没有了兴趣。可于毛子的神情和第一次抛出铁钩时一样严肃。他静了静神，又一次全力抛出，铁鱼在空中划了一条弧线后便一头扎进水中。

突然，于毛子一个踉跄被江中的绳索拉倒，待他跃起身来，双脚已踩进了水中。他迅速地放松绳索，于金子和王香香见状也来助战，王家媳妇在岸边帮助瞭望，三人紧紧地拽住绳头，一会儿死死拖住，一会儿又顺势跟它跑出几米。人在江岸上，那条大鱼在水中，他们之间开始了斗智斗勇。

大鱼终于筋疲力尽心血流完后被拽上了江岸。江边上不知何时围满了人，一条百斤以上的奇里付子让众人欢呼。

临江乡林业站的站长也站在人群中，他挤到了于毛子跟前："哥们儿，好厉害呀！不光打猎是神枪，这捕鱼也是神钩。商量一下，这条鱼卖给我吧。"说着这人掏出了三百块钱。

于毛子、王家媳妇和于金子夫妇相互看了一眼会意地笑了。

"这鱼谁也不能买！这是专供县宾馆的！"不知什么时候瑷珲宾馆的张经理也来了，这鱼鲜味怎么就飘到了瑷珲县城里去了呢？

"毛子兄弟！我听说你盖了个鱼房子，就知道你一定会出奇兵，咱们过去就有约定不是，打上的鱼我全都收，价钱是市场的一倍！"

张经理说完就招呼宾馆的北京130轻卡的司机把鱼装上了车，随后掏出了六百块钱拍在了于毛子手中。于毛子考虑不能得罪了张经理，更不能堵了这条通道，再说了，钱给得也多，何乐而不为呢！"行！就这么定了！"于毛子一挥手，买卖算是结了。人们还是围着他不走，央求于毛子再给表演一次。

于毛子迷信，每天只打一次，有鱼就收，不能破了规矩。六百块钱于毛子留下了二百块，香香和王家媳妇各自二百块。他向来就这么仗义，何况又没有外人。这钱来得容易，于毛子得意地说："凭的是俺混血儿的智慧，咱们不会在一棵树上吊死，哪行都能挣钱、吃饭、出名！"

鱼房子出名了，每到星期天买鱼的、吃江水炖江鱼的、尝鲜的、野游的把桦皮屯这个小村托了个红火。

于毛子是个极有责任心的男人，全屯人除了种那点儿地混个足吃满喝之外，就是缺少换钱的行道，这捕鱼的本事不是人人都会，他一直在苦思苦想，要为大伙找一条致富的道道。

雨后的早晨，山峦被洗得更加葱翠，空气中都冒着泥土、庄稼、树木、水草散发出的芳香。

于毛子手拎着捕捉“苏鸟”的滚笼来到科洛河旁，他先将滚笼挂在那棵大柳树上，滚笼里头的最上层站着一个红头顶、红肚囊的苏鸟，它叫声清脆响亮，能传出一里地之外。于毛子把它当作引子，招引其他的“苏鸟”飞来，这引子又叫“油鸟”。

滚笼设计得十分科学，圆圆的身子，最顶层就像人的头，里面站着“油鸟”，第二层就像人的肩膀宽出了一圈，里面放着谷穗，这层全部设置成翻盖，只要“苏鸟”听到“油鸟”的招呼，它们飞过来往上一落，翻盖十分灵捷，“苏鸟”就被翻到了第二层里，第二层和第三层的隔栏也设有翻盖，“苏鸟”接着就被翻到了第三层。第三层比第二层又宽大了许多，就像一个仓库，几十只鸟全能装在里面。

于毛子早晨将滚笼挂上，晚上取回。如果是在冬季，大雪封地，成群结队的“苏鸟”前来找食，一个小时滚笼就被装满了，把“苏鸟”拎回家里拔毛开膛，用油一炸，再好不过的下酒菜。孩子们会用一根铁丝将鸟儿串成串，在火盆上烤熟，撒一点咸盐面，举在手里，就像关内吃的冰糖葫芦，满屯子你追我赶地耍起戏来。

于毛子将滚笼挂好之后便从树上跳了下来，他无意中发现河边游动着几条凶猛的身上闪着斑点的大黑鱼，老百姓管它叫“狗鱼”。一群群惊慌失措的小鱼被黑鱼追得四处逃散。于毛子心里一喜，连忙跑回家中，找出多年不用的猎叉，他在土里把两根通条粗细的铁叉磨亮。然后，划上自家的小渔船来到江岸边。

他全神贯注地瞪大了眼睛，将鱼叉高高举过了头顶，双脚站稳，尽量不让渔船晃动。一条足有三斤重的黑鱼慢慢地游了过来，于毛子目不转睛，待鱼游到了渔船跟前，他屏住呼吸，像打枪射击一样将猎叉掷进河中。

河边立刻冒出一股浑浊的泥水，接着在泥水下层又有一股鲜红的血水慢慢地冒了出来，渐渐地向四周扩散。水清之后，那条粗壮的黑鱼被其中的一根铁叉穿过鱼身扎在河底。于毛子将猎叉撅起，那条专吃小鱼的大黑鱼便被捕出了水面，放到船舱里。

两个小时过后，五条黑鱼全部被捉，于毛子兴奋地将小船划到自家的坡下，跳下船，招呼妈妈去喊白二奶奶、金子哥夫妇和他嫂子王家媳妇来吃他的拿手菜生拌黑鱼丝。

两家人全都坐齐，只等于毛子的黑鱼宴。

于毛子先将黑鱼去皮，听人说，过去的胡琴有蟒皮的，蛇皮的，还有黑鱼皮做的。黑鱼去皮后，留下了雪白的肉，他用快刀贴着鱼脊骨，将鱼身两侧的肉片去，鱼头鱼尾和鱼骨熬汤，时间越久越好，鱼汤煮成了奶白色，放葱、姜、盐，临出锅再撒上一把香菜，鲜滑可口没有一点油星。

于毛子完成了这套程序后，便将剥下来的鱼皮切丝过油，炸至金黄色，又焦又脆时捞出备用，然后把鱼肉改片切丝，放在二号盆里，用白醋浸，鱼肉被醋杀出了水，消了毒，肉丝缩紧不易破碎。他把白醋倒掉，放葱、姜、大蒜、味精和精盐，把炸好的鱼皮丝倒进盆中，切几个干红辣椒，放一点香菜末在一起搅拌。

鱼肉是白色的，鱼皮是金黄色的，加上红绿搭配，色、香、味、形比瑷珲宾馆的一级厨师做得还地道。

生拌黑鱼用去了三条，一条放到自家的菜窖里，里面存放了冬天科洛河里的冰块，这是于家的冰箱，留给妈妈于白氏熬汤补身子。还剩一条做了一盆滑溜黑鱼片，一桌鱼宴做成了。

于白氏见儿子又有了生活的乐趣，找到了消遣时光的活计，县、乡又经常来人到于家一坐，皆大欢喜。

又是一个冬季，西伯利亚的大风雪一夜工夫便越过了银蛇般的黑龙江。北风夹带着雪沙在科洛河野苇荒草掩盖的女人湖上卷过，发出野兽厮打般的呼啸，那孤零零的蒿草在凛冽的寒风中抖动。

风消了，雪停了，女人湖宛如镶嵌在科洛河飘带上的一块羊脂白玉，雍容华贵。

于毛子带着桦皮屯十几位壮汉，闯入了夏季男人们的禁地女人湖。大家清扫湖上洁白的积雪，露出光亮透明水晶般的湖面。

于毛子指挥大家东西向拦湖站成一排，然后丈量每个人之间的间距，二十米一个人。每个人的脚下就是一个圆点，任务是每个人要凿开一个一尺见方的冰洞。从西岸排到了东岸，起点和终点的洞口宽大一些，是一般洞口的二倍到三倍。

男人们用冰镩凿出一块块晶莹剔透的冰花，冰花飞舞，溅在人们的脸上，和眉毛胡子及皮帽子上的冰霜连接成了一体。冰洞越凿越深，一米厚的冰层终于被打透了，久违的河水争先恐后地冒了出来，狂吸冰面上新鲜的空气。

“大家休息，看俺和俺哥于金子下网，要认真地学，这是咱们桦皮屯冬季的生活出路！”汉子们都围了过来，新奇地观望着于家哥俩的绝技。

于毛子拿出一根笔直的松木杆，杆子的后头拴上近三百米的大粘网。于毛子站在起点的入口，把松树杆插入冰洞里，木杆进水之后便浮在水的上面，紧紧贴在了冰层的下面。于金子站在二十米处的第二个冰洞口。哥俩每人手持同样的松木杆，不同的是，他们手中木杆的杆头上，用铁丝捆着像猎叉的两根铁棍，正好能卡住水中的松木杆子。

捕鱼开始了，于毛子从入口处用铁叉卡住木杆，对准哥哥于金子的第二个冰洞口，然后用力地往前一推，只见木杆像长了眼睛一样，贴着冰层直直地游到了第二个冰洞口，于金子的铁叉像接力一样卡住了木杆。鱼网随杆进入了水中二十米长。

于毛子跑到第三个冰洞口用铁叉迎接哥哥金子送出的木杆。汉子们在冰面上都能清楚地看到木杆在冰下运行的轨迹。“高哇！真他妈的高哇，咱们这毛子排长是出手就惊人呀！”

“这回可好了，冬季咱们也有活干有钱挣了！”

在众人纷纷的称赞之下，哥俩不大一会儿工夫就将三百米的大网全部顺到水中，在女人湖里筑起了一张拦腰切断的网坝。

于毛子估计，女人湖在夏天是男人们的禁地，没有人在这里张网打鱼。这里是鱼儿们天然的避危休息之地，他听王家媳妇说过，女人们在女人湖里洗澡，经常碰到鱼群咬撞身体，到了冬季，黑龙江中的鱼群也会从江里游进河里，逆流而上进入这个平坦开阔的女人湖。

女人湖的南入口有条清沟，从卧虎山中流出，冒着热气进入女人湖，零下三十几度的三九天也不封冻，可能是温泉所致。常有熊瞎子站在清沟里窥测湖中来换气的草鱼和鲤鱼。鱼儿只要游到岸边，黑熊一掌下去，准能抓上来一条活蹦乱跳的大鱼来。

粘网进入水中需要一天的时间来等候鱼儿的钻入，第二天中午起网。有人提议需要夜间值班站岗，万一这事让外屯人知道，或者让三营边防军给起走了，那可就赔了夫人又折兵了。

于毛子采纳了人们的建议，将青壮年的男人们分成两个组。晚上值班到夜里十点，早晨五点值班到中午，这一班人多一些，两人一组，两个小时一换。于毛子将步枪和猎枪启封，交给了值班的男人们，以防黑熊的袭击。

中午的太阳十分明亮却没有温度，滴水成冰毫不夸张。关里人形容北大荒的寒冷，男人撒尿每人手里都要拿一根打尿棍，边尿边打，否则就冻上了，和地上连结成了一根冰柱。这话邪乎了点，但吐口唾沫，用脚去踩就已冻成了冰却是真的。

桦皮屯的山民倾巢出动，听说冬季里还能捕鱼都愿意去凑个热闹，年轻的男女早早就搭伴去了女人湖，上了点岁数的坐上于金子的大胶轮“突突突”地在科洛河的河道上开了过去。

正值十二点，于毛子一声令下开始起网。大家把出网口的碎冰清理干净，三四个小伙子将网纲提起，轻轻地往外拽，一米过后，活蹦乱跳的鱼儿露出水面，有红尾巴梢的鲤鱼、青身子的草鱼、大嘴唇的虫虫鱼……在阳光的照耀下，鱼身发出闪闪的光亮。

大家开始从网眼中往下摘鱼，摘下的鱼丢在了冰面上，鱼儿“啪啪”地蹦了两下就被冻成了棍儿。鱼越摘越多，于毛子指挥大家用铁锹将鱼装进麻袋里，装上了拖拉机，待网全部起出后，足有上千斤鱼。

摘干净的网按照昨天的办法，由几个新手做着试验，轻轻地将网顺进了湖中。

鱼被拉到了知青点的大院里，全屯按户和人口进行了平均分配，大家似乎一下子又回到了人民公社。当然，老少爷们儿最感激的还是于毛子。

家境富裕的自己解了馋，贫困一点儿的拿到了瑷珲卖个好价钱，挣回来点零花钱。桦皮屯的小日子在临江乡仍旧拔头份，农民人均纯收入在瑷珲县又排在了前几位。

临江乡政府在桦皮屯召开了全乡“以经济建设为中心”的现场会。范天宝在大会上介绍了于毛子带领村民致富的经验。过去靠打猎为生的桦皮屯找到了一条新的致富路。虽说是封山育林了，桦皮屯还要开发“靠山、吃山、会吃山”的新途径。他们与地区农科所签订了技术援助协议，明年开春进行大规模的人工栽培黑木耳。保持农村经济健康持续的发展，于毛子在新时代的长征路上，仍旧是响当当的劳动模范。

第十一章

别离卧虎山三年的钱爱娣和于小毛音信皆无。牵肠挂肚的于毛子终于按捺不住父子骨肉之情，踏上了寻找儿子于小毛的漫漫路。偌大的上海捞针，是谁阻断了父子亲情？种下了应由谁来偿还的孽债？两代男女荒诞“爱情”的结晶，蒙上了历史界碑上的怪影……

月亮透明，像块摔掉角的碎玻璃，挂在快速行进中的软卧包厢的窗户上，车走她也走，车停她也停，她从雪域荒原一直来到了江南水乡。她泻下的清冷光辉，照在于毛子满腮胡须的脸上，显得更加苍白。他深深眼窝里的黄眼睛，忧郁地望着车窗外的明月，他在想，这个时候，钱爱娣领着儿子于小毛一定也在这凄冷的月光下，他们在干什么？在南京路？还是在黄浦江畔漫步？不，应该是在家里的书房温习功课，儿子已到了上学的年龄。

于毛子从贴心的内衣里取出来儿子离开卧虎山的那张全家福的照片，这张照片几年来几乎没有离开过他。一有闲暇，他就会掏出来仔细端详着儿子，这小子现在有多高了，还是那个模样吗？他也想钱爱娣，虽然恨她。她可能早就有了自己的新家，有了一个什么样的丈夫？儿子于小毛跟他们住在一起吗？后爹对儿子怎样？或许儿子跟着他的外婆？每当看到这张失去光泽、周边已经磨出毛边的照片，都会有这么一阵揪心的疼痛。

于毛子揣起了照片，从提包里掏出了厚厚一摞用牛皮筋勒紧的信件。那都是三年来从上海退回来的信件，每封信上都盖有邮局的蓝色印章“查无此人”四个字，让于家天天盼信又怕来信。妈妈于白氏见黑龙江封冻，她劝儿子无论如何不能再这样等待下去，趁着离过年的时间还早，去趟上海探个虚实。只要于小毛一切都好，奶奶这头儿就放心了，一定带回一张小毛毛的照片，从此也就了结了与钱爱娣这段姻缘。反正儿子永远是咱们的，回来之后，妈再给你张罗一房媳妇正经过日子。

于毛子随手从一摞信中抽出了一封，打开卧铺上的夜灯，抽出信纸又阅读起来。

想念的钱爱娣、亲爱的儿子小毛：

你们好！问小毛的外公外婆全家好！俺不知道这是给你们写的第多少封信了，每次都是这样的称呼和问候，每次又都从千里之外寄回来四个字："查无此人。"不知是邮电局不负责任，还是钱爱娣你以此割断俺和小毛的父子之情。

俺恨你，但不抱怨，你有重新组合家庭的权利，俺也有。你有了丈夫，怕这一段往事影响了你们生活上的幸福，俺也能理解。但你不能因此就将毛毛当成了你的私有财产，俺恨你！你太自私，这是你一生中最大的毛病或缺点，俺不想破坏你新生活的幸福，作为毛毛的爸爸，作为毛毛奶奶的俺妈，只想知道毛毛的近况：身体怎样？学习怎样？和谁一块儿生活？这也是俺们的权利呀！

俺只需要你回封信，写上几行字，捎来一张毛毛的照片就足够了。

俺恨你这个人没有一点情义，你忘了俺妈几年来对你的照顾，忘了俺把你当成神仙来供奉，冬天怕你冷着，夏天怕你热着，放在手里怕碰碎了，放在嘴里含着怕热化了，就算你是个石头，也该让俺和俺妈把你暖化了……

俺更希望你能带着儿子于小毛回咱桦皮屯再来看一眼，让儿子记住生养他的于家小院。听说最近不光是恢复了中苏的边境贸易，而且马上就要启动中苏边民的"一日游"，俺盼着你们回来一趟，咱们"全家"也都到老毛子那边看一看，俺更想让小毛子看一看他爷爷弗拉基米诺夫的坟。

咳，说这些能有什么用？不知是你看不到俺的信，还是你根本就不想看？不管怎么样，俺一定要去趟上海，一定要看到你们，希望那时不要把俺拒之门外。

俺妈让俺替她向你们问好，向你们家问好！

此致

敬礼

民兵排长于毛子

×年×月×日

于毛子的眼圈红了，视线有些模糊，他伸手闭灭了床头上那盏微弱的夜灯。包厢里又是一片漆黑，大三针的夜光表“嗒嗒”地响着，已是深夜，于毛子拉起窗帘的一角，月光又洒了进来，仍旧是那样的冷清。

天亮了，火车驶进了上海北站，一夜没睡的于毛子很兴奋，他不在乎花了大价钱坐了一次地师级以上干部才能坐的软卧包房，那是谷部长托人给买的票。他老早就洗漱完毕，金黄色的鬈发梳理得溜光水滑。上车之前特意在齐齐哈尔市买了一套刚刚流行的蓝色西装，也从箱子里拿了出来。穿好后，又费了很大劲才把那条红色领带系好。于毛子心想，今天俺屯老哥进城，又一次走进这个花花世界的大上海，不能让这些城里人瞧不起俺。这里有俺的儿子。

他“噗嗤”一声笑了，想起来哥哥于金子第一次去黑龙江省的第二大城市齐齐哈尔，他穿了一身的条绒上衣和裤子，出了不少的洋相。回来给于毛子和钱爱娣一学，逗得全家笑得肚子疼，钱爱娣还给编了几句顺口溜：“屯老哥进城身穿一身条绒，先进‘一百’后进‘联营’，看了场电影不知啥名，钱不花完决不出城。”

于毛子昂首挺胸，一身西装革履，脚下的皮鞋也擦得贼亮，左手拎好手提包，右手拎起妈妈给钱家准备的猴头菇、木耳、榛子、鱼干、犴筋等一大包的山珍野味，从贵宾通道走出了沸腾的上海站。

于毛子俨然一个外宾，立刻就被出租汽车司机围了起来，他们用生硬的英语或打着手势争抢这位肥客。于毛子一张嘴惊得这些司机一片嘘声。“好一个中国通，侬哪里下榻？”一位女司机客气地说。“延安中路的延安饭店！”于毛子回应道。女司机奉承地接过行李拉开车门：“嗬！还是个上海通！”

汽车左转右拐一会儿就到了延安饭店，于毛子掏出人民币付车费，女司机光笑却不接钱，他不解：“为什么不要钱？”

女司机答道：“侬给美元或外汇券嘛！”

于毛子哈哈大笑起来：“阿拉是中国人，上海是阿拉的家，这里有阿拉的儿子，哪里来的外币？”他和钱爱娣学的几句上海话全都派上了用场。女司机不好意思地说了一声：“对不起！”接过钱扬长而去。

延安饭店是南京军区所属的饭店，接待的都是军人。于毛子拿着瑷珲人民武装部的介绍信和给谷部长的战友、饭店副经理的书信痛快地就住上了房间，是饭店主楼西侧的青砖灰色小楼，专门接待师职以上干部的。经理让他洗个澡休息一下，中午要设宴接风，午饭后派饭店的上海轿车送于毛子去徐家汇找儿子。

上海牌小汽车拉着于毛子很快就来到了徐家汇区委附近的红旗新村。他仍记得几年前第一次到钱爱娣家的情景，她家住在一楼，爱娣的父母十分热情地把他俩让进了屋，邻居里弄还以为是钱家海外的亲戚到上海认亲或者是特务分子，居委会治保主任报告了派出所，还招惹了一场笑话。

记得那年于毛子前脚踏进了钱家，后脚两个穿蓝制服戴大檐帽、红领章红帽徽的警察就跟了进来。居委会戴着红袖章的老婆婆们站在一边帮凶，十分厉害。他们将于毛子单放一个屋里进行了询问。

“你是哪国人？会说汉语吗？”警察客气起来。

“俺是中国人！会说中国话！”于毛子边说边把自己的各种证件掏了出来，什么边境居民证，县人武装部任命的民兵排长的委任状，公社大队介绍信统统拿给了警察看。

警察看完非但没有缓和的迹象，脸色却更加严肃。这明明是一位中苏边境线上过来的苏联人，证件却证明是中国人，一嘴流利的中国话，还有资本家出身的女儿把他带回了上海，这一切都引起了警察们的高度警惕。

派出所请示了徐家汇公安分局，于毛子和钱爱娣被当作苏修特务给带走了。那个年代打个长途电话也很费劲，一直等到瑷珲县公安局回了电话，两人才被送回了红旗新村，一桌的饭菜早就凉到了底。

今天是星期日，于毛子坐着上海轿车又来到了那栋红砖六层居民楼，他径直走到那个熟悉的单元。他站在门前静了静神，轻轻按了一下门铃，屋里传来了脚步声，于毛子的心突然“怦怦”地跳动了起来，是谁前来开门，是儿子于小毛吗？脚步有些轻盈，是孩子的脚步声。

门开了，是一个戴红领巾的小姑娘，小姑娘见到于毛子先是一惊，接着又是一喜，她高兴地笑了：“外宾叔叔，请到屋子里面坐。”小姑娘彬彬有礼把于毛子让进了屋。

屋里的陈设全都变了，是一套当时上海流行的板式家具，是红松木做的。他心里一喜，肯定是自己发往上海的那一立方米的木材。

屋里走出了一对中年夫妇，他们见到于毛子十分客气，将他让到沙发上又是倒水又是递烟。

于毛子连忙站了起来说：“同志，这房子是钱爱娣的家吗？”

“噢……不是，钱爱娣家三年前就搬走了。”

“那你知道她们家搬到什么地方了吗？”

“噢……不知道，只知道搬到了郊区，具体位置我们也不清楚。”

“你们认识钱爱娣？”于毛子又问，两位大人有些吞吞吐吐，小姑娘抢过话来：“认识！你是不是于小毛的爸爸？”

“是啊！你是他什么人？”于毛子喜出望外。那位男人说话了：“我是钱爱娣的表哥，原在苏北农村，后招工到了上海，钱爱娣的妈妈是我姨妈，她们这房子卖给了我们。自从我母亲去世以后就再没有了和钱家的联系。”

女人接过话来说：“前几天我们都去上了班，回家之后看到门缝里塞进了一封信，是钱爱娣写的，她好像知道你早晚要来上海找儿子。”小姑娘跑到写字台旁拿过来一个信封，上面什么也没有写。

于毛子接过信连忙打开，里面有一张信纸和一张于小毛的照片。

照片是一张彩色放大的，是儿子于小毛！黄黄的头发，红白的脸蛋，英俊漂亮还有一身的稚气。照片的背面歪歪扭扭写了一行小字：送给爸爸、奶奶的留念——于小毛六岁照。

于毛子控制不住情感，眼泪唰的一下涌了出来。他把照片紧紧地贴在了胸膛上。

小姑娘递过来一条温热的毛巾，于毛子擦净了眼泪，打开那折叠的信纸，上面没有写抬头。

我已有了一份很好的工作，一个体贴至微的爱人。于小毛上学了，住在他外婆家，孩子还小，我不想给幼小的心灵增添些负担，希望你能理解，也希望你不要去打扰他。等他长大了，一定会去看望你们，此照为证。

钱爱娣

于毛子留下给儿子做的桦皮笔筒和奇里付子的鱼标本，跌跌撞撞不知是怎么离开了红旗新村，眼泪凝固在眼圈，就像得了白内障。他回到了饭店，不吃不喝地躺了两天两夜。

他开始实施了第二套寻子的计划。他从县知青办的档案里查到了胖姑娘的家庭住址，钱爱娣肯定和她们有来往。只要找到她，她决不会像钱爱娣的表哥表嫂那样守口如瓶，她毕竟是俺于毛子的民兵，几年的朝夕相处结下了深厚的革命友谊。于毛子相信，如果没有于小毛，钱爱娣也会出来相见的。

胖姑娘家住在上海化工学院宿舍，很好找。胖姑娘牵头，很快就把其他几位在桦皮屯插队的知青集合了起来。他们十分隆重地在上海华侨饭店盛情招待了他们的排长于毛子。

大家争先恐后地和于毛子拥抱，围着他照相拉家常，气氛十分热烈，着实让于毛子感动了一把。

于毛子眼里含着激动的泪花说："谢谢你们，大家没有忘记俺于毛子！你们又都成了大上海的主人，还认桦皮屯大山里的穷亲戚……"于毛子只觉得喉咙一热，一口热乎乎的东西堵住了嗓子眼，说不出话来。

"瞧你说的，我们大家经常在一起聚会，每次都回忆桦皮屯，那条大江和那条小河，更怀念你于毛子给大家的帮助。"

"是啊，我们几个接到电话，知道你于毛子来到了上海，大家高兴得都蹦了起来，虽然我们都已成家立业，但谁都不会忘记，一生都不会忘记在北大荒那一段有意义的生活！"

胖姑娘说："我们大家合计，一定要在上海最高级的饭店请我们的排长吃顿饭，我们几个人一个月的所有工资都加在了一起，才敢迈进这华侨饭店的大门，只是为了表达我们的情意和真诚！"

胖姑娘接着说："大家都知道你来上海不光是为了看看我们，你是想找钱爱娣，找你的儿子于小毛。今天这个聚会只缺少他们娘俩！"

"钱爱娣已经两年没和我们大家联系了，谁也不知道她住的具体位置以及工作单位，只听说找了一个不错的单位和一个不错的男人，连她妈妈家也都搬得无影无踪了，真对不起，我们确实是无能为力呀！"

于毛子内心唯一的一点希望又一次破灭了，好在妈妈要一张孩子照片的要求已经达到了。这一次上海也就算没白来，知道了儿子的情况，知道了钱爱娣的处境和心情也就够了。

"不提她了，扫了咱们大家的兴致，来喝一杯当年友谊的酒吧！"于毛子端杯一饮而尽。

大家兴致勃勃的就像回到了北大荒，回到了那个平等、自由、洁净的世界里。窗外黄浦江上轮船的笛声响过，又勾起大家的回忆，黑龙江上老毛子的推轮笛声和这里是一样的响亮，比它传得更加遥远而长久。

情浓、酒浓，浓在了一起。不知是谁说了一句诗句，不知是哪位诗人的："酒味纯真书写伟大的人格，酒色热烈拥抱日月江河。"胖姑娘是除了钱爱娣之外的第二位才女，她站了起来说："李白斗酒诗百篇，我只有一篇，献给咱们的于排长，也献给大家，诗的名字叫《相聚》！"

让我们定一个约会，
在一个有酒有雪的日子里；
让我们重温一个记忆，
摘掉虚伪的面具彻底松弛自己；

让我们一起大碗喝酒大块吃肉，
野蛮粗鲁地大笑而无所顾忌；
让我们不醉不散不归，
不分贵贱不知贫富不论高低。
伸出你的手，
无论粗大还是纤细，
掌纹里犹见岁月的血痕。
迈出你的脚，
无论“皮尔卡丹”还是褪色的“回力”，
步伐中仍现战斗的足迹。
黄浦江与黑龙江同在大海中相遇，
记忆的年轮又增一笔。
让我们再一次敞开胸膛，
承受世纪大潮的拍击；
让我们再一次展开双臂，
拥抱风浪而不沉底；
让我们用欢笑驱除伤痛，
记住这无怨无悔的相聚。

酒会达到了鼎沸的高潮，你中有我，我中有你，闹成了一团。于毛子将提包打开，把山珍野味分给了大家。

今夜的月亮完整了，圆圆地映在黄浦江的水里，他想妈妈了，家乡的月亮已无法印在封冻的黑龙江和科洛河里，但一定会照在妈妈的窗前……于毛子觉得在上海待下去已经没有了意义，不过心里一直有着一个坚定的信念：一定让儿子知道他的身世。毛毛离开卧虎山时还小，记忆会渐渐淡去，他母亲钱爱娣会如实对他讲述那段鲜为人知的历史吗？尤其是他的爷爷，那位葬身于黑龙江的俄罗斯人。这都是一些未知数，一旦她把这些秘密永远地埋在肚子里，怎么办？对，给儿子写封信，让胖姑娘转给毛毛。她们同在一个上海，只要用心和留意，机会总是有的。

于毛子用延安饭店的信笺给儿子写了一封信，一封不会退回来的信。

亲爱的儿子于小毛：

你好！十分地想念你！当你看到这封信的时候，不知已过去了多少岁月，也许你已长大成人，也许俺已离开了人世间。这是俺作为你的亲生父亲来上海找你留下的一封信，但愿你能看到它。

你是俺于家世代延续的根苗，确切地说，应该是俄罗斯人与中国人的结晶。你的爷爷是一位优秀的俄罗斯青年，你的奶奶是一位伟大善良贤惠吃苦耐劳的中国妇女。他们结合在二十世纪五十年代初，中苏友好的蜜月期。他们相识短暂，爷爷弗拉基米诺夫很快就永远离开了这个世界，却在你奶奶白瑛（现在叫于白氏）的腹中留下了俺于毛子。俺没有见过你的爷爷，俺的爸爸，一个英俊漂亮潇洒的苏联人。

毛毛，亲爱的儿子，还有一人必须向你交代，那个人是你名正言顺的爷爷叫于掌包，山东人。他因为打了山鹰而死于枪下，埋在了卧虎山上，咱们随他姓了于姓。

你的于爷爷在爸爸出生时差点动枪杀死俺这个杂种。应该理解他的冲动。后来他对俺就像亲生儿子一样，有过之而无不及。这是一个荒诞的爱情故事，你奶奶只想做个女人，有儿女的母亲，这是她的权利，俺和今后长大的你，都不能责怪她。

你的妈妈钱爱娣是上海到黑龙江瑷珲县插队的知识青年。她和那个外号叫“胖姑娘”的阿姨一行九人来到俺家桦皮屯。阴差阳错，钱爱娣和俺有了一种那个时代酿造的情感，确切地说不应是爱情，也许叫作一种相互帮助吧。俺们住在了一起，在于家小院里生下了你，又有了一个小杂种。这话难听了点，叫混血儿吧，取名于小毛。

俺和你妈妈有“城下之盟”，一九七七年知识青年开始大批返城，你妈妈带着三岁的你，带着你于爷爷给你留下的财产，一罐沙金，回到了上海，这座本应该属于你的大都市。回到上海以后的事是你的亲身经历,你自己去感悟吧。

黑龙江畔的俺们，奶奶爸爸想念你，当然也想念你的妈妈钱爱娣。三年多来，俺给上海徐汇区的红旗新村发了三十八封信，都退了回来，原因是“查无此人”。

奶奶和爸爸受不了这种糊涂的煎熬，爸爸来到了上海，开始大海捞针，线很容易找到，每当到了穿针引线的关键时候，针眼都明明白白地消逝了。俺理解你的妈妈，她有苦衷，俺不怪罪她。红旗新村你的表舅转交给俺一张你六岁时的照片，俺也让他们转交给你你小时候爱吃的鱼，奇里付子的标本，还有爸爸亲自为你做的一个桦木皮刻制的笔筒。目的只有一个，你要记住天的那一边，还有着你的亲人，你的根你的魂！以上这些都是你应该知道的。

你的爸爸是一个出类拔萃的男人，虽然俺生活在遥远的边塞，小兴安岭的大山深处，可是俺算得上一个真正的男人，一个样样行行都干得出色的男人。

儿子，或许你不相信，一个农村的粗汉能有多大的学问，甚至怀疑这封信是爸爸托别人代写的，这你就错了。俺也是高中毕业，学习成绩一直在学校班级名列前茅。当然，文采上不如你的妈妈钱爱娣，俺文字方面的进步，还要感激你的妈妈，她给了俺很大的帮助，这一点要向你妈妈学习。

毛毛，俺唯一能给你的就是你血液中的基因，谁也无法去改变它。你现在有这么好的学习环境，一定要珍惜，努力学习，多掌握一些本领，一定要考上大学，毕业之后找个好工作，为社会、为家多担起一些责任。更希望你知道这一切后，到卧虎山看一看爸爸和奶奶，也看一看卧虎山上的于爷爷和江北岸的俄罗斯爷爷。

啰啰唆唆地写了这么多，这是父子的亲情所致。明天俺就要离开上海了，离开这潮湿空气里散发着你的气息的上海。爸爸相信，咱们父子总有相见的那一天。

儿子还记得吗？咱家的猎狗“苏联红”，它也向你问好。

爸爸　于毛子

× 年 × 月 × 日夜于上海延安饭店

信写完了，于毛子把在南京路上翻拍的那张发黄的全家福照片取出了一张放在了给儿子的信里，这时黄浦江畔的华灯已经熄灭了，东方泛出彩霞万道。

上海北站下着毛毛的细雨，细雨中还夹带着碎碎的小雪花。上海的冬季很少见到这种天气，也许是对这位曾为上海知青做出过贡献的于毛子的挽留，或许是被他给儿子留下的感人肺腑的滴血书信动容。

胖姑娘他们来送行，她还招来了临江公社其他村的上海知青，几十号人把于毛子围在了人群的中央，他从这热烈的场面中想起了当年在嫩江火车站欢迎他们的情景，驹光如驶，思之不禁令人跃然。现在这些人都已为人父为人母，何时还能相聚？下一次也许都已两鬓银白了。

于毛子的两个提包又被装满。

“于排长，什么时候再来上海？大家都想你啊，你知道吗？见到了你，就见到我们在黑龙江的那个年代！”

“是啊，那个时代结下的友谊坚如磐石，像黑龙江的水一样纯净，像卧虎山上的雪一样洁白。给乡亲们捎好！”

“回去之后，别忘了给我们大家寄来一些沙葫芦子鱼干来……”

于毛子没有机会回话，他一个劲不停地点头，他自己也觉得俺这条强硬的汉子突然变得脆弱起来，爱流泪了。

车站的铃声响了起来，胖姑娘赶忙从衣袋里掏出了一个信封，她塞到于毛子的手中：“上了车再看吧，记住，大家都会想你，你给毛毛的信，我一定会设法交到孩子的手里，前提是于小毛已经懂事了，到了分辨是非的时候。”

“谢谢！这俺就放心了！”于毛子匆匆给大家鞠了一个躬，扭身踏上了北去的列车。

车开了，于毛子把脸紧紧贴在玻璃上，双手不停地挥动着。站台上，几十位当年的知识青年追赶着列车，呼叫着于毛子的名字。雨水、雪水和泪水送走了他们心中的英雄，民兵排长神枪手于毛子。

于毛子泪如泉涌，这是自己无法控制的，他突然想起了钱爱娣教他唱的那一段苏州评弹，毛主席的词《蝶恋花·答李淑一》。唱评弹，他居然没有跑调：“我失骄杨君失柳，杨柳轻飏直上重霄九。问讯吴刚何所有，吴刚捧出桂花酒。寂寞嫦娥舒广袖，万里长空且为忠魂舞。忽报人间曾伏虎，泪飞顿作倾盆雨。”

于毛子知道自己失去的并不是骄杨，是一种迷蒙的情感，是割舍不断的父子之情，还有在艰苦生活中共同培养的一种群体意识，任何一个脱离这个群体的游子，都会感到孤独和伤感。

眼泪随着列车的平稳出站渐渐地止住了，于毛子在硬卧车厢头上的洗漱间洗净了脸。走到了两节车厢连接处，他掏出上海产的牡丹牌香烟，抽出一支放在鼻子上闻了闻，点着之后，狂吸了几大口，一支烟就被吸到了过滤嘴边。他又接上了一支，速度显然放慢了，心情也平静了下来。一个星期的上海之行，就像做了一个梦，一眨眼的工夫，这座大上海就在他眼前消失得没有了一点的踪影，只留下脑海中一幕幕的画面瞬间划过。

于毛子感到了浑身上下说不出的一种疲惫，可能是精神所致，八天来紧张的情绪松弛下来，四肢开始发软无力。他爬上了顶铺，闭上了眼睛，列车的轰鸣和轻微有节奏的晃动把他带到了另一个世界里。

还是钱爱娣走进桦皮屯的头一个冬季，那场与公狼的相斗，相恋之后，钱爱娣身心受到了童话般的刺激，身体也极度虚弱。青年点第一年在伙食上没有结余，他们又没有计划，前松后紧，快到年根儿日子就要过不下去了，大家都盼着队上早日分红。没有钱给钱爱娣增加点营养，眼看着人就瘦下了一圈。

那条公狼离去之后，不知是死是活，钱爱娣一直惦记着它。她始终不明白这条公狼的智慧和行为是与人为善，还是与她钱爱娣结下了一种什么特殊的情缘？在它受到于毛子的重创之后，居然能跃上那块巨石，把红围巾叠好放在那里。难道狼也有思想？也有感情？让她觉得更不好意思的是，几天之后，一只公狼大小的狗，日本种的公狗狼青又经常出现在知青点的周围。

于毛子熟悉屯子里的每一户人家，更熟悉每户养的狗是什么样的品种、个头及公母。这条狼青不是桦皮屯的，肯定也不是江北跑过来的。苏联和日本开战之后，战俘按照国际公约严格地履行了各项条款，展示了苏联红军的素质。战俘里没有包括那些比日本鬼子还凶狠的军犬狼青，红军们大开杀戒，所有的狼青都变成了他们碗中的美味佳肴。

这条狼青是哪里来的？临江公社每个自然村屯距离都很远，少则十几里，多则几十里。狗最认家，绝不会是邻村的，那肯定是一条野狗，还是那只公狼所变？

于毛子分析来分析去，总觉得这只狼青的出现不是什么好的兆头，一定要设计捕杀它。再说那帮上海青年已经有段时间没有沾着肉腥了。

狼青十分狡猾，只要于毛子一出现，没等举枪，它就会飞快地藏躲起来。只要你于毛子一走，狼青又慢慢悠悠地溜了回来。

再狡猾的狗也抵不住像于毛子这样精明的好猎手，他叫胖姑娘领着钱爱娣去松树沟公社卫生院看病。把家里炖剩下的狍子骨头捡来，放在知青院里的排水沟旁边，其他的知青全部进屋，他们趴在小窗的玻璃前，往外张望于毛子实施的捕杀计划。

于毛子蹲在木柈子垛后，将猎枪上了膛。

狼青嗅到了骨头的香味，它也几天没有吃到食物了。它的敌人于毛子又没有出现，狼青一点一点接近了知青宿舍，然后从排水沟口钻进了院里。

于毛子得意极了，他扣动扳机，“砰”的一声沙弹飞出。狼青发现这是陷阱，从排水沟出去已经来不及了，只见枪声和它腾空跃向板障子墙几乎同步，第一枪没有打中它，于毛子身经百战，只见他一顺枪口，第二颗子弹飞出了枪膛，正打在还未落地的狼青身上。那条狗失重一样跌在木柈子上，又从木柈子上掉在了院子里。

门“咣”的一声推开了，几个男知青冲到了院里，一顿美餐就要到口了，他们实在是馋坏了。于毛子指挥他们将狗吊起来，扒皮开膛剔骨卸肉。然后用饭盆装上清水，把狗肉放进去泡掉血水。

女知青早就点火烧水。狗肉白水下锅，放上几个红辣椒，大蒜头，葱姜精盐，撇去血沫，一会儿肉香飘出，引得这帮小青年更觉饥肠辘辘。于毛子将狗皮收走，并嘱咐大家，不要告诉钱爱娣和胖姑娘这是狗肉，只说是排长送来了一只小狍子。

钱爱娣回来了，一进屯子就闻到了肉香，她俩怎么也不会想到，香味是从她们的青年点里放飞的。一群知青来不及将肉盛到盆里，大家围着热气腾腾的柴锅你一筷子、他一筷子吃了个干净，连肉汤也都泡了馒头。

狗肉是大补的中药。钱爱娣身体恢复了健康，至今她还蒙在鼓里，以为那是一锅狍子肉。

火车猛的一个刹车，车速减了下来，到了南京站，于毛子也从回忆中醒了过来。他突然感到了有些后悔，连那只公狼都有情感，是钱爱娣把他的枪筒抬高了一寸，那只狼活了下来，它感激她。报应呀！于毛子觉得是因为他打了那只公狼，还有那公狼托魂的狼青狗。他才遭到如此报应。

于毛子一下想起胖姑娘在上海北站交给自己的那个信封。他侧过身来，从衣兜里摸出了那个牛皮纸的信袋，信封上没有一个字。于毛子摸了摸信封，感觉到里边有个鼓鼓硬硬的东西，他连忙打开封口，将信封里的东西倒在了卧铺上。

一张信纸和一个用卫生纸包着的小包。他把纸包一层层地剥开，一对黄灿灿的金戒指展现在面前，一个柳叶状的男式戒指，一个刻有花朵的女式戒指。

于毛子连忙看看信纸上写着什么，仍旧没有抬头，字迹是钱爱娣的，歪歪斜斜没有了往日的清秀。上面写道：

> 两个戒指是用沙金打的，一个是你的，一个是阿姨的。我会坚守诺言。待于小毛长大之后，一定会去卧虎山看望你们。

于毛子觉得信纸皱皱巴巴，好像是用手抚平了似的，他将信纸对向车窗，那上面泪痕斑斑。

第十二章

近水者智，近山者仁。纯朴的山民们相信福事成双、祸不单行的道理。婚后的于金子突然被借用到县人民武装部，一个大胶轮28拖拉机手摇身一变成了谷有成部长的专职小车司机，嘎斯69换成了崭新的北京吉普212。这突如其来的转折，于金子不知为何却承受不住这由天而降的幸福……

胶轮拖拉机迎着春风，站立在黑龙江畔的沙滩上，两大两小的四个胶皮轮子踩在水中，等待它的主人于金子为其洗去满身的油泥与灰尘。

于金子卷着裤腿下到冰凉拔骨的江水中，双手用红色的塑料盆灌满江水，一盆一盆地泼向心爱的拖拉机，泥水顺着机身又哗啦啦地回流到江中。拖拉机渐渐地露出了本色，红彤彤地站在阳光下，露出了笑脸。于金子的双腿也被江水拔红，红扑扑的脸蛋沁出了汗水。

经历了新婚幸福的他，觉得人生更有了意义，生活更有了兴趣，整天里起早贪黑为屯子这个大家和那个温暖的小家忙里忙外。虽然养母于白氏自打他进了于家小院之后，一直就把他当作亲生儿子养活，尤其是在面子上更要强于疼爱弟弟于毛子，十几年如一日，不舍得打一巴掌带一个脏字，可是后妈的阴影却总不能在于金子心中彻底散去。于金子从小丧母，父亲于掌包闯关东离开了山东老家那个大家族、穷家族。叔叔大爷们都有着自己的那一窝儿女，没有人理睬孤苦伶仃的于金子。奶奶经常背着二十几双饿得贼溜溜的眼睛，把自己节省下来的干粮偷偷塞给金子这个缺爹少娘的孩子。

于金子就是在这样一个环境中生活了六年，幼小的心灵中烙下的痕迹在北大荒这片荒芜之地得到了抚慰。当他生活发生巨变的时候，心灵再一次受到了重创，父亲于掌包，这个世上唯一留下的亲人又抛他而去。尽管后妈待他很好，可他从小还是养成了孤僻、自负、自尊的内在性格，父亲的死又给他加筑上了一层防护网，于金子倔强和谦让的外表下面掩饰着的是内心深处强烈的扭曲。朝夕相处的母亲于白氏和弟弟于毛子，谁也没有看出于金子的本质。

于金子过继给了白二爷之后，他倒突然觉得身心都得到了解放，他与两位老人非亲非故，无恩无怨，纯真是他们新生活的基础，他没有了压抑感。尤其是白二爷入狱后，虽说是误杀，也确是杀父之仇！于金子非但恨不起来，反而对白王氏更好，每月都要到稗子沟去看望一次和他有着“不共戴天”之仇的白二爷。

自打和王香香结了婚，他才真正感觉到养母的无私与伟大，弟弟的坦荡与真诚，这颗游荡了多年的心灵才算是归了位。那个晃过来荡过去的阴影终于离开了他。

于毛子满头大汗地跑了过来：“金子！金子！快上岸，天大的好事！”

“什么好事呀？还有比娶妻生子更好的事情？”于金子窝在胸口上的痛虽然早已治愈了，但却发生了病变和转移，一个新的阴影笼罩在心头。结婚大半年了，王香香的肚子平平，没有一点反应。他曾跪在父亲的坟前发誓，给爸爸于掌包生个孙子，纯正的中国种，真正的于家后代。可是半年多了，他一下子缺少了自信，他不知道父亲于掌包得花柳病的事，而怀疑自己随了父亲是头骡子。他也怀疑过王香香，却又不敢张口询问，也不好意思俩人一起到瑷珲县妇幼保健院进行检查，心里越来越觉得堵得慌。

于金子上了岸，毛子递过毛巾帮哥哥擦干了脚穿好了鞋。他告诉哥哥县武装部缺少一个小车司机，原来给谷部长开车的那个小伙子退伍回了南方，谷部长现在正在咱家等着你，想让你给他开车。这难道不是天大的好事吗？

“真的吗？谷部长能让俺给他当专职司机？”于金子半信半疑，内心却充满了惊喜，给谷部长开车就意味着俺要到县里去工作，穿上官衣拿上工资……他不敢相信这是真的，天上真能掉下馅饼来？

哥俩开着拖拉机回了家，大老远就看到坡下停了一辆崭新的北京 212 吉普。草绿色的车身，墨绿色的帆布车棚和四个黑色的轮毂和谐地搭配在一起，威风神气。尤其是车头保险杠的右侧立着一根电镀旗杆，上端悬挂了一面三角形的红旗，两个黑体黄字“警备”凭空增添了威风，显示着几分主人特殊的地位和权力。

于金子跳下拖拉机，围着吉普左右前后转了几个圈，高兴得无以言表。这就是毛子说的那辆车？难道这么好的汽车真的会让俺开？他拉开车门一看，雪白的缝有红边的车座套，让他不敢坐上去试一试握着吉普方向盘的感受。于金子连忙推上车门，忽然他发现车后轮沾上了一些泥草，他又连忙从拖拉机上扯出毛巾，在门前的科洛河边洗干净，然后轻轻地擦去那污垢，好像这车就是他的一般。

谷部长在屋里等着了急，他将长杆的旱烟袋放进烟笸箩里：“毛子，你哥呢？”于毛子和于金子一样兴奋，他光顾了高兴，并没有发现金子没有进院。“俺哥和俺一块儿下的车，噢，肯定在外边看那辆小北京呢！”

于毛子陪谷部长出了院门，果然，于金子还在聚精会神仔细地擦车，原本就十分清洁的吉普更显得一尘不染。

“咳！这是谁呀？敢碰我谷部长的专车，看把车漆都擦下来了不是！”

“谷部长，是俺于金子！”金子有点不好意思，他知道这是谷部长和他开玩笑，便收了手一起进了于家的东屋。

香香和白王氏都过来了，帮助于白氏忙活做午饭，小哥俩坐在炕头上陪谷部长唠嗑。

谷部长更是神采奕奕地吹了起来：“我现在是屎壳郎变马知了，一步登天了。这辆 212 是省军区特发给边境武装部的，比李卫江书记那辆还新呢！”

“谷叔，你的车比李卫江的好，领导会高兴？你不如和李卫江的那辆车换一下嘛。”于毛子插了一嘴。

“啧！毛子出息了！也知道这官场的规矩了，你说得对！李书记不光是县委书记，也是咱武装部党委第一书记，新车首先应该由他来挑选！”

于金子有点沉不住气了：“谷叔，那这车不是你的了？”

“当然是喽，李书记说这是发给武装部的嘛，他不能夺人所爱。其实我知道，李书记很快就换车了，那是一辆日本产的大吉普，叫什么‘巡洋舰’，好几十万一台！”

小哥俩听傻了眼，看着谷部长满嘴喷唾沫星子，心里这个羡慕呀。

酒菜全都摆上了桌，谷部长坚持让两位老嫂子全都上了炕，于金子被拽到他的身旁，炕边上是毛子和嫂子香香。

谷部长端起酒杯开始说话了：“从我谷有成个人这儿论，就都叫两位嫂子了，金子、毛子和香香都是晚辈。我谷有成这下半辈子和你们老于家、老白家有缘分，是福是祸我都脱不了干系。神枪于掌包含冤走了，支书白二爷也进了大狱，我有责任照顾你们于白两家，从今往后，咱们就算实在的亲戚，不知你们愿意不愿意，愿意的话，咱们大家就喝了这杯认亲酒！”

谷有成端着酒杯，红着眼圈望着两位老嫂子。于白氏、白王氏也被谷有成说得一阵心酸。两位老人连忙端起酒杯，嘴里一个劲地念叨：“谷兄弟，俺们是求之不得呀！”

于毛子抢过了话：“俺谷叔，咱们不早就是亲戚了嘛！这杯酒算是俺和哥哥金子、香香敬三位长辈的酒，请你们放心，谷叔你指到哪儿，俺哥俩就打到哪儿，皱一下眉头就不算个老爷们儿！”

“好！就这么定了，我谷有成一个外乡当兵扛枪的，就算在瑷珲县有了自己的家了，喝！”

第一杯酒全都干了之后，谷部长把话引入了正题：“我那个司机在南方的父亲得了重病，非闹着转业回了家，这才有了个空缺。没想到部队、地方上的老领导、老同志都来为亲戚朋友介绍司机。现在社会上不流传着一套顺口溜嘛，‘一有权，二有钱，三有听诊器，四有方向盘。’这个空缺是个肥缺，我能不知道？其实，我心里惦记的是大侄子于金子，这孩子苦哇。嗐！辛酸的事咱不提了，我知道，金子开了多年的拖拉机，又有汽车驾驶本，关键这孩子……说习惯了，都是三十几岁要当爹的老爷们儿了，咱们托底不是，肥水不流外人田。因此呀，我请示了县委李书记，这司机就定了你于金子，院外的那辆车，今后你就随便擦了，就是擦掉了漆，我也不心疼。”

谷有成说完笑了起来，一番话感动得两家人都掉了眼泪。于金子不会说什么，一个劲地光知道给谷部长满酒。于毛子替哥嫂高兴，心里想还要替金子问一问是借用呢，还是今后能安排个招工指标什么的，于毛子一张嘴，谷部长又笑了起来。

“小子，谷叔早就给你们安排好了。你哥先是借用，李书记答应给个招工指标，今后就是军工。工资每月四十元，再加上出车补助，都快赶上我这个团职干部了。对了，再发一套军装，虽然不戴领章帽徽，咱们于白两家也算是个准军属了。”

全家人都高兴，唯有王香香不知为何，心头闪过一阵恍惚，她闹不清楚这恍惚意味着什么，或者是在向她预示一种什么结果？既不是福从天降的惊喜，又不是祸从地出的隐痛，反正是一种兆头，种在了心上。

谷有成领着于毛子和于金子来到了卧虎山上，他站在神枪于掌包的坟前，深深地鞠了一躬，这一躬他们三人彼此心照不宣。谷有成心里表达的是一种补偿，这是因为自己酿下的这场灾难，虽然赢得了领导人的一句廉价的赞赏，付出的却是埋藏在心里无法补偿的内疚。

于金子的一躬在向爸爸倾诉，有了正当职业和家庭的幸福与无后相比都是次要的，进城之后有了方便条件，一定要带上香香，找医生给他俩看看，早日为于家添丁进口。

于毛子的一躬极为复杂，他不光想到的是卧虎山上的于掌包，也想到了江北岸的生父弗拉基米诺夫，更想到了上海的儿子。他求爸爸的神灵让于小毛一帆风顺，更保佑母亲于白氏晚年幸福。他可怜妈妈的两位男人都离她而去，孙子又远走高飞，她不能再经受什么打击了。

卧虎山的秋天已经从树林里开始到来了，林地里生长的野蒿和灌木底部的叶子泛出淡淡的黄晕，科洛河旁的柳树、杨树，满山腰的柞树、椴树的阔叶和山顶上松树的针叶，都魔幻般地变换着色彩，绿色变黄，黄色变红。光洁的树叶表面染上了斑斑点点的黑色纹路，就像老人脸上的褐斑，预示着生命末期的到来。秋风一过，满山开始飘落叶，为腐质层又添新装。

白二爷减刑两年出狱了，这消息不翼而飞，桦皮屯满屯子人奔走相告。于白两家甚是欢喜，谷部长特批于金子用吉普把老人从稗子沟农场接了回来。

桦皮屯像提前过年一般，爆竹声声，杀猪宰羊，这家送点这个，那家送点那个，把白家挤了个水泄不通。凡来看望白士良的没有空手的，抗美援朝的老英雄仍旧德高望重，大家就像迎接出远门归来的亲人一样。

白二爷老泪纵横，满头的银发和隆起的腰背，向人们诉说了这八年的苍凉。他一会儿这屋转转，一会儿又到院外瞧瞧，左手扯扯金子的军装，右手又拍拍儿媳王香香的肩膀。白家日子过得光亮，让他想起了侄女女婿于掌包……

白士良问金子："你妈和毛子怎么没有过来？"金子说："咱这边人多，大伙都来看你老，俺妈和毛子在家做饭，一会儿来叫咱们！"

"不行啊，咱们得赶快过去，香香去帮忙做饭，俺这个当小叔的不能冷了侄女！"

白士良在金子的搀扶下来到了于家小院。

"白瑛！白瑛！"于白氏多年没有听到有人这样称呼她了，她知道二叔已进了小院。两手的白面都没顾上洗干净，系着围裙跑出了堂屋，她站在小院里睁大了眼睛，二叔完全变了，挺直的身躯没有了，满头像刺猬一样扎手的黑发没有了，黑亮光泽的眼睛变得浑浊了……

"二叔！"于白氏叫了一声，鼻子一酸，两行分不清是热是凉的泪水，顺着沟壑纵横的脸流了下来。

"白瑛！二叔对不住你们于家呀！"白士良给侄女白瑛鞠了一躬。

"咳！这是干什么呀！今天是个大喜的日子，谁也不能提过去，咱们都是一家人，就不能说两家话！"于毛子冲着大家说道。

"二叔快进屋。"于白氏拉着白士良的手走进了东屋。

白士良又成了白二爷，于毛子和于金子也好像找回了许多过去的感觉，有了主心骨。

卧虎山的秋天是短暂的，今天还是五彩缤纷，明天早晨的一场霜冻，山河立刻就变成光秃秃的。秋收没完，早雪就会把整个黄豆地捂在雪里，大地变成白皑皑的一片。

于金子走后，那台28胶轮拖拉机就由于毛子接了手，整天跑乡跑县的。他也愿意鼓捣个汽车，只要金子开车回来，毛子就帮助哥哥将车擦亮，有时也死皮赖脸地坐在驾驶席上，屁股一个劲地颤着，双手握住方向盘，嘴里学着汽车发动机的轰鸣声，过一把瘾。

金子手紧，无论弟弟怎样央求，他都舍不得将方向盘交给于毛子，万一剐蹭了漆，怎么向谷部长交代，他知道这台吉普是部长的心肝。毛子讨好哥哥，将封存的猎枪从柜子里取出，把白二爷那杆单筒猎枪还给了金子，让他放在吉普里，一旦遇上个野物不就手到擒来了嘛！金子高兴。

科洛河全都封冻了，谷部长派金子回桦皮屯视察一下女人湖，看看什么时候可以开网捕鱼，他要亲自观看那让人激动的场面。这回哥哥求了弟弟，于毛子认为这是个极好的机会。从桦皮屯到女人湖虽说河道弯弯曲曲，河床却很宽阔，河面封冻后更是一马平川。他又央求金子让他开一次做梦都想开的吉普。

金子嘴硬心软，毛子开这么长时间的拖拉机了，也有了一定的基础，只是夏秋山路崎岖，放心不下，如今这科洛河的河床上光滑如镜，即使汽车跑了偏，再把方向盘打回来都赶趟。于金子这才把方向盘交给了弟弟。

于毛子坐在吉普的驾驶位置上，心里难免有些紧张，他将变速杆推上一挡，按照金子的吩咐，左脚慢慢抬起了离合器，右脚稍稍点着油门，汽车开动了，起步还算平稳。毛子心灵手巧一会儿就适应了，金子瞪着眼睛，手心里都冒汗了，他比弟弟紧张得多，他给毛子限了时速，不许超过四十公里。

于毛子心花怒放，开着吉普的感觉真美。紧张的情绪缓和了下来，他望着风挡玻璃外的白色世界，自己宛如一个天神下凡，自由冲击着，那河岸上的山川树木都被他甩在了身后，他变成了大自然的主宰。

吉普甩过一个河套弯，前边是女人湖了。于毛子将车停在了湖心，哥俩下车用铁镩察视了冰层的厚度，然后到湖南冒着热气的清沟喝了口甘甜的泉水，便要开车返回桦皮屯。这时，于毛子突然发现离清沟不远站立着一个肥大的狍子。也许是它好久没有听到枪声了，一点也不怕人，傻傻地望着哥俩。于毛子大喜，他抄起金子的单筒猎枪，把那送到嘴边的狍子撂倒，装到了后备箱里，这趟没有白来，顺便给谷部长供奉了一只大狍子。

来的时候顺利，回去仍由于毛子来驾驶，金子揪着的心也放了下来，做好人就做到底，他嘱咐弟弟千万不要大意。

于毛子似乎摸透了这辆吉普的脾气，觉得比那辆拖拉机好开多了，稍一加油，汽车就像箭头子一般，嗖嗖地往前直蹿。

科洛河两岸是一米多高立直的石崖，方圆百公里的火山台地上，刀切一般刻下了这条秀丽的河床，卧虎山上亿年前的火山爆发，岩浆早已风化，变成了茂密的植被和一抓流油的良田。只有科洛河的河岸和零星的火山玄武石块，还残留着当年壮观的遗迹。

于毛子的右脚不知不觉用上了劲，汽车的发动机立刻就吼叫起来，车速一下子加到了八十公里，吉普的身后立刻卷起了一层雪浪。

拐过这个大弯就到了桦皮屯，于毛子惬意极了，他开始用一个手把握方向盘了。吉普开始拐弯了，飞快的车速使汽车后轮的差速器失去了作用。于毛子只觉得方向盘一下子轻飘起来，车屁股一调腚，吉普就横在了冰道上。于毛子傻了，不知所措，他突然一脚刹车踩了下去，四个车轮一齐抱死，汽车变成了爬犁，横着身子冲向了河的东岸。

于金子也傻了，他也没有这方面的经验，心里只剩下一个念头：“完了！这回完了，全完了！”

汽车就像一块掷出的石头没有人能控制，于毛子的双手僵硬地锁在了方向盘上，任凭这匹脱缰的野马冲向东岸。

“不好！”于金子醒了过来，这车如果直撞在一米多高的石崖上，吉普就会粉身碎骨。他来不及多想，就在车头贴近石崖的那一刹那，于金子突然从副驾驶位上站了起来，他拼命抱过弟弟抓死的方向盘，猛地往左一个打舵，吉普车头一下子来了个一百八十度的大掉头，车脸冲向了西方那一抹黄昏的残阳，车身却被死死地摔在了河岸的石崖上。

车停了下来，哥俩呆死一般坐在散了架的破车里，谁也没有话。突然车后燃起了火苗，油箱撞破了，汽油流出，强劲的撞击摩擦起了火，引着了帆布顶棚。哥俩一同跃出，抽出带来的铁锹，用岸边的泥沙和积雪奋力地救火，好在火势不大，不到一袋烟的工夫，火被熄灭了。

于金子坐在雪地里，看着面目全非的吉普突然号啕大哭起来："俺的命苦呀！苦命的俺呀，天杀得了！"他心里恨于毛子，嘴里不便骂出，小哥俩从未吵过架，红过脸，这次金子悔青了肠子，你这该死的，毁了俺和香香呀！

于毛子也大哭起来："是俺惹的祸呀！哥呀，俺对不住你，俺去和谷部长说，天大的罪过俺一个人承担呀！"

哭声在空旷的山谷里回荡。

不知过了多久，于金子站了起来，他拍了拍于毛子的头，语气突然变得客气起来："起来吧兄弟，别哭了，俺不怨你，这都是命呀，谁也躲不过去。你回去把拖拉机开过来，把俺的车拖回去。"于毛子抹了抹眼泪，掸了掸身上的雪，看了一眼于金子："哥，那俺去了。"

于金子重新坐回车里，不知怎么又想起了死去的爸爸于掌包，想起了媳妇王香香，想起了山东老家死去的奶奶。

于金子恨自己不是个男人。这半年在城里的日子虽说过得舒坦，物质生活有了改善，王香香也接到了瑷珲，租了一间小房，谷部长还帮助找了点临时的活计。可是小两口的精神压力越来越大，他俩到县妇幼保健院进行了检查，结果给了于金子当头一棒，是他的精子成活率太低，已失去了生育能力。他哭了几个晚上，王香香死劝活劝地总算是说服了丈夫，今后咱们抱养一个，对外咱不说。

于金子叹了一口气，俺活在这世上还有什么意思？为于家传宗接代是彻底泡了汤。这且不说，老天有意和俺过不去呀！这辆崭新的吉普在他手里报销了，那可是谷部长的命根子，俺这不是挖他的心吗？这可怎么见自己的恩人谷部长呀？没有脸了，想到这儿，他的心便揪成了一个团，头脑变成了一片空白。紧接着他看到了爸爸走了过来，爸爸流着眼泪说："孩子，这里不是咱山东人的根呀，老于家在桦皮屯没有风水，断后是必然的，这不能怪你，跟俺回老家吧。"奶奶也出现了："金子，俺苦命的孙子呀，跟奶奶走吧，俺偷偷给你留了白面馒头呀！"

于金子的头疼了起来，疼痛像抛进女人湖的一块石头，溅起了水浪，形成波纹一圈一圈往外扩张。突然谷部长在波纹中出现了，他越走越近，几乎贴上了金子的脸。他面目狰狞地冲着于金子吼了起来："于金子！你这不是成心要我谷有成的命吗？你们于家这是和我没完呀，过不去呀！你爹于掌包进山打鹰是我派去的，我是有责任，觉得欠了你们于家的情，这才得罪了多少领导和朋友，让你开这辆车，你他妈的是个混蛋，是一个恩将仇报的混蛋！看我怎么收拾你！"

弟弟于毛子也站在谷部长的跟前，他竟然指着金子的脸说："这车，这车是他自己开的……"于白氏、王香香也相继出现。波纹越来越大，头也越来越疼，于金子看到屯子里所有的山民把他包围起来，指责、谩骂。

于金子的手一下子碰到了那杆上了膛的单筒猎枪，他感觉找到了救星，就好像找到了治愈头疼的良药，迷幻中他把枪筒对准了快要炸裂的头颅，手指扣动了扳机，一声巨响，脑浆四溅，鲜血染红了洁白的车座。

天黑了下来，卧虎山头挂上了一轮缺角的月亮。

于金子的灵棚在于白氏的坚持下搭进了于家小院的中央，出殡的日子和父亲于掌包那年相差了两天，两位死于枪下的父子相隔八年，谁也没有回到山东老家的墓地，而是永久地守在卧虎山上，注视着于家的小院，相伴着密林深处的那些野猪、黑熊……谷部长来了，沉着的脸变成了紫青色，人也矮了许多，他强打着精神，支撑着那颗硕大的头颅来到了于家。他让于毛子将责任全都推给了于金子，这样才能符合金子司机的身份，他告诉于白两家统一口径，于金子绝不是自杀，而是猎枪走火而造成的这场天灾。

于金子因公殉职，刚刚批下来的招工指标由妻子王香香接班顶替。那辆撞报废的吉普由县保险公司包赔，一切都办得顺理成章。

于白氏经历了第三位亲人的离去。于金子的暴死和丈夫以及弗拉基米诺夫的死虽然不太一样，但都是在用刀割肉，只是疼痛有深有浅。小二十年抚养金子的情感，于掌包留下的唯一骨肉，亲生儿子于毛子酿成的悲剧，都让于白氏悲痛欲绝，可是一旦她接受了这样的事实，悲痛走得会快一些，金子毕竟不是她身上掉下的肉，哭过一阵也就算了。

白二爷却遭受了灭门之灾，他不知道于金子已是头骡子，他和于白氏有约定，金子生下的孩子姓白。没想到俺刚刚出狱，看到了一点生活的希望，金子就走了，和他爹爹用了一种方式，是父子同命？还是俺白士良是个妨人的精？

白士良大哭不止，把这几年的牢狱的悲痛也都哭了出来："要是俺不出狱就能保住金子一生的平安，俺白士良就宁愿死在稗子沟里。"

白王氏经受不住突如其来由天而降的灾难，原本浑身都是毛病的身子就更挺不过去了，就在于金子暴死的当天晚上便得了中风，瘫在了炕上。

王香香原本不相信自己是个心比天高命比纸薄的人，自打从乡里退回来之后，嫁给了于金子，虽谈不上十分满意，但见到风水轮流转，金子进了城，她自信命好。没承想这桩血案，金子的惨死，让她又一次认了命。悲痛之余，她也重新看到了生活的希望，接班顶替了丈夫，身边又没有拖累，和白家的关系也可以就此了结，也可能她会由此因祸得福，是于金子上辈子欠了俺王家的债吧，还清之后就离她而去了。

王香香在大丧之日又有了非分之想，她打心眼儿里喜欢于毛子。这回也算有了机会和可能。哥哥走了，嫂子改嫁小叔子也有先例。香香心想，只要毛子同意，俺宁愿不要什么城里的招工指标，只愿做毛子的媳妇。

最痛苦的当属于毛子。哥哥没了，香香成了寡妇，白二爷家也塌了架，二奶奶病情急转直下，估计活不了多长的日子。这些都是自己闯下的祸。他对不起于金子，还得说谎话，掩盖了事实真相，把罪过推到死人身上。谷部长对他也会产生想法，虽然保险公司赔付了一辆新车。香香今后怎么办？白二爷家怎么办？他从心里发誓，一定要照顾好他们的生活。

早晨，失去光辉的月亮还在西边挂着的时候，黑龙江东方地平线上已经霞光满天了。

于毛子从卧虎山父亲的墓地回来了，他昨晚就挖好了金子的墓穴，选在了爸爸于掌包墓碑正面的右侧。今天一大早再次上山巡看了路线，怕万一有什么遗漏，为今天出殡做好了准备。

“起灵！”随着王香香用力摔碎的瓦罐落地，八位年轻力壮的小伙子，将于金子的灵柩抬起上肩。村里老少谁都喜欢金子，谁都坐过金子的拖拉机到过乡里进过县城，大家眼睁睁地看着这几年的工夫，悲剧全都落在了于家，难道真是好人不长寿吗？没有人不为之动情，哭声连成一片，一浪接着一浪向卧虎山推进。

灵柩艰难地顺着崎岖的山路往山上爬行，好不容易抬到了墓地。于毛子惊奇地发现，早晨父亲的墓碑还直挺挺地立在那里，现在却歪倒在于金子的墓穴旁，没有人为挖掘的痕迹，难道是父亲显灵了？于毛子急忙跪倒在爸爸的坟前，烧香磕头求父亲保佑哥哥于金子，在阴曹地府免受其罪。

灵柩慢慢落入穴底。于毛子从王香香手里接过那杆单筒猎枪，举枪鸣放致哀，然后调过枪头，用力朝墓穴旁的一棵大松树砸去，枪托砸得粉碎，枪身和枪筒都已弯曲，他把这支结束了于金子一生的残枪丢到了墓穴里，作为于金子唯一的陪葬品。

“盖土！”随着于毛子的一声招呼，王香香双手捧起了带有冰碴的黑土，第一个丢在了枣红色的棺盖上，哭声又起。

众人很快将坟包垒起，又给于掌包的坟上添了一些新土，把父子两人的墓碑立好，花圈围着两个坟墓排成了一行。顺顺利利地完成了所有的入土程序，时值中午，大家才开始陆续下山。

太阳的光线突然变得浑浊，橙黄变成了土黄，圆圆的脸上蒙上了一层肮脏的纱布，继而又隐隐约约地藏了起来。鹅毛般的雪片陡然飞落，江河山川又一次为于家慷慨地披上了一身浓重的孝装。

王香香从墓地回来，她再不愿走进白二爷的家，她也不想伺候白王氏，只是推脱住在那没有散尽新婚气息的新房里害怕，她又不能搬回哥嫂那边的娘家。于白氏只好收留了这房死去丈夫的儿媳妇，和她一起住在了东屋。

入土为安，于白氏在炕头很快就入睡了。老人再没有精力支撑起透支的身体。她的心在于家父子的身上彻底地死去了，她老惦记的是上海的孙子于小毛，看护好眼前的亲骨肉于毛子，不要再惹是非。

王香香翻来覆去地睡不着觉，她没有看到丈夫惨死的全尸，头颅早就被于毛子用白纱布裹得一层又一层，血迹还是渗了出来。她只见到金子那一双半睁半合的眼睛，那眼睛一开始是睁着的，毛子往下拉了几次才合到了这个程度。他在向谁诉说，诉说什么？谁也弄不清楚。

王香香又侧过身来，竖起耳朵听着西屋里的动静，她想于毛子是否睡着了，他在想什么？王香香感到了孤独和寂寞，热热的被窝里缺少了什么？是什么让她浑身发抖？她爬起身下地，来到柜前喝了一口茶缸里还有温度的剩茶水，觉得有了一点清爽，她回头撩起东屋的棉门帘，窥听着西屋的声响。

于毛子也累了，没有什么想头，呼噜声早就响了起来，王香香走出了东屋，蹑手蹑脚地来到西屋门前，心怦怦地加快了跳动。她爱于毛子，她想现在就躺到他怀里，感受他的体温，感受他的力量。欲火烧身，这个不守妇道的女人大胆地行动了，她轻轻推了推于毛子的房门，这才发现门被插上了。

院内的“苏联红”突然狂叫了起来，王香香从迷蒙中惊醒，她怕打扰了于白氏和于毛子，连忙扭身回到了东屋，爬进已经凉透的被窝里，院外的狗也停止了狂叫。它似乎明白王香香的意图，它告诉这位女主人，守孝要过了七期，一期为七天，七期四十九天。

一期过后，临江乡乡长范天宝到桦皮屯视察工作。他直接就奔了白士良的家，看一看当年抗美援朝的老英雄，商量着恢复老人的党籍问题。这么多年来，村党支部一直没有书记，这是一件大事，他想听一听老书记的意见，顺便还给病中的白王氏抓了一些中药。其实他是项庄舞剑意在沛公。可惜王香香搬到了于家，前去探望，又怕惹出新的麻烦，他只得留下了书信一封。

香香同志：

获悉于金子因公殉职，深感震惊，作为其父母官本应前来赴丧，因过去事所牵，更因于家的关系，有所不便。原打算同县委常委武装部长结伴同行，也因谷部长去省军区开会而未能实现，望你谅解。

今天你的处境我是有责任的，好在已接班进城，生活又有了新的起点，如你不嫌，我一定会尽力帮助你，望你节哀。

留下一千元表达微薄之意。

祝

安

范天宝

×月×日

王香香把信交给了于毛子，一千元给了于白氏。她告诉毛子，这位道貌岸然的范乡长是想重新扯起风筝上本来断了的那根线呀，没门。

第十三章

副省长郑仁到兴安岭视察林业工作，下榻瑷珲宾馆。省长秘书小崔误解了领导讲话精神，县委书记李卫江雷厉风行，召集谷有成、范天宝开会，一场围绕着捕捉海东青鹰王的战斗动员开始了。于家不知不觉地卷进了一个涂抹上政治色彩的旋涡，造成了惊世奇闻……

郑仁副省长马上要来检查边境林业工作了，县委、县政府十分重视，在瑷珲宾馆召开接待省长的专题会议，县委书记李卫江亲自主持。公安、交通、卫生检疫及宣传部、电视台等部门的负责人全都参加了会议。县委常委武装部长谷有成任这次接待工作的总指挥。

瑷珲宾馆是一片俄式园林，它和如今的星级饭店最大的不同就是没有高层建筑。每栋小楼的高度不超过三层，造型又各不相同，颜色全部都是清一色的乳黄，楼与楼之间都有着二三百米的空间，蜿蜒曲折的小路将它们连接。路面是用落叶松大木板铺就的，原色原味，透出林区的格调和富有。楼群之间的空地上植满了丁香，几棵高大的红松和几尊白色大理石雕塑的梅花鹿，参差呼应，把宾馆装点得清秀而高雅。

小楼按规格排序为一号楼、二号楼……一直到八号楼。一号楼最为豪华，是过去专门接待江北苏联贵宾的。高大宽敞的顶棚悬吊着莲花灯，洁白的墙壁刷有一米三高的乳黄色的墙围，猩红色的地毯沿着楼梯通向各个房间。这里设有贵宾的夫妻套房、办公室、洗澡间、秘书间、警卫及司机的房间，一应俱全。这在县一级宾馆当中是绝无仅有的，它展现了瑷珲作为中苏边境上最大的城市的特殊地位。

李卫江领着大家一个房间一个房间地检查，每个房间都是一尘不染，他很满意。当他走到卧室大客厅时，忽地停住了脚，感觉有点不对劲，三十几平方米的客厅除了几个沙发之外，没有别的陈设。

他感到有一些空旷，或者说郑省长来检查工作，林区的味道不足，这会给省长造成遗憾。一定要让领导踏进宾馆，就有一种置身于林区的感觉，有一种自然的享受。

李卫江灵机一动，东墙空旷之处正好放上他办公室里那只展翅飞翔的黑鹰标本，这样大厅的韵味一下子就变了，还陡然增添了几分威严。

秘书小张心领神会，马上派车将那只黑鹰拉来放在了客厅的东侧。李书记眯起眼睛，环顾了一下四周，对自己的匠心独运自鸣得意。

二号楼是餐厅、一个大间、几个小间，每个房间都有自己的名字，什么克里姆林宫、冬宫……都以俄国沙皇时代的建筑为名，当然，厅里的装饰也都是俄式风格，宾馆的俄式西餐也享誉黑龙江省内外。

卫生防疫人员检查了厨房的用具和备下的鲜熟食品。饮用水是特意从一百多公里之外的五大连池运来的天然矿泉水。李卫江严令各部门坚守岗位，各道程序不能出一点差错，卫生防疫要做到菜菜监控，要绝对保证省长的饮食安全。

大餐厅的北墙是落地窗，它紧倚着黑龙江，视野正中是苏联城市的电视铁塔。围着长方形的餐桌吃着俄式大餐，观赏着苏联的街景，完全是置身于异国他乡的感觉。李书记很激动，虽然他对这个房间再熟悉不过，但是，陪着省长在这里用餐还是第一次。

风和日丽，瑷珲县界的西岗子镇的国道戒严了。李卫江亲自带着县委、县政府、人大、政协四套班子的主要领导恭候在那里。

谷有成的吉普在国道前面的山岗上瞭望，他负责传递省长车队接近县界的消息。

“来了！来了！”迎接的队伍立即停止了喧哗，县公安局的三辆摩托车排成了三角形为开道车，后面是一辆警车为引导，李卫江新换的日产丰田大吉普为第三。省长的车队紧跟其后，形成了一条长龙。龙尾是县公安局的另一辆警车压队，威风凛凛。

省长的车队到了，李卫江被请到了省长的白色“巡洋舰”大吉普上。车队几乎没有停顿，便风驰电掣般地驶向瑷珲。

接近江边宾馆的道路被戒严了，公安局的干警全部出动。五十米一个，站在马路的两侧，一直排列到宾馆大门。

车队一到，警察们都齐刷刷地敬礼致意，目送省长的吉普驶进那片乳黄色的楼群里。

郑仁副省长是一个东北林学院毕业的老大学生，后被作为知识分子的代表当上了省级领导。这是他第一次来瑷珲，他很向往这座历史名城。除了与苏联一江之隔的特殊地理位置之外，这里还是中苏《瑷珲条约》的签署地。他在上高中的时候就想过到这里来看一看，看一看被沙俄掠走的江东六十四屯。当然，这里还有他的专业，大兴安岭与小兴安岭的连接地，漫山遍野的落叶松与红松，植被丰富。

郑省长被请到了套间的客厅。果然，他进来的第一眼就被那只凌空俯瞰的黑鹰吸引了。省长回过头来问李卫江：“李书记，知道这鹰的学名吗？”李卫江兴奋得心里“通通”直跳，他连忙说：“郑省长，我不知道，当地老百姓叫它黑鹰，只是从颜色上命名的，听说省长是学林业的大学生，请你赐教。”

知识分子很愿意谈及自己的专业，当了领导的就更愿意让下属们知道，他这个省长的位置是靠本事才坐上来的。

郑省长走到黑鹰标本的前面，就像大学的教授给学生们上生物课。

“这鹰叫苍鹰，俗称鸡鹰。这是一只雄鸟，你们看，从它的头部到前部为灰黑色，眼后为黑色，有明显的白色眉斑；下体白色，杂有数目很多的灰黑色小横斑。苍鹰在飞翔时，翼短而宽，尾较长。一般是扇翅和滑翔交替进行，呈直线状飞翔，在飞翔时双翼保持水平状。扇翅速度较其他大型鹰类快。栖于山地森林中，善于捕食小型哺乳动物，像咱们兴安岭的野兔和松鼠之类，偶尔也捕食鸟类。”郑省长侃侃而谈。

李卫江和县里的一班人佩服得五体投地。“郑省长，这苍鹰是咱们省的特产吗？”他装作学生一般十分认真地询问。

“不是咱们省的特产，不光是东北有，云南、广东等地也有分布。但它繁殖于西伯利亚以及咱们的小兴安岭等地，是益鸟，对农业有益。”

李卫江给省长递上茶水说：“郑省长真是行家，有学问，这苍鹰放在我们这里就失去了意义，就送给省长吧，你拿回去之后还能研究它。”

“噢，这可不行，哪能夺人之爱呢，放在这里可以教育大家嘛！”

省长的秘书小崔接过了话茬：“俺郑省长可是研究这方面的专家。郑省长最喜欢一种大鸟，叫海东青，是一种猎鹰。不要小看了这海东青，它在历史上使两个民族结仇，相互开战，直至最后的改朝换代。省长，那两个民族叫什么呢？我这是班门弄斧了，还是让郑省长讲给你们听吧！”

李卫江带头鼓起了掌，郑仁省长似乎忘记了一路上的颠簸劳顿，来了兴致。

“大家都坐下，坐下，站着我就讲不出来了。”众人都找座位坐好，有的干脆坐在地毯上。

“这两个结仇的民族是女真族和契丹族，而他们所代表的分别是大金国和大辽国。”

郑省长环顾了一下大家，就像说书人的停顿，他没有一点官场的做派，一身的书卷气。

“据史料记载，女真族属肃慎族系，其先人世代居住在黑龙江、松花江和乌苏里江流域及长白山一带，后有一部分南迁至辽河流域。女真人原本与契丹人没有什么恩怨，但当契丹人建立了大辽国后，便开始对女真人进行盘剥，辽国统治者每年都向女真人索取贡品。特别是辽天祚帝继位后，契丹族对女真族的压榨变本加厉。

“天祚帝是一位十分爱好打猎的皇帝，特别喜欢猎鹰和猎犬。当时，在女真人境内，今天的俄罗斯远东地区以东的大海里，有一种大如子弹、小如梧桐子的珍珠，辽国人非常钟爱。珠蚌每年十月成熟，但此时海边已坚冰数尺，人们无法凿冰取珠。当地有一种天鹅，专以珠蚌为食，它们食蚌以后，便将珍珠藏于嗉内，而猎鹰海东青正是捕捉这种天鹅的能手。辽国人为得到珍珠，便驯养海东青来捕捉此种天鹅。契丹人令捕海东青于女真之城，取细犬于萌骨子之疆，让女真人吃了不少苦头。

“与此同时，为了四处畅意畋猎，天祚帝还经常派遣使者，佩戴银牌，称之为银牌天使，到女真部落强行索取猎鹰海东青。这些使者每到一处，除了向女真人榨取财物之外，还要他们献美女伴宿，银牌天使既不问美女出嫁与否，也不问门第高低，任意凌辱她们，称之为荐枕席。契丹贵族的残暴行径，大伤了女真人的感情，激起了女真人的无比仇恨。

“当时任女真部落的联盟长叫阿骨打，是女真族反抗辽王朝的一面呼啦响亮的旗帜。他不仅作战勇猛，在政治上也很有见识，在外交上很有才干，同时也不畏强权。最显示其大无畏气概的，要数当年他在鱼头宴上的一番行为了。”

郑省长把话打住，喝了一口茉莉花茶，润了润喉咙，声情并茂地继续讲了起来：

“公元一一一二年，辽国天祚帝春捺钵地（辽帝游猎时的行营）鸭子河泺一带，也就是今天吉林省大安县附近的月亮泡。天祚帝下令，让东北地方各部落的首领在千里之内者，都来朝见并上贡。时任女真首领的阿骨打与其他部落首领按惯例朝见。

“一日，天祚帝在月亮泡亲自钓取了一条大鱼。他异常兴奋，令部下按辽习俗举行被称之为鱼头宴的盛大宴会。我们现在喝的鱼头鱼尾酒可能出处就在这里吧。”

李卫江和众人一起大笑起来，也没有了约束。

“酒过三巡，菜过五味，天祚帝便命令各部落首领欢歌起舞，以助酒兴。轮到阿骨打时，阿骨打觉得是受到了一种侮辱，他端立直视，辞已不能，拒绝了天祚帝的命令。与座者都十分惧怕，再三劝说阿骨打，他就是不从，大失天祚帝的面子，搞得鱼头宴是不欢而散。

“宴会结束后，天祚帝压了一肚子的气，他把一个叫萧奉先的枢密使叫到内室商议说：‘鱼头宴上阿骨打意气雄豪，顾视不常，咱们可以在边境上制造个借口杀掉他，否则，后患无穷。’平日里狡诈此时却显愚笨的萧奉先却说：‘阿骨打是个粗人，不知礼仪，而且没有什么大错就把他杀掉，恐怕会伤害归顺之心。即使他有野心，一个弹丸小国，还能有什么作为？’天祚帝听了觉得也有道理，这件事也就被遗忘到了脑后。

“阿骨打在鱼头宴上受辱之后，心中愤愤不平地回到了完颜部，并决意和辽国公开抗争，他多次派心腹之人到辽刺探情报，加紧了抗辽的准备。

“公元一一一四年九月，阿骨打率诸路精兵两千五百人，会合于来流水南岸，也就是今天的拉林河南岸，吉林省扶余县徐家店乡的石碑崴，举行了誓师大会，这就是历史上有名的‘来流水誓师’。誓师后，阿骨打率领军队向辽国发起进攻，并于一一二五年将辽天祚帝擒获。至此，强大的辽国烟消灰灭了。”

郑副省长笑了笑接着说：“当然了，金与辽的兴衰更替，不仅仅是因为海东青结下的仇恨，而是辽统治者昏庸腐败导致的必然结果，因此，我们大家都要保护野生动物，更要保护好深具传奇色彩的鹰王海东青。”

小崔秘书安排郑副省长先洗个澡休息一下再吃午饭。他对李卫江书记说：“李书记，咱们瑷珲有那个鹰王海东青吗？它可比苍鹰珍贵多了！”

“不清楚，应该有吧……不过，崔秘书请放心，省长给我们讲了这么有意义的历史典故，海东青应该是我们三江流域的骄傲，一定要亲眼看见它。如果可能，做一个海东青的标本，那可就寓意深刻了。”

李卫江看着走进一号楼的秘书小崔的身影，心里闪过一个念头，想到了一个今后接触省长的绝好机会和由头。他招呼自己的秘书小张，让谷有成、范天宝晚上到宾馆来见他。

李卫江很会来事，中午的菜谱临时进行了调整，要做一条三斤以上的黑龙江大鲤鱼，整条红烧放盘，取名鱼头宴。晚餐不变，山珍野味，尤其是次生林带榛棵中的榛蘑，一定要鲜的。

郑副省长到瑷珲县的头一顿宴会圆满成功，皆大欢喜。谷有成领着卫生防疫站的人员，看到李书记陪省长进了一号楼之后，他那颗悬着的心才算落到了胸腔里。听李书记说，下午检查团到桦皮屯林场，然后听县营林局汇报，如果这一下午没有人跑肚拉稀，晚宴就不用这么提心吊胆了。

谷有成是越渴越吃盐，傍晚检查团一回宾馆，李卫江书记和省长的秘书小崔怒气冲冲地把谷有成大骂了一顿，这一下午省长和省林业厅的同志上了几次厕所，全都跑了肚子，奇怪的是咱们瑷珲当地的陪同人员，全都好好的，大家吃的都是一样的饭嘛！这到底是怎么回事？必须向省长说清楚，不然，小崔秘书说，晚饭就要换地方。

谷有成吓坏了，他又把卫生防疫站的站长大骂了一顿，并限令晚饭前找出原因。

副省长郑仁听说要换地方吃饭，便狠狠地批评了秘书小崔和李卫江书记："不就是闹肚子吗？肯定是水土不服，明天准好。再说了，省长有什么了不得，也是血肉之躯，食五谷杂粮，不要大惊小怪的。"

话是这么说，李卫江的脑门还是沁出了汗水，他心里想，这工作检查的好坏都是次要的，省长的身体一旦有了毛病，责任就大了，几天的努力和准备就全都前功尽弃了。省长怪罪下来担当不起呀！就在这时，防疫站的站长找出了原因，化解了这一场危机。原来是省长他们初次喝五大连池矿泉水的缘故。五大连池矿泉水号称世界三大名泉之一，另外两个是苏联的高加索和法国的唯西。它们同属火山爆发后的重碳酸盐低温冷泉，矿泉水里含有丰富的矿物质、微量元素，尤其是含铁高，水的重量大，人们初次喝它，都具有刮肠子的作用。因此，就会跑肚拉稀，属正常的生理反应，晚餐继续喝就好了。

郑副省长笑着说："我说是水土不服嘛，这回好了，给我们这个检查团每位同志洗了洗肠子，消了消毒，好事嘛！"

李卫江脸上也有了笑容，晚餐总算是一帆风顺。他等郑副省长进了一号楼休息下来，又让厨房给下了点面条，他没有吃饱。

李卫江书记在他下榻的三号楼里召集了谷有成和范天宝，商量捕捉海东青的方案。李书记说："这件事无论怎么困难，于家的工作怎么难做，那是你们两人的事情，我只要一只海东青。捕捉时最好用网，不能用枪，猎枪的沙弹会打坏鹰皮，影响鹰王标本的质量，完成任务的时间嘛……给你们充裕一点，最晚不能超过明年开春，最好在今年一入冬，春节前给省长送去。这个火候最重要，听明白了吗？"

“听明白了！”谷有成和范天宝一同回答，两人接过来这件差事，如同一块烫手的烧土豆。

于金子的死让于毛子再次陷入痛苦的旋涡，阴云一片片地罩在他的头上，有增无减。县里乡里的哥们儿爷们儿很少有人再登于家的门，从不光顾的黑老鸦，却在每天的早晨落在院里那棵高大的杨树上，呱呱地叫着，带来一天天的晦气，有时气得于毛子实在没有了办法，他只好取出双筒猎枪照树上胡乱打上一枪，吓走了那群讨厌的黑老鸦。

于白氏又老了许多，头发全白了，腰也弯了，但她那做人的骨气仍旧像当年的白姑奶奶。她教育儿子要振作起来，经得起磨难，不能自己跟自己过不去，不让打猎咱干别的不挺好吗？媳妇钱爱娣跑回了上海，咱们再找。这不金子的媳妇王香香，为丈夫守孝出了七期，便搬到了于毛子屋里过上了。谷部长给了个特殊照顾，光给工资不用她去上班。这不是也挺好的吗？可话又说回来，于家的日子和白二爷那边的处境还是大不如从前了。

谁家过年都吃饺子，没有不开张的油盐店。秋后，临江乡的范乡长来了，坐着那辆李卫江书记换下来的吉普，停在了于家小院的坡下。他拎着四瓶瑷珲大曲，割了几斤猪肉，兴冲冲地来到了于家门口，人没有到嗓门先到。

“于大妈，于毛子，看看谁来了，怎么不欢迎呀？”他边喊边进了堂屋。于大妈荣辱不惊，她平静地挑开门帘看了乡长大人一眼。

“噢，是范乡长啊，你可是稀客了。”

“瞧你于大妈挑理了不是，前一段工作忙，接待省里来检查工作的郑省长，他们一走，县委李书记特意让我代表他看看你们。”范天宝强笑的脸上露出了一丝歉意。

“于毛子呢？”范天宝问。

“你可真是官大眼高呀，俺儿毛子不就躺在炕上吗？”于白氏往炕角上一指，于毛子蜷缩在炕角上蒙着花被子。

“怎么病了？这么壮的汉子还能有病，起来，起来，让我看看，是不是得了心病呀！”范天宝掀开捂得严严实实的被窝。

于毛子确实是犯了心病，不痛快。他巴不得范天宝下来作指示，乡长一来肯定有事，于毛子的病也就好了一半，他借坡下驴，翻身坐了起来：“范乡长来了。”

范天宝从背包里掏出一盒崭新的步枪子弹递给了于毛子，毛子打开盖一看，金光灿灿的子弹晃得他眼睛笑成了一线。久旱逢雨，于毛子的病全好了。

“乡长快说，县里都要什么？自打封山以后，山里的猎物都海了去了，应有尽有，肥得流油，说呀，乡长，要什么？”于毛子恨不得马上就要进山去。

范天宝欲言又止，面有难色。于白氏看到眼里，知道乡长有难言之隐，便借口去院子外的地里摘点豆角，好给范乡长备饭，她推门出去了。

范乡长见于大妈走出院外，立刻低声说：“毛子，范哥不好张嘴呀！县委李书记把我叫到他的办公室，省里有一位大干部点名要咱们小兴安岭的鹰标本，非海东青不要，这可关系到咱李书记的政治前途，李书记要上去了，咱们大伙不都跟着沾光吗。这件事知道有难度，感情上过不去，时间可以拖到明年开春。当然，最好是一入冬。只要你答应，子弹保证供给，你进山打猎我也睁一只眼闭一只眼，怎么样？”

范乡长像打机关枪一样，把心里要说的话全都掏了出来，唯恐于白氏听到阻拦。

于毛子知道海东青，它是山鹰之王，个大凶猛，它和好猎狗一样通人性。常听白二爷念叨，辽西那边最讲究熬鹰，训出来的海东青是抓兔子的好手，当然海东青也是最难碰上的，十分稀少，兴安岭几乎绝迹，是不是和郑副省长说的历史原因有关，这点于毛子是不知道的。

于毛子听完范乡长的一席话，眉头拧成了一个肉疙瘩，他把那盒子弹推到乡长的眼前，语气十分坚定地说："乡长，这鹰俺是决不能打，虽说俺父亲是被白二爷误杀的，但起因还是那只山鹰，李书记也是知道的，俺已在爸爸的坟前发过誓，决不打鹰！"范天宝又将子弹推回到于毛子的面前："兄弟，你再想一想，就算帮我范天宝一把，今后于家有什么事我全都包了，怎样？"

"范乡长，俺主意已定，不用多想，请你转告李书记，俺感谢他多年对俺的帮助与照顾。黑熊、虎豹俺都能打，就这山鹰不行，请范乡长另请高人吧。"

于毛子索性走出了门外，他站在院里仰望卧虎山上父亲的那块耸立的墓碑，还有哥哥于金子的那块，心想决不能再立上第三块了，他心里一下子有了着落。

范天宝也追到了院子里，不论乡长大人怎么样做工作，就算磨破了嘴皮子也没用。这时，于白氏拎着菜筐回来了，范天宝不敢再磨下去，中午饭也没吃，扔下那盒子弹打道回府了。

第二天，瑷珲宾馆的经理来了，也碰了一鼻子灰回去了。

第三天，李书记的秘书小张也来了，他只字没提什么海东青的事，只是给于毛子讲了一个寓言，农夫和蛇的故事，意思是不能恩将仇报。于毛子心想，这哪跟哪呀？这和打鹰也挨不上边呀，反正俺是傻狗叼着个屎橛子，给麻花也不换了。

第四天，谷部长亲自出马了，不用说也是为了海东青。

谷部长是于毛子的恩人，"文革"期间保护过他，哥哥于金子的工作也是人家给安排的，只怨金子命短，还有现在的香香，哪一点不靠人家照顾？对了，还有去上海的食宿安排……于毛子觉得欠了谷部长的人情，尤其那辆吉普也是他给撞报废的，这一系列的事情真让于毛子犯了愁。

按理说不给谁的面子，谷部长的面子也得给，可是自从毛子爹去世后，于毛子做梦常常梦见李书记办公室的那只黑鹰。另外，妈妈也让儿子跪在于掌包的坟前发过誓。因此，谷有成在于家也吃了个软肋，窝了回去。

功夫不负有心人，谷有成三顾茅庐。不过今天领来了一位陌生人。此人瘦小枯干，刀条脸上留了胡须，典型的山羊胡子，一身青色的中式裤褂，穿了一双圆口布鞋，四十几岁的年龄，很像山东老家的管账先生。

谷部长给于毛子介绍说："这位貌不惊人的大师姓柳，是县金矿局的一位技术员，可他研究易经多年，是咱们地区有名的易经专家，预测推理，地理风水，能掐会算，破解不破之谜，助人长寿外带麻衣神相无所不通。"

柳大师端详了一眼于毛子并没作声，而是在于家小院里南北东西走了一趟十字花。他抬头看了看房后山坡于家的坟地，看了看卧虎山峰的走向，看了看那棵高大参天的杨树，他冲谷部长微微一笑，点了一下头，这才随于毛子进了东屋。

柳大师坐下，再次看了看于毛子的脸相，并伸出干柴般的枯手，测试了天庭的宽度和地阁的方圆。大师收腿盘坐炕上，闭上了那双油黑发亮的细眼。

于毛子给谷部长沏茶倒水，王香香也连忙来到东屋，谷部长是她的顶头上司，哪敢怠慢。她送过来两笸箩的关东"蛤蟆头"旱烟和葵花子。

柳大师说话了："于家小院的风水不错，前边临水后靠山，坐落在卧虎山主峰之下，属大福大贵之相。本应人财兴旺，可是……"大师欲言又止，看了看谷部长。

"咳，柳大师有话就说无妨。我谷有成都在这里认了亲，于家的命运中也有我的命运，都是一家人，说吧，说吧。"

"好，恕我直言，这好风水为院里这棵大杨树所破，古人有训，民房院内栽树有讲，叫作前不栽杨后不栽柳。这棵杨树犯了大忌，必须砍掉，这样，卧虎山的仙气与科洛河水的灵气就会相互贯通，通则不痛，痛则不通。以后就不会发生痛事、血腥之事。"于毛子心想，这大师说得有些道理，砍了这棵大树不费吹灰之力，这个好办。

柳大师接着说："于毛子是贵人贵相，你看你的天庭饱满有光泽……"

于毛子抢过话来："大师，什么叫天庭？"

"噢，天庭就是你的额头，地阁就是你的下巴，你看你的地阁方方正正，就像中国的书法中的隶书，内圆外方，这种脸型是男人之贵相！"

柳大师沉思了片刻说："你的鼻子通天，叫作五岳之首，将才之命，此命硬妨弱命，这就造成了你青年丧父、中年丧兄之灾。不过你本人健壮长寿，凡事都有贵人相帮。从今往后将事事顺畅！"

大师用手又掐又算，然后面冲谷部长说："于家的命运已到了一个新的轮转，今冬明春为最佳期，明年雪化达子香花开时还有喜事临门。"大师看了一眼王香香，转过脸对于毛子说："兄弟，你可是有五男二女的后继人，不过，现在实行计划生育不让你多生，但这是命中所定，你不可不信，切记一条，凡事不可自我做主，一定要有贵人指点。"

于毛子被大师给忽悠得全都信了。"那贵人是谁呀？"

“那还用说，远在天边，近在眼前，那贵人不是别人，正是你的恩人，县委常委武装部长谷大人呀！”

于毛子恍然大悟：“对对，谷部长，俺给你鞠个躬，谷叔！”

谷部长哈哈大笑起来：“什么贵人不贵人啊，我只知道一条，就是谷叔不会给你瞎马骑，总不会害你吧？坐下，坐下，快听柳大师说。”

“谷部长属兔，是松柏木命。于毛子你属虎，为火命。兔为虎属，木助火旺。这是天生的缘分呀。咱们再从名字上测，谷为粮，谷为五谷百姓之命也，五谷丰登，方能家庭和谐幸福。这叫有谷才有成，谷有成这个名字起得太妙了，你于毛子只有谷部长这位贵人相助，你才能成了气候，有了家业。不然，你的名字，只能是停于毛发之梢，没有根基，你可不能错失良机呀！”

于毛子五体投地，茅塞顿开。俗话说，近山者仁，坦诚侠义的汉子怎奈大师的花言巧语。他给大师和谷叔分别又一次鞠躬致谢，痛痛快快地答应了谷部长的要求，进山寻找海东青。谷部长嘱咐于毛子，这次任务要对外保密，尤其是范乡长，虽然前期他也做了你的工作，但是没有成功，要守口如瓶，当然，你母亲和白二爷那里都是一样，在这个问题上没有内外，于毛子满口答应。

第二天早晨天一亮，于毛子来到了父亲和哥哥的坟前，他将四周打扫干净，分别烧香磕了头。他乞求父亲原谅他违背了誓言，他不光光是让柳大师说昏了头，县里、乡里已把他推到了风口浪尖上，没有了退路。就连香香昨晚上也劝他完成了这桩差事之后，和她一起去瑷珲县城。她说现在政策开放了，就凭于毛子浑身上下的本事，无论开饭店做买卖，干哪样都能挣钱。等有了积攒，在城里买间房，将妈妈于白氏接过去。到那时，俺王香香再给于家生个儿子，和于小毛一样的三毛子。

凛冽寒风迎面扑来，像利刀、针尖一样，刺骨扎肉。一入冬的北风最为残暴，它怒号着，狂扑着，在于毛子全副武装的身上逞凶。树梢被刮得呜呜直响，地上卷起一溜的雪线，刺刺地飞蹿老高，像一条条蠕动的白蛇，在卧虎山的峡谷里飞舞。

转眼一个月过去了，连海东青的影子也没有见着，眼看就要到旧历新年。这子弹有的是，总不能空手而返。什么狍子、野猪、野鸡、飞龙，大的也打，小的也捡，于家小院又恢复了生机。那些女人又闻到了腥味，满脸堆笑地围着于毛子转，向于毛子检讨，要立功赎罪。这些娘儿们哪里知道，于毛子屋里藏了个如花似玉的小嫂子王香香，就连王家媳妇也没了方便。香香的哥哥去了西岗子挖煤，留下嫂子一人，于毛子有时也可怜她，背着香香偷偷地去上一两次，算是还了点良心债。

其实，王香香早就知道嫂子和于毛子有染，嫂子在先，自己在后，总要有个先来后到。因此，香香睁一只眼，闭一只眼，就当没看见。她知道，将男人拴在裤带上会适得其反，只要于毛子天天晚上属于她，也就足够了。

第十四章

鹰王海东青牵动着李卫江、谷有成、于毛子的神经，两个月过去了，没有一点令人鼓舞的消息，沉闷压抑着他们各不相同的心态。突然桦皮屯爆炸出一条惊人的消息，大名鼎鼎的村民兵排长，中俄混血儿于毛子神秘地失踪了，立刻，中苏边境的天幕上泛起了一片血光……

这年的冬天似乎显得极其寒冷和漫长，眼看就要到春节了，西伯利亚不断吹来的寒风，把黑龙江的南岸抽打得支离破碎，零下三十几度的淫威封杀了春节前仅有的那点欢乐火热的气氛，霸道地将这世界变成它为所欲为的领地。

谷有成醒了，冰冷的小屋让他的身体蜷成了一团，依偎在被窝里。他伸手摸了摸脚边的暖气片，一点余热也没有了；他又伸手摸了摸头顶的火墙，拔凉冰手。谷有成酒劲消没了，他想起了昨天晚上的那一场恶战。一斤半的瑷珲大曲，烧得他不知如何回到坐落在江边的县人武部的那栋红砖平房里，是司机和办事员费了吃奶的力，才将身高一米八五，体重一百公斤的部长拖到床上，免去了这一夜的“团长”之苦。

早晨七点，暖气嘎嘎地响了起来，火墙也有了动静，谷有成自言自语地骂了起来，难道锅炉工昨夜也喝多了，这暖气比平日里整整晚来了两个小时。

窗外还是漆黑一片，谷有成懒得拉灯，他伸手摸着办事员昨天晚上放在那里的一缸子凉开水，张开大嘴，一口气喝了个干净。火烧火燎的嗓子立刻就熄灭了火焰，头脑也随之清醒了许多。他一下子就想起了酒桌上县委书记李卫江的酒诗来，印象最深的几句就好像是给自己写的：酒是什么东西？放在杯子里像水，喝进肚子里闹鬼，走起路来缠腿，回到家里吵嘴，半夜起来找水……谷有成笑了，书记就是书记，真有水平！

写字台上的那部红色战备电话突然响了，机上的红灯闪烁，铃声急促。谷有成心里咯噔一下，职业的习惯让他浑身的汗毛立刻竖了起来，他一个箭步冲到了电话机旁。虽然他不知道发生了什么情况，但战备专线一定是出现紧急事件时才使用的，俗话说，边境无小事。没有时间容他猜想，谷有成迅速抓起了电话听筒，一脸的严肃与紧张。

“喂，我是县武装部长谷有成，你是？”

“大点声，谁？桦皮屯村党支部，怎么了？”

“村民兵排长于毛子失踪三天了？他妈的为什么现在才报？”谷有成脑门上沁出了汗珠。

电话是桦皮屯村支书打来的，他说全村老少爷们儿已搜遍了附近的山林，没有踪迹。他们怕于毛子越境去了江北，那可就是投敌叛国的政治大案啊！村支书怕担当不起，刚刚请示完临江乡政府的范天宝乡长，按照范乡长的指示，这才急匆匆地给县武装部打电话，请求调民兵搜山支援。

谷有成听完，一颗绷紧的心才忽地松弛下来，只有他心里明白于毛子干什么去了。只要于毛子别把事情捅到中苏边境上，别涉及政治问题，那就什么也不怕，他就能运筹帷幄。就是天塌下来，俺谷有成也能将天撑住，将事态摆平。想到这里，心宽了许多。

谷有成握紧电话继续说：“你们桦皮屯不要听风就来雨，要相信你们的民兵排长于毛子，他决不会出现政治问题。关于调动民兵，那已超过了我的权力范围，要请示县委李书记，他是我们武装部党委第一书记嘛，估计没有问题。”

谷有成撂下电话，重新钻进了被窝，这时屋里已暖和起来。原想先睡一个回笼觉，待早晨上班后再请示李书记，可是于毛子的失踪，是去执行自己派遣的任务，一旦出现问题，自己是有推卸不了的责任的。

谷有成睡意全无，他招呼司机立刻去了县委。

县委书记李卫江批准了谷有成的请示，调集临江乡八个村的基干民兵和县委公安局刑侦大队一同进驻桦皮屯。

桦皮屯就那么几十户人家，没有多少耕地，祖祖辈辈靠捕鱼打猎为生。雨季过后上山采些山珍猴头菇和木耳，生活过得很殷实。

屯子东头，一棵硕大的杨树下，三间木刻楞的房子坐北朝南，院里东西两侧用柞树枝条编织的低矮的偏岔子，好像关内的东西厢房。院墙是用落叶松锯成的木栟子垒砌的，十分整齐。院子中央，耸立着一根足有几丈高的晒鱼杆，这就是民兵排长于毛子的家。

指挥部就设在这里，谷有成任总指挥，临江乡乡长范天宝任副指挥，兵分八路，由各个村民兵排长任组长，桦皮屯的民兵为向导，开始拉网式的搜寻。

桦皮屯依山临水，屯子后背紧靠的那座山叫卧虎山，山峰沿着屯子的走向从南往北，就像一只斑斓的东北虎觅饱了食物，静静地卧在村屯的后边，头轻轻地伸入一泻千里的滔滔龙江，饮碧水而静神。虎身从北往南渐渐低落，一条虎尾锁围住了桦皮屯的出山之路，好一块天成的风水宝地，村里的老人们绝不相信，桦皮屯会发生血腥之灾。

搜寻组顶着星星又一次回到桦皮屯。三天无功而返，只剩下第八组还没有返回，谷有成焦急万分，六天过去了，于毛子活不见人，死不见尸，县委李书记每天的电话追寻，搅得这条壮汉茶不思饭不想，嗜酒如命的他六天来竟滴酒未沾。

月亮好不容易从卧虎山后露出了惨白冰冷的脸，随后第八组搜索的方向升起了一颗红色的信号弹，它划破夜空，虽然只是那么短暂的一瞬，指挥部立刻就沸腾起来。吉普发动了，对讲机在呼唤，谷有成就像打了一针吗啡一跃而起，武装部和县公安局的两辆吉普疯狂地向第八组搜索地驰去。

半个小时后，路到了尽头，茂密的森林一浪又一浪地压了过来，车灯就像照射在影壁上，光线被弹了回来。谷有成、范天宝从两辆吉普里分别跳出，他俩心照不宣地点了一下头。谷有成从汽车尾灯红彤彤的光亮下，看见范天宝的脸色十分诡秘，尤其是刚才范天宝冲着自己的那么一笑，笑得很深，是笑里藏刀，还是藏着什么？谷有成猜不透，反正那笑脸让他心里怦然一动。莫非范天宝知道了于毛子失踪的原因？或者这该死的于毛子将自己布置的任务告诉了范乡长？

谷有成觉得心底里冒出了一股凉气，与这零下四十度的严寒对接后，吉普里余留下的那点温度荡然无存，浑身凉透了，他不由自主地打了个冷战。

谷有成平日里摆着的县委常委的官架子散了。他装着若无其事的样子热情地走到范天宝的身旁，伸出粗壮的大手，轻轻拍去松树枝抖落在范乡长肩膀上的积雪，用商量的口气说道：“范乡长，看来我们只有摸黑钻树林子了，你看看是不是让民兵们点燃火把？”“哟，谷大部长，你可是咱们的县级领导，平日里下命令惯了，今天这是怎么了，是不是耍戏我这乡干部？我们是磨棚里的磨，听你的哈……”范乡长吃了豹子胆，竟敢指桑骂槐了。

“都他妈什么时候了，还他妈开玩笑，你的意思不就是你们听驴的吗，我就当回驴，民兵们！把火把点上！”

谷有成没软没硬地呛了一句范乡长，心里骂道，他妈的什么玩意儿，给脸不要脸的东西。然后头也没回，沿着搜寻八组在雪地中留下的脚印，拨开拦在眼前的松树枝，低头钻进了密林。

范乡长闹了个没趣，又不敢得罪了这位县委领导，自己给自己找了个台阶，冲着民兵们喊道：“打开对讲机，这里离出事的地点不是很远，对讲机的距离能够上了。”

对讲机有了回应，说前面山坡下有一棵高大的鱼鳞松，那里就是出事现场，于毛子已经死了。

范乡长连忙跑到前面追上了谷部长，谷有成已听到了对讲机里传来的消息，他眼窝一酸，可是眼泪怎么也流不出来，睫毛都冻在一起，沾满了冰霜。

其实谷有成早有心理准备，六天了，于毛子没有生存希望了，可是他不愿意听到找到于毛子的消息，这样心里总会留有一些猜想、企望和坦然。如果于毛子永无消息，他和于毛子之间最后的那场交易就永远不会让外人知道。

月亮已跳出山林，高高地挂在半空。谷有成和范天宝借着月光调整了一下方位，他们远远地看见山坡下的一片洼地里，一棵高出树从黑黝黝的树冠下，闪出了微弱的光亮，众人一阵兴奋，搀扶着两位指挥连跑带奔地冲下了山岗。

谷有成惊呆了，凄冷的月光下，于毛子仰卧在丛林中的一块平地上，胸前的血浆已经凝固，蘑菇状地扣在左心窝处，草绿色的军皮大衣上那蘑菇朵里流出的血变成了一条封冻的小溪，在雪地中铺展开来，它就像一块隆起的鲜红鲜红的地毯，支起于毛子高大的身躯。周围的火把将血浆照得通红。

月亮被血色和火光映红。

于毛子的正前方，是一支全县唯一留在村级民兵排的半自动步枪，那是县委书记李卫江特批的。步枪半埋在积雪中，通身都挂满了白霜。枪筒直直地对着于毛子僵硬的躯体。枪托的正前方，是一只深褐色和深灰色相间的死鹰，死鹰横卧，展开的双翅足足有两米长，鹰的双眼并没有闭合，黄黄的眼球，黑亮的眼珠爆发出的凶光，被天然冰箱定格在那最后的一瞬。

海东青！不知是谁叫了一声，显然有人认出了这是一只鹰中之王。

谷有成见状两腿一软，瘫坐在雪地里。然而只是短短的一刻，他浑身突然爆发出了一股强劲的力，使他从雪地中一跃而起，扑向于毛子的尸体，并大声呼叫着于毛子的名字。

县公安局刑侦大队的两位侦察员奋力地拦住了脱缰的谷部长，把他拦截在现场红色的带子外，侦察员说："谷部长，现场勘查要等到天亮才能进行，这时候任何人也不能进入。请您支持我们的工作。"

谷有成冷静了下来，他决定自己和县公安局的技术人员留下，其他人员由乡长范天宝带回驻地，搜寻工作结束。至于于毛子是怎么死的，他与步枪、鹰王三者的因果关系，都有待于第二天公安局的侦察员们做出判定。

太阳从卧虎山爬了出来，山林里顿时光亮了，谷有成全身几乎凝固的血液开始有了流动，他聚精会神地跟随着侦察员一会儿测量距离，一会儿帮助检查于毛子致命的伤口。子弹是从步枪枪膛里射出的不容置疑，弹夹中一共射出两发子弹，一发击中了鹰王海东青的翅膀，一发击中了于毛子的心脏。让侦察员们不解的是，现场只有于毛子一人的脚印，半尺厚的积雪上结有薄薄的一层硬壳，无论任何人和动物的出现，都将会留下痕迹，显然事发地就是第一现场。从鹰王海东青被击伤的部位分析，没有致命的因素，为何海东青受伤之后没有离开现场？即使单翅受伤，影响起飞，行走和跳跃是没有问题的。

于毛子的死更让人疑虑重重。是谁击毙了他？从现场和周围的情况分析，侦察员们排除了有他人作案的可能。海东青如果说是被于毛子打伤的，那么枪筒为什么又会调过来指向他自己？又是谁扣动了扳机将子弹射入了于毛子的心脏部位，从而一枪毙命？于毛子、步枪、海东青三者一线，距离相等，于毛子和海东青谁也够不着那支摆在他们中间的步枪。侦察员们陷入了困境，就连经验丰富，出过多起枪击现场的大队长也是一筹莫展。

必须闹清楚作为民兵排长的于毛子进山的目的，这是破解疑案的关键。

刑侦大队长说是进山打猎，不然于毛子为何独自一人带钢枪进山。

谷有成不愿意道出真情，他故意反对公安局提出的意见，理由是几年的封山育林，卧虎山已是野生动物的天堂，野猪、狍子成群。为什么于毛子这位方圆百里的神枪手却一无所获？为什么每次陪他进山打猎的那条心爱的狗“苏联红”却被拴在了家里？那支从不离手的齐齐哈尔造的双筒猎枪也挂在于家的小屋里。

双方的意见都有道理，争论一直延续到中午。

谷有成的对讲机响了，是范天宝。他说他正陪着县委书记李卫江和于毛子的母亲于白氏，马上就到现场，还有桦皮屯村送来的午饭。

一位再普通不过的农民，充其量不过头上戴了一顶民兵排长的帽子，这在中苏边境气氛变暖的季节，怎么会惊动了县委书记？看来这不仅仅是个没有定性的案子问题了，于毛子这个混血儿，当地百姓俗称二毛子的这个人，一定有说不清楚的什么背景和关系。公安局的侦察员们不由自主地心里一阵紧张。

于白氏的哭声撕心裂肺，两次晕倒在儿子于毛子的身旁，这位经历太多打击的母亲，疯狂地捶打着自己的胸膛，忽而又拍打着儿子石板一样僵硬的尸体。

母亲仰天狂叫着：“老天爷哪！你不公道啊！为何将天下所有的灾难都让我一个妇道人家承担啊？！是我于白氏得罪了苍天，就让俺一个人去死吧！为何将我的丈夫、大儿子的命相连夺去。老天爷呀！你也太残忍了，连我的小儿子也不放过，这最后一点生活的希望也破灭了，让俺活在这世上受活罪呀……”

县委书记李卫江的眼圈也红了，他示意谷有成将于白氏拉开，不然这场面会催化这帮铁打的汉子们。现在案子还没有结论，现场还需要保护。

于白氏已无泪可哭，抽噎的声音渐渐平和下来。谷有成招呼侦察员们继续查找线索和痕迹。谁想这时，一声炸雷般的哭声又起，谷有成连忙回头一看，竟然是桦皮屯村的老支部书记白二爷。

“是我害了你呀，孙伙计，我欠了你们于家两条人命呀！你爹是被我打死的，那是因为俺老爷俩打鹰得罪了山神，才使我当时心乱眼花，鬼迷心窍，错把你爹当成了狍子。今天，你这个不听劝的于毛子，非要打什么海东青，这才遭来天祸啊！”白二爷两腿一软，跪在了于毛子的尸体前大哭不停。

谷有成心里一惊，看来白二爷知道于毛子进山的目的。

县公安局刑侦大队长听此哭喊，一下子兴奋起来，这白二爷说于毛子非要打这鹰王海东青，这不就是一条最重要的线索吗？

大队长一跃扑到白二爷的身边，将老人一把拽起，职业的习惯让他厉声斥道：“白二爷，你可要把话说清楚，八年大狱蹲得你还不老实吗？你是怎么知道于毛子进山就是为打这海东青的！”

白二爷立刻就止住了哭声，弯下腰来给大队长鞠了个躬：“报告政府，两个月前，于毛子曾到俺家，请教俺逮山鹰海东青的要领。”

众人一听立刻就安静下来，于白氏也被搀扶到白二爷的身旁，县委李书记、谷有成和侦察员们围坐在老人身旁静静地听着白二爷的讲述。

虽说白二爷刚出大狱，但仍旧是桦皮屯白家的长辈，加之白士良是个退伍军人，曾和美国大兵在朝鲜战场上真刀真枪拼杀过，右眼负了伤，被人称之为独眼英雄，复员之后回到村里又当上了个支部书记，因此，在村里村外有很高的威望。

但是，自打他误杀了于毛子爹于掌包之后，于、白两家的关系就有了本质上的破裂，虽然他们脸面上还过得下去，可是于白氏及儿子于毛子内心深处总有那么多说不清的记恨。八年过去了，白士良刑满回村后，屯子里的老少爷们儿面子上还是接受了他，但却无人问津这位当年英雄的冷暖。只有于白氏，在这漫长的痛苦回味中，像是悟出了点什么，她看到当年健壮如牛的白士良，如今瘦弱如柴，满头的白发和没有一丝光泽的老脸，于白氏一阵阵心疼，心想，孩子他爹的死也不能怪他呀！

于白氏虽说是个农家妇女，可她知人情达事理，中国妇女的那种以恩报怨的美德都种在了她的身上。于白氏经常背着儿子，隔三差五地给这位没出五服的二叔送点吃的用的。

刚一入冬的一天早晨，孤苦伶仃独身一人的白二爷在自家的小院里不停地收拾着准备过冬的劈柴栟子，擦玻璃，溜窗缝。八年了，这小院子又复活了，有了一点生机。

“二爷！”一个洪亮的喊叫声越过用柞树条子编织的篱笆墙飞了进来，白士良心里一喜，于毛子这孩子终于又认他这个二爷了。

白士良放下手中的活计，连忙跑到院门口，只见于毛子气喘吁吁地从坡下走来。八年不见，于毛子出落得十分英俊，看样子身高将近两米了，高大粗壮的身躯，红白相间的脸膛泛着光亮，高高的大鼻子两侧深深的眼窝里，黄黄的眸子像黑龙江的水，是那样的深邃和汹涌。他左手里拎着一顶狐狸皮帽子，金黄色的头发冒着热气。

白士良心想，这孩子怎么通身上下没有一点中国人的气象，他母亲于白氏的血统都注入了于毛子的五脏六腑，活脱脱的一个中国人的心脏，俄罗斯人的外形。

“二爷，我妈让我来看看你，给你老拿上点野味，是我刚打的，今后缺啥就吱个声，在咱们卧虎山，没有俺毛子办不成的事。”于毛子边说边将身上背着的双筒猎枪放到了窗台上，将右手里的化肥袋子打开，将几只山鸡和野兔倒在雪地里。白二爷已经很长时间没有吃这些东西了，心里头还真是有点想。于毛子顺手抄起墙根的铁锨铲积雪将野味埋上，这样既能保鲜，又可保持野味的水分不被蒸发，然后才随二爷进了屋。二爷东屋的火炕烧得热乎，于毛子没等让就脱鞋上了炕，将炕头上的红漆炕桌拉了过来，从怀里摸出一瓶瑷珲大曲。二爷见状，连忙将早晨用黄豆换的鲜嫩的水豆腐端了上来，放点葱花、盐水，又倒上了一勺生豆油拌在了一起，这生豆油和鲜豆腐一拌，就没有了一点生豆油的腥味。

“毛子，二爷家穷，没有啥下酒的，咱爷俩就凑合着喝吧。”

“二爷，咱有好酒菜，前两天俺妈给你拿来的我晒的干鱼沙葫芦子呢？用灶坑里的火一燎，那叫一个香。”于毛子说完下了炕，接过白二爷递过来的咸鱼去了外屋，不到一会儿，这菜就行了。

爷俩三杯酒下肚，脸就没了遮掩，二爷多年的豪气遇到了温度又冒了出来，从抗美援朝吹到和毛子爹打猎捕鱼。

于毛子见二爷高兴，便将话题引到了鹰王海东青的身上，没承想二爷一听说鹰，脸色立刻就翻了过来，老人脸憋得通红。

“毛子，二爷今后不许你提鹰，否则别怪二爷翻脸不认人。二爷我这辈子没有怕过谁，连抗美援朝的大江大河都过来了，俺却在这鹰上栽了跟头，害了你爹，也害了我……”说完，二爷已是泪流满面，歪在炕被垛上。

于毛子不敢再提，只好悄悄下炕，将二爷的屋门带上，他不忍看到老人如此悲伤。

一连十天，于毛子一共去白士良家五次，二爷渐渐失去了警惕，在一次酒醉之后，老人告诉了于毛子鹰王海东青的生活习性和出没地点，这让于毛子如获至宝地高兴。

卧虎山群峰耸峙，厚厚的落叶被大雪覆盖，走在上面十分松软，落叶未尽的粗大柞树像千军万马静静地埋伏在这荒野之中。

于毛子孤身一人在这群山之中寻找海东青的影子，饿了扒开雪层，点燃落叶松的枝杈烤热馒头和狍子肉。渴了捧一捧洁白的积雪。累了就找一个背风的坡，在雪地之上铺上狍皮，喝一口土烧苞米酒，美美地睡上一觉。待山风一吹，清醒过来，继续沿着条条熟悉的山路寻找海东青。翻过山冈，迎面是一片开阔地，白雪覆盖下是水草相融的湿地，四周是一层高过一层的次生林带。

于毛子抬头一望，开阔的东侧有一块巨石隆起，像古代的武士一般，镇守着它的领地。岩石裸露，深灰色发着油光。于毛子惊喜万分，这里就是白二爷所说的黑石砬子。

“海东青！”于毛子脱口喊道。只见岩石的最高处，站立着一只庞大的雄鹰，羽毛在阳光下闪闪发亮，当它听到声音，发现于毛子闯入了它的地盘后，鹰王双翅轻轻一抖，迅速腾空，接着就像一架飞机俯冲过来。

于毛子突然觉得眼前一黑，海东青巨大的身影就像飞机的双翼从头上掠过。

于毛子惊出了一身冷汗，他没敢抽枪，怕惊了海东青迁出领地，那样几个月来的侦察和准备不就前功尽弃了。他心想，只要找到了你的老窝，还怕你不回家。

三天过后，于毛子不等天亮又来到黑石砬子。他将两只山里人叫“杀半斤”的野鸽子腿拴住，固定在扫开积雪的草地上，支好一张鹰网。只要有人触动提起“杀半斤”，那张网就会从天而降。

两只鸽子显得十分镇静，在草地上不飞不跳，只是悠闲地吃着于毛子撒下的苞米粒。

天亮了，天空由铅灰色变成湛蓝。两只“杀半斤”不时咕咕地叫上几声。于毛子找了一个十分隐蔽的地方，将羊皮军大衣反穿后，趴在铺在雪地里的狍子皮上守株待兔。

忽然，草地上的两只山鸽躁动起来，鸽子的翅膀也开始扑腾。

来了！于毛子像豹子一样警惕起来，一双黄眼珠瞄向天空。天的边际出现了一只火柴盒大小的黑点。于毛子兴奋地揉了揉眼睛，只觉得视野中的黑点是越来越近，而黑点背景中的蓝天却越发的模糊。

片刻之间，那黑点已变成了头上的一只雄鹰，它围着两只山鸽盘旋了几圈却没有俯冲下去，而是右翅一抖飞向那块巨石，瞬间停落在三天前挺立的那个地方。

鹰王海东青傲视四周，静静地站立在石峰上。一分、两分，五分钟过去了，它仍旧一丝不动。

于毛子的心都提到了嗓子眼儿上，紧握半自动步枪的双手已是汗水淋漓。

死在于毛子枪下的黑熊、野猪、狍子、犴达犴不计其数，每次射杀他都临危不惧并充满快感。今天这是怎么了，高度的紧张使他扣动扳机的手指在不停地颤抖。他在极力地克制着自己，尽力让狂热的心平静下来。

突然，鹰王海东青一声仰天长啸，就像一支离弦的利箭从石砬子上射出。于毛子紧张地眨了一下眼睛，海东青已冲到“杀半斤”的眼前，它锋利的双爪擦着地皮一掠，两只“杀半斤”就被捉了起来。

说时迟那时快，绳网从天而降，眼看就要罩住鹰王。只见海东青双翅一起抖动，落下的网纲被弹开，海东青逃出鹰网后迅速展翅向天空冲去。

于毛子的心差点就跳出了胸膛，他没等鹰王飞高，扳机就被扣动，枪响了，子弹射中海东青的翅膀，这只硕大的鹰王立即就失去了平衡，一头扎到雪地上。

于毛子高兴极了，从雪中跃起，三两步就冲到海东青的跟前。

海东青怒目注视着于毛子，待于毛子逼近，它用一只翅膀用力掀起，双脚奋力一跳，一下子飞跃出五十米开外。于毛子不敢用枪，怕将鹰皮损坏，他与它这样一飞一追离开了这片开阔的雪地。

这些推断与回忆，仅仅是靠白士良多年打猎的经验，这些是否就是事实，谁也无法去重新演绎。但可以说明一点，于毛子的尸体所在地已经不是第一现场。

一桩离奇的血案，大家都在迫不及待地想知道它的答案。

众人在白士良的带领下，找到了黑石砬子，看到现场遗留的捕鹰网和两只僵死的“杀半斤”。于毛子进山的目的已经十分清楚，但血案的结果还是没有做出让人们认可的结论。

纸里包不住火，案情已经大白，只是于毛子的死因还没有因果。于毛子为什么进山捉海东青只有谷有成知道。谷有成同众人回到第二现场，心里已经有了答案。

谷有成重新拿起了那支步枪，仔细地再次观察。他用手巾擦去枪托子上的雪霜，终于发现了重大线索，谷有成当着县委书记李卫江和公安局的侦察员们，卖了一个关子说:“案件俺谷有成破了！”

谷有成将半自动步枪托举给大家看，枪托上展现出几道鹰爪的抓痕。再看着那死鹰的利爪中，残留着枪托“黄菠萝”木的木屑。这说明，这只鹰王海东青再也无力跳跃的时候，于毛子追到了它的跟前，于毛子掉过枪筒，用枪托去砸这只鹰王，每砸一次，海东青就本能地用鹰爪还击。因此，枪托上留下了鹰王的反击爪痕。

谷有成有意地打住，让县局侦察员递过来一瓶矿泉水，他喝了一口继续他的推论。

几个回合，海东青恼羞成怒，当于毛子的枪托再次砸来的时候，它突然往前一跃，无巧不成书，鹰爪正好伸进枪的扳机里。这时，于毛子的枪往回一收，枪响了，射中了他的心脏。这是因为半自动的步枪在于毛子打响第一枪时，第二颗子弹已经自动上了膛。强大的冲击力将于毛子弹出，仰卧在雪地中而当场毙命。

谷有成得意地看了看大家说："枪响之后，强大的后坐力又使枪托击中受伤的鹰体，将鹰内脏击碎。鹰王也被弹出两米之远而毙命。"

众人被谷有成精彩的推断折服。鹰王海东青与民兵排长同归于尽的案情不翼而飞。《龙江日报》的记者编发了通讯，消息立刻就传遍了整个黑龙江。

于毛子的尸体被运回了桦皮屯。墓地就在父亲于掌包的坟西侧，只是往后挪了一米，与坟东侧哥哥于金子的墓碑相齐。

于白氏将鹰王海东青祭在爷仨的坟前，埋在了爷仨都能看到的地方。十年的时间，于白氏相继送走了丈夫、大儿子和小儿子。三个男人都死于枪下，老天惩罚着这位贤惠善良的女人。她跪在爷仨的坟前，哭声在冰冷的山谷中飘荡，一杆杆白幡随着凄凉的哭声起伏。

突然，晴朗的天空飘下了鹅毛大雪，似乎苍天为之动情。送葬的人拥满了山坡，越来越多。十里八乡的民兵，于毛子救济过的贫困山民，还有瑷珲县城里于毛子特供户的宾馆饭店的人，谷部长、范乡长、县乡等政府要员们，将墓地围了个水泄不通。

谷部长命令县武装部作训股长，用收回的于毛子的那支半自动步枪向天空鸣放三枪，以示悼念。这一举动为这个算不上追悼会的农村下葬仪式增添了不少的庄重，并且提高了规格。谷有成原本想在于家拉回尸体的那天，将那只海东青拿走，没想到于白氏坚决不让。其实老人早就明白儿子进山打鹰的奥妙，只是无法说透，因此她坚持一定要让海东青为儿子陪葬。谷有成见状，不好硬要，又见到县委李书记用眼色暗示他不要争下去了，他才依依不舍地看着于白氏将海东青拿走。

鹰王就埋在于家三个坟头的正前方，谷有成心里一阵高兴，只要不把海东青毁掉，我就有办法，他暗暗地记下埋鹰的地点，并做了一个别人都不注意的符号。

葬礼的最后一道程序，是所有人都不会想到的。于白氏让两位男人将封冻的科洛河凿开一个洞，老人亲手把丈夫于掌包、大儿子于金子、小儿子于毛子用过的那支双筒猎枪拴上石头沉入了河底。

雪骤然就停了，踏着葬礼的节拍，这也许是上苍觉得愧对了这位辛苦半生的于白氏吧，这才降雪让山河戴孝。

夜深人静，谷有成带上通讯员悄悄地又一次来到了于毛子的墓地，爬上山坡。忽然一阵光亮，让他俩大吃一惊，远处的墓碑前竟有鬼火在闪动。通讯员年轻，哪里经历过这种场面，扭身就要跑，谷有成将他一把摁在了雪地上。

“他妈的胆小鬼，不要慌张，跟紧着我！”谷有成边说边掏出手枪，并命令通讯员闭上手电。谷有成在前，通讯员在后扯住部长的皮大衣慢慢地向墓地靠近。

两人屏住了呼吸，原来墓碑前放着一盏马提灯，借马提灯的光亮，他们看见有四个人影在墓碑前晃动。谷有成又靠近了些，他终于看清了是四位桦皮屯的女人。谷有成心里一震，难道是她们。这几年他早有耳闻，自从于毛子的媳妇上海知青钱爱娣带着他们的儿子于小毛返回上海就再无音信之后，于毛子忍不住寂寞，便和村里的四个年轻媳妇搞得火热，四位女人也都相互心照不宣，互不侵犯，轮流相伴着于毛子。看来这真是事实，这帮女人还算是有些情意。情壮情胆，她们竟敢在这雪夜之中，背着自己的丈夫前来向情人于毛子告别。

谷有成使劲地睁了睁眼睛，他看清了其中最年轻漂亮的那位是王家媳妇，只见她把一瓶的酒全都洒在了于毛子的碑前，嘴里还念念有词，不知说些什么。其他三位将祭品分装四盘一溜摆开，点燃了香火后，四位于毛子的相好站成一排，向于毛子行了三个大礼之后，拎上马提灯下山去了。

谷有成骂道：“四个臭娘儿们，还算是有良心，没亏了于毛子把她们喂肥。”说完跃身来到墓前，他找到自己留下的符号：一块破瓦片，立即叫通讯员将鹰王海东青挖出。自己径直来到爷仨的坟前，分别磕了大头，行了大礼。这是他在光天化日之下根本无法做到的。他谷有成欠着于家的血债，内心也是极其痛苦。为了迎合上司的喜好，今后能在官场上平步青云，他违心地做了一桩又一桩的亏心事，诱发了一起又一起的血案。今晚这一幕，又如同掘坟盗墓一般。虽说心里一阵阵地懊悔，但是强烈的唯上心理，让他不能自拔。于家一个好端端的家庭，在他的导演中毁灭。谷有成望着三座犹如大山的墓碑，内心像刀绞一样……

第十五章

海东青标本还未来得及送往省城，副省长郑仁的批示已送达省纪委和林业厅。省委、省政府立刻组织了工作组，调查海东青与民兵排长于毛子同归于尽的离奇案件，追踪它的来龙去脉。一时间，县委书记李卫江慌了手脚，紧急制定攻守同盟，没想到他的心腹临江乡乡长范天宝却偷偷地向工作组道出了事情的真伪……

残月西沉，谷有成和通讯员趁着夜幕，拎着那条装有海东青的麻袋，连滚带爬地从卧虎山于毛子的墓地上，一口气跑到了桦皮屯外科洛河的小桥边。吉普熄了火，灭了灯，静悄悄地等待着它的主人。

汽车发动了，谷有成命令司机一分钟也不能耽搁，立刻返回县城，向李书记汇报去了。

王香香再次相信了自己的命运，或者认为自己就是个克星，从范天宝、于金子到她最爱的于毛子，两死一伤。于家、白家她都没有理由再住下去，也不想住下去。她不想侍候两家剩下的三位老人。现在唯一的出路就是逃离桦皮屯这块是非之地。

她的心思被范天宝摸得一清二楚。于毛子大丧过了三七，范天宝的吉普在夜里停靠在了科洛河的小桥边。

王香香早就将自己的细软打包好，静静地等候着。于白氏心知肚明，香香的一举一动都没有逃出这位饱经摧残的老妇人的视线，于白氏觉得这苦命的香香和自己有着似乎相同的命运，她可怜她，她也感激她，在儿子于毛子离开人世最后的日子里，她给了于毛子一个男人所需要的温暖。

桦皮屯再次安静下来，屯子东头坡上的于家只剩下了于白氏孤身一人，屯子西头的白家炕上躺着奄奄一息的白王氏。那位抗美援朝打鬼子的白二爷，八年的牢狱之灾也只剩下一个身似虾米的躯壳，他拄着拐杖，颤颤悠悠地从屯东头走到屯西头，不知一天走了几个来回，照顾着二位当年桦皮屯最漂亮的女人。

副省长郑仁是省政府大楼里最早一个上班的省级领导，几乎每天都和给他打扫卫生的公勤人员碰面，弄得清洁女工十分紧张。他还经常帮助她倒擦拖地板的污水，渐渐熟了，副省长和清洁工也成了朋友。

今天，郑仁一到自己的办公室，楼道、房间都空无一人，四周一尘不染，地板上还湿湿的。省长笑了笑，这女工怕他帮忙，所以起了个大早。

郑仁有一个好习惯，早练之后，他在省政府附近的小摊上吃两根油条，喝一碗豆浆，然后步行到单位也才七点钟，离上班时间还有一个小时。这时，他会坐在宽大的写字台边，批阅前一天的文件，然后看一看报纸，先看《龙江日报》，再看《人民日报》《经济日报》，依次排序形成了习惯。

郑仁坐下来，掏出老花镜戴上。桌子收拾得十分整洁，奇怪的是，写字台的正中间不知是谁把《龙江日报》打开，端端正正地放在省长第一眼就能看到的地方。二版头条一行醒目黑体字引起了郑仁的注意，《海东青击毙民兵排长，兴安岭血写惊世奇闻》。他心里一颤，潜意识地把自己和这篇通讯联系在了一起。难道这和自己那一趟瑷珲之行有关？郑仁急不可待地认真阅读起来。

郑仁震惊了，报纸没有点名地道出了事态的原由。一位省级领导要什么海东青的标本，瑷珲县的领导组织了这场捕杀，造成了一位瑷珲县临江乡桦皮屯民兵的惨死。文章批判了这一罪行，隐含了对省、县领导破坏野生动物保护的揭露，以及官场投桃报李、溜须拍马的不良行径。

“小崔！”郑仁吼叫起来。

“省长！”秘书小崔闻声跑进屋来。

“这是怎么回事，你看看，我们一趟边境之行，怎么会招惹得如此大祸，是谁向他们要海东青了？这里有没有你的掺和？你说！”崔秘书从来就没有体验过这位平日里温和的省长发脾气和这雷霆般的吼叫。他的脸憋得通红，知道是自己闯下了祸，但自己并没有让那个该死的县委书记李卫江打什么“海东青”，不过是一句暗示而已。现在决不能承认和这血案有关，连暗示也不能承认，他心里有了主意。

“省长，这怎么能和我们牵扯在一起呢？您只不过给他们讲了一段历史故事，他们就断章取义，简直是在破坏省领导的声誉。省长放心，我在这保证，这事和咱们没有一点关系。”

崔秘书心眼儿活泛，这件事一旦省纪委知道插手查处就有了麻烦，不如先入为主……

“省长，我给您提个建议，这件事正在您的分管之内，我们应该主动派工作组下去，查清此事，给肇事者以党纪处理。我自愿担任调查组的组长，抽调省林业厅纪委，林业公安局的几位同志，以省委、省政府的名义，明天就赴瑷珲。待事情查清，您再和省委主要领导汇报，不知……”

“好！就这么办！一定要查出打着省长旗号，损坏百姓利益的那些人。到那以后，调查的情况随时向我报告！”郑仁安排妥当，心里稍稍踏实了一些，但那些文件和报纸再也看不下去了。

李卫江如临大敌，他和谷有成躲进瑷珲宾馆的一号楼商量着对策。

谷有成自打于毛子死后，就把命运全都寄托在李卫江的身上，只要李书记这杆大旗不倒，俺谷有成在瑷珲地面上仍然是一个有头有脸的人物。于家三条人命虽然不是他有意造成的，也不是直接的肇事者，可他谷有成脱不了干系，每桩惨案的起因总和他有牵连，用谷有成自己的话说，叫作好心没好报。于毛子的死算是到了头，只剩下一条命根于小毛了，于小毛早就脱离了这块是非之地，也无需他谷有成掌控……

这回完了，谷有成看完《龙江日报》的报道之后，心里那股拼命往上爬、想当更大的官的政治奢望算是彻底地烟消云散了。连李卫江书记也是泥菩萨过河自身难保了，到头来，还不把所有的罪名都推到他谷有成身上。如果能保住李书记的政治生命，他甘愿为其牺牲。还是那句话，只要李书记的那杆大旗不倒，谷有成自有出头之日，可以东山再起。

“书记，没有什么大不了的，这件事你就装作不知，与你毫无关系，我谷有成一个人担着，鹰是我让打的，任务是我布置的，枪是我请示打报告批的。我谷有成是军人，响当当的汉子，就是把刀架在脖子上也不会出卖书记。我不放心的倒是那位范天宝，那是一位摇头摆尾当汉奸的材料，这件事他清楚，连同那只黑鹰……”

“没关系，范天宝虽然滑头滑脑，对我还算忠诚，再说了，他和王香香的事，那封悔改书还在我们手里，他不至于滑到那种程度吧。”

“书记说得对，再说打海东青你虽然给他布置了任务，可于毛子的工作他并没有做下来。我找柳大师的事他全然不知，只是案发现场才见到了那只海东青，他只能推测是我谷有成做的工作，这倒好了，只要我不说是你书记给我交办的任务，他全知道也没有关系，到时候省工作组一来，我就一根筋了，扯不断，没有破绽，让他们处理我好了！”

李卫江十分感动，有这样的部下，就是栽了跟头也不枉当了这么一回县太爷。手下拥护自己，关键时候站出来替领导挨刀子，谷有成这小子没白提拔他。

“那只海东青怎么办？还在冰柜里冻着呢，那可是物证呀！”谷有成说。

“现在还有什么用，派工作组下来，听说是郑仁省长亲自派的，而且要一查到底。海东青决不能让他们知道。桦皮屯的乡亲们做证，那鹰王已经给于家父子陪葬了，至于是谁掘坟盗墓那就天知地知了。好了，将海东青送到齐齐哈尔继续做成标本，总有一天，它会派上用场。”

谷有成按照李书记的吩咐准备去了。

瑷珲宾馆在初春的晨曦中别有情致，丁香冒出了嫩绿的叶子，花蕊把苞皮挤破，拼命地往外显露出粉红和洁白。江岸上的杨树展开枝丫，挂起一串串毛茸茸褐色的穗儿，在春风中抖动。不知名的花草精神抖擞青翠欲滴，伴着楼角背阴处残留的污雪，静谧中让人感受到勃发的生机和鲜活的气息。八栋外观各异参差错落的米黄色小楼无声地沉默着，掩盖着室内紧张、压抑的空气。

范天宝坐在一号楼“冬宫”餐厅的一角，看着对面一排铺着白色台布桌子后面的崔组长和那穿着公安服的调查组的三位成员，他的心理防线渐渐开始了松动。自己与海东青的案子毫无关系，给李书记死扛秘密弄个攻守同盟的同案犯值得吗？不如顺水推舟，将自己知道的全都报告给工作组。崔组长说立功有赏，这不也是一次政治机遇吗？机不可失，时不再来。如果李卫江这次受了处分，垮了台，自己在他手里的小辫子也就没了把手，好！不如来个落井下石，干脆再把那台电视机的事也揭发出来，说不定我范天宝会因祸得福。

范天宝又想到了王香香，他在城郊给她租了一间房，安排在武装部当了民兵器械仓库的保管员。他与她断了多年的线又重新接上了。香香很实际，总要有一个男人当靠山，县城人多，谁也不会注意到她，更不知道她的往事。这次李卫江书记要是栽了，谷有成也会随之完蛋，范天宝就可以无所顾虑地进入王香香的小家了。范天宝心里十分明白，只要有了权力，除了出人头地的外表风光之外，让他最动心的是，用权力可以得到他最心爱的两件宝贝，一个是钱，一个就是女人。

挺了四个小时的范天宝终于开口了，他讲了县委李书记派他去找桦皮屯于毛子打鹰的前后经过；讲了此事最终完成的是县委常委武装部长谷有成，惨案应该是他一手造成的。他还讲了当年于掌包之死和白二爷入狱。当然，在这些过程中，他都把自己推得一干二净，还把自己扮演成李卫江的政治迫害对象。

范天宝在崔组长面前控诉了李书记、谷部长陷害自己和乡电话员的桃色事件，自己被逼无奈，写了两份检讨书，他便成了他们手中的木偶。打海东青的事，李卫江红口白牙说的就是给郑仁省长的。范天宝的海口一开，有关无关的、添油加醋地神吹一通，让崔组长他们喜出望外，并当着范天宝和省城通了电话，向省长汇报了情况。

郑仁省长来了指示，接触谷有成，找出突破口，最后再动李卫江。

谷有成不像范天宝，调查组在他身上一无所获。死猪不怕开水烫，崔组长怎么做工作，施加压力，封官许愿，软的硬的一齐上，都毫无结果。谷有成特意穿了一身崭新的军装，高大魁梧的身板直挺挺地坐了四个小时，纹丝不动。崔组长没了办法，拿出了最后的撒手锏。

“谷有成同志，你大小也是个县级干部，你知道轻重，知道隐情不报的严重后果，难道你认为自己扛一扛，李卫江就没有事了吗？我实话告诉你，你们临江乡的乡长范天宝同志已经把事情的曲直全都说出来了，你还在这里充硬！现在把问题说清楚，还算是你主动的交代，怎么样，谷部长？”

谷有成内心里一阵翻腾，范天宝丧尽了良心，把李书记给卖了，他要对得起那番承诺。

“范天宝算是个什么东西！鹰是我让于毛子打的，跟李书记没有关系。李卫江没有跟我要什么海东青，我只知道是范天宝找过于毛子，是他说的，省里一个姓郑的省长的秘书，叫什么崔八？是他点名要的海东青。”

谷有成见事情已经败露，干脆就往崔秘书身上一推，再无言语。

崔组长听了恼羞成怒，这个该死的谷有成，竟将自己的名字改成了“崔八”，这是有意侮辱自己，可他面对眼前这位高大的军人却又束手无策。恼怒的他摔碎了桌子上的玻璃茶杯，遭到了谷有成的破口大骂！询问结束了。

县委后院的一栋红砖平房从中一分两半，东面是书记李卫江的家，西面是县长的家。平房有很深的院落，四周都用落叶松木板夹成栅栏。院南盖有门斗，从门斗到房门被一条用红砖铺成的甬道连接，道两边是红砖砌成的花墙。墙的外边新平整的黑土地里，已有花草和蔬菜露头。李卫江下班之余，总愿意在自家的小院里干一些农活，等到秋天，结满了成架的豆角、西红柿、顶花带刺的黄瓜、紫黑的茄子和挂满木板障子上的老倭瓜。他总是摘下一些，送给机关的司机或办事员，这是他劳动的成果。

这两天李卫江的心情糟糕极了。以崔秘书为组长的调查组显然是冲着他来的，中午、晚上的饭一律不让他作陪。今天，西边的太阳还老高的时候，他就回到了自家温馨的小院，换了鞋到园子里侍弄蔬菜，锄锄杂草，可他心不在焉，不是把茄子秧铲掉，就是把柿子苗连根拔掉。

谷有成把范天宝当叛徒的事告诉了李卫江之后，他的心折了个儿，他心想，省里总不能卸磨杀驴吧，看看自己这几年辛辛苦苦为瑷珲县做了多少工作。农民人均收入一直在全省名列前茅，尤其这两年，县里工业突飞猛进，啤酒厂、白酒厂全都扭亏为盈，森林覆盖率也由封山育林前的百分之二十三提升到百分之四十五，农民喂养的奶牛，鲜奶卖不出去，是他李卫江跑省政府立项目，要来资金建起了乳品加工厂……对了，去年他还被评为全省的优秀县委书记。

李卫江越想越觉得委屈，不就是打了个海东青吗？这不能说是什么罪过。自己是有私欲，总还想往上再爬一爬，提个地市级，弄一个高干当当，这才酿成了祸根。他翻过来倒过去地想了想这几年的事情，给领导送山珍海味，顺着上级的杆子往上爬，也做过一些错事。桦皮屯于掌包家这几年发生的惨事，不能说自己一点责任没有，只能算上个好的出发点，落下一个不尽如人意的结局。就这点小事，省里居然派出调查组，揪住不放，非要治个罪名不行。

李卫江不愿再想下去，"该死该活屌朝上！"他骂了一句，丢下锄头，换了鞋子回屋去了。

院子门斗的门铃响了，随后传来范天宝的声音："李书记在家吗？开开门，我领崔组长到书记家串门来了！"

黄鼠狼给鸡拜年，汉奸领着鬼子找上家门来了。李卫江给爱人使了个眼色，媳妇才慢慢悠悠、磨磨蹭蹭地走出了房门。

"谁呀！门也没插，不怕喊破了喉咙！"

"哎呀！嫂子，我是范天宝，领着省里的领导来看看李书记，崔组长说怕你家养狗。"

"噢，俺家那条狗是白眼狼，喂不熟，疯了！光咬主人，俺家卫江把那狗的腿都打断了，送到屠宰场杀了。"

范天宝知道李书记的夫人在骂他，他根本不在乎，仍然笑呵呵地领着省里的检查组闯进了屋里。

李卫江耷拉着个眼皮，没给这几个人好脸，用手往那墙边上一指，算是给他们让了座位。书记夫人指着范天宝说："范大乡长是有功之臣，还当上了向导，坐着吧，我给你们烧水去。"夫人一扭屁股进了里屋，就再也没有出来。

李卫江合上了眼睛，伸直了两条大腿，依偎在沙发里，身体呈现一个大字闭目养神了。

范天宝看了一眼崔组长，他们几个人似乎并不在意李卫江的冷待，眼睛都聚神地搜索着房间的每一个角落。崔组长围着那台东芝牌彩色电视机不停地端详。出乎调查组的意料，这位县委书记家的陈设十分简单，一个老式的写字台上堆满了文件材料，翡翠绿的台灯，圆镜片的老花镜，看来这位李书记回家之后也仍在处理文件和办公。写字台的后面是两组简易的书架，没有拉门，各类书籍散堆码放，随意抽取。不大的客厅就被挤满了，屋子的一角就是这几只旧沙发，弹簧已没了力量，坐下去就塌陷进去。屋里最值钱的就是这台进口电视机了。

屋里收拾得十分干净，脱落漆皮的地板被主人擦得露出了本色，崔秘书真不敢相信，一个林区的县委书记的家具竟如此简陋，这里遍地的红松，打上一套时尚的组合家具还不是手到擒来吗？

调查组被里屋门楣上的一块精致的木匾吸引住了。四个金光闪闪的大字显示着主人的身份和地位，“爱民模范”。这是哪一级政府命名的？崔秘书走到跟前一看，大字上面写的是“赠给人民的县委书记李卫江”，大字的下面写的是密密麻麻的人名，最后还有个临江乡农民等。看来是老百姓给任命的，崔秘书从内心里笑了，农民封的，有什么权威性？沽名钓誉！

“喂，李书记！”崔组长说话了，这种僵局总是要打破的。他想就从这块匾说起，最后进入实质性的较量。

李卫江睁开了眼睛，看着这位几个月前的省长秘书，是他授意布置的这场灾难，今天却成了判官，毫无羞耻地开始所谓的调查。难道那位给李卫江留下极佳印象的郑副省长也是一个政客？唯利是图，推脱责任。

“噢，崔秘书还是说话了，还有什么授意就明说吧。”

“李书记，能不能给讲讲这个匾的来历呀？”

“这个嘛，范天宝他妈的最清楚，就让他讲吧！”李卫江看到范天宝这个小人走进自己的屋里之后，气就不打一处来。愤恨的情绪也让这位说话从不带脏字的县级干部带出了那句人人都会的国骂“他妈的”。

范天宝知道李书记的为人和这几年的政绩，光凭这点小事是扳不倒他的，他还是想两面圆滑，尽量谁也不得罪，让他说就说。范天宝给省调查组说开了这块匾的来历，五年前那件让李卫江刻骨铭心的事情。

那年的冬天特别寒冷，老北风卷起山冈上裸露的黄沙，一排接一排地抽打着松树沟村，村东头那三间破旧的土房，窗棂上残缺的窗纸像哨一样发出低沉的吼叫。

屋里黑乎乎的，炉坑里没有一丝光亮。村支部书记李老根奄奄一息地沉睡在冰冷的炕头上，一口接一口地捯气，儿子李发偎坐在父亲的身旁，轻轻地擦干净老人从嘴里反上的白沫，然后抬起头来，眼泪顺着脸颊浸湿了胸前露出棉花的棉袄。他无力地挥了挥手中那张已经签了字的合同，对倚着门框的两位汉子说：“欠债还钱，天经地义，这没得说。你们看看，我这老父亲为松树沟村当了大半辈子的支部书记，村也没有富裕起来，到头欠了一屁股的账。老人家是有今儿没明天的，容我两天，将老人家的后事办完，到时候村里没有钱还你们，就按合同说的，将俺家祖传的木匠铺盘给你们！”

院外屋里的老百姓也七嘴八舌地央求两位债主高抬贵手：“这不是老书记欠的债呀，是俺全村老百姓欠的，不能让李家顶替呀！”一位村支委说。

两位债主没有别的办法，更不愿意看着与自己无亲无故的人咽气归天，这在农村讲起来可是件不吉利的丧气之事，反正有合同在手，跑得了和尚跑不了庙，你李发仗义，那就让你替这帮穷光蛋来还。两位债主对视了一会儿，点了一下头，一声没吭，扭头走出了这毫无生息的院落。

债主前脚走，县委书记李卫江后脚就进了堂屋，他从支委手里接过那几块木柈子，蹲在炉坑前，支书连忙递过来桦皮和火柴，将火点着，并嘱咐支委将柴锅里添满了水，然后撩开半截破旧的门帘走进了里屋。

李卫江右脚刚刚迈进门槛，就听到李发一声惊雷般的哭喊，他的老父亲，松树沟村的党支部书记，名传乡里的手艺人，专做古式家具的老木匠一命呜呼地走了。人死不能复还，可这位老书记为村里办木器加工厂累出肺结核病，欠了县医院几千元的医疗费。如果再加上发送费，就是把这三间破土房押上也不够呀！老书记临终前又把木匠铺抵给了合办木器加工厂的两位投资人……李发越想越哭，越哭就越伤心。哭声让村民们和李卫江坐立不安。李卫江虽说是个硬朗朗的男人，却是个软心眼，见不得眼泪，更容不得哭声。此时，他心里十分焦躁："一个为全村累死的老书记，死后还要将村里欠的债由自己的儿子偿还，我这个当县委书记的怎么有脸面对百姓！"

李卫江说完，走到炕前一把抢走李发手中的合同，愤怒地将它撕碎。"这不是趁火打劫吗？卖什么也不能卖这木匠铺，木器厂要继续办下去。父债子还，李发就替你父亲来当这个厂长，县里给你们松树沟的百姓担保！我李卫江用头上的乌纱给你们担保！难道这还不够吗！"

李卫江一把将李发拉了起来，随手从自己的衣袋里掏出刚刚发的工资塞在李发的手里："哭什么哭，先料理后事！"李卫江终于让李发和乡亲们止住了哭声。

后来，李卫江和临江乡政府两家抬，将账还了，并责成乡信用社贷款，办起了“松树沟木器加工厂”。开张的那天，李卫江亲自书写了工厂的牌匾。一年以后，木器厂有了效益，村里的百姓分了红利，大家都记着县委书记李卫江的恩情。李发亲自去了趟哈尔滨，做了一套崭新的家具，代表全村的农民感谢他们的父母官。家具被李卫江退了回来，是范天宝亲自送到了木器厂。百姓的心意总要表的嘛，李发找松树沟中学的语文老师写了这块牌匾，木器厂精心打造，他们派代表敲锣打鼓地送到了县委，说要挂在县委常委会的会议室里。

李卫江听说之后，连忙派人在中途将牌匾截了下来，百姓不依，怎么办？是范天宝出的主意，那就挂在书记家吧。这一手正合李卫江的意思，放在家里，天天都能看到，自勉还是激励，或者说是自豪得意，兼而有之吧。

范天宝一口气讲完了这块牌匾的由来之后，忽然感觉到自己有些势利，这两天的所作所为，真有点对不起有恩于自己的县委书记，他不由得红了脸，内疚地低下了头。

省调查组的同志都被感动了，当然也包括崔秘书，可他毕竟知道自己此番来的意图，知道官大官小、丢卒保车的道理，并要掩盖自己在此案件中的过错。

“李书记，看来你是一位清官了，牌匾的故事确实相当感人，不知道你这台电视机还有没有一段感人的故事啊？请书记给讲讲吧！”

李卫江万万没有想到，这位刁钻的崔秘书竟然亮出了这恶毒的一招，让他没有丝毫的防范准备，他抬头盯住范天宝，可范天宝讲完刚才的故事之后，就再也没有抬起头来。

书记夫人从里屋突然闯了出来，她显得有些激动，手里拿着那张发票走到崔秘书眼前晃了晃说：“怎么？崔组长还想编造更精彩的故事吗？这是我们买的，不信，请问问这位范天宝吧！”崔秘书走到范天宝的跟前，他用手托起范天宝扎进裤裆里的头说："范乡长，这个故事还是请你讲吧，你讲得精彩！"

范天宝抬起憋成猪肝颜色的头，他已被推到了悬崖没有退路了。只能得罪一头了，不然一定落得个"猪八戒照镜子——里外不是人"。

范天宝说这台电视机是他送给这位"爱民模范"的县委书记的，为的是今后能得到提拔。

范天宝的话音刚一落地，气得李卫江肺都要炸了。这位平日里习惯溜须拍马的他，围着自己转圈的他，办事雷厉风行的他，整天小脸堆满笑容的他，一下子变得陌生起来了。他的五官都扭曲成了一个团团，紧紧地扣在光亮平滑的小脸上，说不清是丑陋还是阴险狡诈。李卫江痛恨自己的洞察能力，面前如此卑鄙的一个小人，玩弄了他，戏耍了他，李卫江张了几下嘴也没有说出话。

书记夫人吼了起来："范天宝！你这个小人，你凭什么说这台电视机是你送给俺家老李的，你有什么凭据？"

崔秘书笑了，他用双手示意大家都坐下，他从兜里掏出事先准备好的螺丝刀，从容地把电视机屁股调到了前面，拧下电视机的后盖，从里面撕下一条沾满灰尘的药用胶布。那条胶布已经没有了白色。崔秘书吹去浮尘，一行小字显露出来，"× 年 × 月 × 日，范天宝送给李卫江日本东芝牌 17 寸彩电一台。特此为证。"李卫江夫妇二人惊得目瞪口呆，内心承受的底线彻底地崩溃了。久经沙场的他们，终于从仕途阴险的字面上走了下来，经历了一次惊心动魄的实战演练。

崔秘书脸色严肃起来："还有什么说的，李卫江书记，我知道你要说什么，这台电视机是你黑龙江大学中文系的同学，现在的省政府财贸办公室任综合处长送给你的，我说的没有错吧？"

李卫江的心就像被内蒙古草原上万马奔腾的铁蹄碾碎一般，万物俱焚，无言以对。

崔秘书接着说："李卫江同志，这台电视机千真万确是范天宝送的，我这里有省政府那位处长的证明材料，还需要看一眼吗？"崔秘书说完招呼随从和范天宝把电视机抬走。

《龙江日报》的这篇通讯《海东青击毙民兵排长，兴安岭血写惊世奇闻》的报道的原由算是画上了句号。接下来是对相关责任者的处理。

崔秘书他们几个抬着电视机拐出了红砖平房的岔道，迎面碰上了前去李卫江家探望的谷有成。范天宝见状连忙躲到了崔秘书的身后，低头想绕过去。没承想谷部长的大手一把拎起他的脖领子斥道："范天宝！你的良心让狗吃了吧！你等着瞧，李书记如果有个好歹，你看我不砸碎你的狗头，看你还敢在瑷珲的地面上混！"说完后，他一巴掌把范天宝推到了对面的板障子墙上。

李卫江在谷有成的一再劝说下，连夜给省委的主要领导和那位他尊敬的郑仁副省长分别写了两封信，将事情的经过和自己应该负的责任说得一清二楚，等待着省里的正确处理。

一个月过去了，李卫江派人打海东青造成的恶性案件的处理结果音信皆无。瑷珲县政界上平静得如同卧虎山下的女人湖，静静地睡在群山的环抱之中，无人打扰，只有范天宝突发心脏病住进了县医院。全县的中层干部没有一个人去医院探望，就连王香香也躲了起来。松树沟的农民把他骂了个底儿朝天。范天宝成了丧家之犬躲进医院里不敢露头。

省委组织部突然派工作组进驻瑷珲县，说是考核县委班子，主要是县委书记李卫江。还是老掉牙的那一套程序，个别谈话，找一些干部背靠背谈话，听取他们对县委主要领导的评价。集体打钩，就是把全县的乡镇，委、办、部、局的正职集中起来，发下事先设计好的表格，每个县领导名字的后面都有“称职”、“基本称职”、“不称职”三个档次，让大家分别在表格里的相应栏目里打上自己认为对应的钩钩。

一天的时间程序就走完了，工作组是由一位省委组织部的副部长带队的。这位姓鞠的副部长和李卫江半熟脸，相互的印象都不深。李卫江只知道那位部长很胖，肉乎乎的浑身上下见不到一点棱角，说起话来没有表情，慢慢吞吞，即使见过两三面，走到大街上，也分辨不清楚他是谁。可这位胖乎乎的鞠部长只见了李卫江一面，几年过去后也能叫上他的名字，把他的简历背得一清二楚，让人佩服。

鞠部长将李卫江请到了宾馆的一号楼，他代表省委谈了对李卫江工作的安排意见。

“李书记，祝贺你，群众测评和个别谈话说明，这几年你干了许多让群众记住的好事，威信较高，这对你一个在瑷珲工作了十三年的老同志是难能可贵的呀！省委考虑到一个领导干部不宜在一个地方待的时间过久，因此，省委决定进行一下交流，派你到内地县继续任县委书记，让我先征求一下你的意见，怎么样？”李卫江没有想到省委会软处理海东青的案件，那两封信肯定是起了作用。省里来了个和稀泥，一抹了之。李卫江五十好几的人了，他和瑷珲有很深的感情，亲戚朋友都在这里。他曾和爱人商量过，无论海东青的案子怎么样处理他，他都会在瑷珲工作下去，直至退休。想到这里，李卫江向省委组织部谈了自己的想法。

鞠部长说：“你不愿意离开瑷珲这属人之常情，可省里已安排了瑷珲县委书记的人选，你不走，只能受些委屈了，改任县人大常委会主任，你能接受吗？”

“很好！很好！比我想象的要好，人大常委会主任的职务足够了，县委书记让年轻的同志们干吧，我给他们当好配角。”李卫江很高兴这个安排。高兴之余，他脑海中突然敏感地有了一种反应，是谁来当县委书记，这次调整牵扯到谷有成吗？他急不可待地问了这位鞠部长。

“噢，本来嘛不应透露这个消息，考虑到李书记是老同志了，组织纪律性很强，那我就告诉你吧，新来的县委书记是省里下派的年轻干部，嗯……姓崔，原郑仁省长的秘书，对了，县委常委略有一些轻微的调整，谷有成同志改任县政协副主席。好了，就这些，千万不要走漏了消息，我们还要以省委红头文件为准呀！”绕了一个挺大的弯子，结果还是海东青造成的，李卫江和谷有成接受了这个现实。

小崔书记上任了，第一次常委会的议题里就有干部问题。临江乡乡长范天宝接任临江乡党委书记之职。

第十六章

积累在钱爱娣心中多年的忧患爆炸了,《浦江日报》转载了那篇撕扯心肺的通讯。冲击波后,她勇敢面对已长大成人的儿子于小毛,搬开了压在心上那块沉重羞涩的石碑。刚刚考入北京林业大学的儿子于小毛悲痛万分,他要认祖归宗,并陪妈妈回到了阔别多年的桦皮屯,见到双目失明的奶奶和老眼昏花的白士良。母子俩承诺了心中的期待,将两位无靠的老人接回了上海,留下了锁住的于家小院和卧虎山上那三块不屈的墓碑。

人世间所有的悲欢离合，大千世界的奇闻逸事都让于、白两家尝受了。于白氏两儿两夫眼睁睁地变成了深山野鬼，接二连三的无情的打击摧残着这位妇人硬化的心灵。于毛子的惨死使于白氏坚强的意志彻底塌陷了，老妇人每天早晨迎着江风，站在清冷的小院里仰视卧虎山上爷仨的墓碑；想着对岸俄罗斯弗拉基米诺夫和他种下的冤魂；想着上海大都市的孙子，她留在这世上唯一的亲人。辛、酸、苦、辣，五颜六色酿造的岁月，染白了她的头发，腐蚀了她的脊骨。急火攻心，老妇人突然双目失明变成了睁眼瞎。

瘫在炕上的白王氏目睹了白、于两家男人们的悲惨；经历了桦皮屯两位最漂亮女人的红颜薄命；听见院外白二爷对天发出的抗争："好人不长寿呀！"这位无儿无女的白王氏突地双腿一蹬，带着满腔怨恨离开了这令人厌倦的人世。

桦皮屯原本最热闹的屯东头和屯西头的两处小院，剩下了一位孤老头和一位孤老婆，两个人仅剩的一只眼睛让两位老人搬到了一起，相依为命度残生。

上海浦东新区紧临黄浦江的一栋白色高层住宅小楼里，宽大的落地窗尽情吸收着早霞浸在黄浦江水中折射的万道彩光。钱爱娣呆呆地遥望着云霞升起的地方。十几年过去了，都市每夜的虹灯溢彩都抹不去她对于毛子深深的思念和对那段岁月的刻骨铭心。她把心中那块沉重羞涩石碑的负重，转化成了对儿子于小毛无限的疼爱。儿子于小毛在她和外婆的呵护下，迅速地长大成人，小学、初中、高中一路走来绿灯闪闪十分顺畅。孩子明天就要去北京了，到北京林业大学报到，办理入学的注册手续，宛若一场梦。于小毛出落得和父亲于毛子一样潇洒，只是比父亲的眼神中少了许多坚毅，多了几分娇气。

一阵悦耳的音乐门铃让钱爱娣从痛苦和甜蜜的回味中醒来，是谁这么早就来串门，这在上海习惯夜生活睡懒觉的人们可是一种不太礼貌的行为。钱爱娣内心有了一闪的不悦，随后立即穿过客厅打开了房门。

“爱娣！”胖姑娘脸儿红扑扑的，脑门上渗着汗珠。她推门就进，连拖鞋也没有换，端起茶几上的凉水杯，“咕咚、咕咚”喝了个精光。

“胖姑娘，什么事让你急成这个样子，别着急慢慢说。”钱爱娣她们一直延续着知青年代的称呼。

胖姑娘从挎包里掏出了昨天的《浦江日报》，递给了钱爱娣：“你看看吧，上面二版转载了《龙江日报》的通讯《海东青击毙民兵排长，兴安岭血写惊世奇闻》，小毛这孩子，没了父亲……”

钱爱娣手中的报纸突然沉重得就像一块密不透风的钢板，压弯了她细弱的双腿，只觉得一股热血涌向心头，脑浆浑浊起来，眼看一团黑影逐渐晕开，便歪倒在沙发里。

胖姑娘连忙将钱爱娣搂在怀里，轻轻掐住了她的人中，只见她白皙的面庞纵横着一条条的阡陌，眼角的鱼尾纹好深。片刻，她慢慢地睁开了眼睛，两颗浑浊的泪珠从松弛的眼皮中滚出。

于小毛从自己的卧室里跑了出来，胖姑娘惊呆了，几年不见，这孩子简直就是于毛子的翻版，他的眼睛映着窗外的湖蓝天色，如水般的清澈明透。他高大的身躯，已不再是在桦皮屯时那样的小巧，就像清晨一棵小白桦。

于小毛从妈妈手中接过了那张报纸，迫不及待地阅读起来。冰冷生硬的铅字忽然变得有血有肉，有情感，它们走进了于小毛的内心世界，他似乎感觉到了这篇骇人的通讯和自己连接在了一起。跌宕起伏的案情勾起了六岁前那点朦胧的记忆，帮助于小毛搜索那块陌生土地上残留的影子，也许是亲情骨血相连，于小毛的呼吸变得急促起来，脸儿一会儿变红，一会儿变白，两行泪水也从眼圈中流淌出来。

于小毛终于看完了这篇通讯，他抬起头望着母亲和这位送来报纸的胖阿姨，困惑中突然变得有些焦躁和愤怒："妈妈，这是怎么回事？这位于毛子和我于小毛是什么关系，你们快说！"

钱爱娣的泪水再次涌出，她似乎已没有了力气，她用手指了指胖阿姨，示意让她告诉儿子这一段特殊的情缘，自己慢慢闭上了眼睛。

胖阿姨没有直接回答于小毛，她从挎包里掏出了当年于毛子留给儿子的那封书信，还有那张翻拍的照片。

于小毛明白了，他从自己的卧室里拿出一直摆放在书架上的那条奇里付子的鱼标本，还有那个桦皮笔筒。他把这些物证统统放在了母亲钱爱娣的眼前，儿子高声喊叫起来："于毛子是我的父亲，你们为什么不早告诉我？！"

于小毛自控能力已突破了极致，他号啕大哭起来，他一下子回忆起来了，六岁那年寄给爸爸和奶奶的照片……他冲进自己的卧室，拿出来一个书包，把与自己和父亲相关的东西全都放了进去。他没有和妈妈钱爱娣打个招呼，也没有理睬这位给自己带来分不清滋味、翻江倒海般感受的胖阿姨，他打开房门下楼去了。

钱爱娣拉住胖姑娘的手说："不要阻拦他，让他去吧，他已不再是个孩子，给他一些空间思考吧。"

胖姑娘搀起钱爱娣徐徐来到落地窗前，看见儿子于小毛就坐在江畔公园的长椅上。

泪水渐渐洗去了朦胧浑浊的记忆，一个清晰的画面出现了。那年他三岁，正是离开桦皮屯的最后一个冬天。早晨大雪漫地，于小毛突然醒了，温暖的被窝里一下子没有了热气，他揉了揉眼睛上的眵目糊，看了看左右，爸爸和妈妈的被窝里空荡荡的。他喊了几声没有回应，于小毛穿上棉袄棉裤，光脚丫儿跑到了东屋，奶奶也不在，炕上已收拾得干干净净，被褥叠得整整齐齐码放在炕角红色的炕柜上。

于小毛趿拉上奶奶的棉拖鞋走到了小院里。好大的雪呀！孩子高兴了，他沿着爸爸于毛子清扫的小路跑出了院外。

到处都是银装素裹，房后卧虎山上所有的树木都挂满了晶莹剔透的树挂，一串串的，白茸茸的。房前科洛河下面的河床平坦坦的，覆盖上了一条又宽又长的弯弯曲曲厚厚的白棉被，看起来是那样的蓬松和柔软。于小毛高兴得手舞足蹈地连蹦带跳，一不留神，两只小脚便从宽大的拖鞋里滑了出来，踩在冰凉的积雪上。他站不稳了，一个出溜便顺着院门的坡头滑了下去。

于小毛就像一支雪橇，箭一般冲了下去，身体一会儿竖着，一会儿又横了过来，遇到树丛时又将身体缩成一团，变成了一个肉蛋蛋，轱辘轱辘地滚到了河边，不见了踪影。

于小毛掉进河边一个被大雪掩埋的小坑里，坑虽然不深，一个三岁的小孩却只露出黄茸茸的头来，孩子连蹬带爬地没有效果，哈哈的笑声变成了哇哇的哭声，“奶奶，爸爸，妈妈”地喊叫个不停。

奶奶于白氏在屯子里换了三斤热气腾腾的豆腐回来了；妈妈满头大汗拖着铁锹铲雪回来了；爸爸于毛子拎着套住的两只野兔兴致勃勃地也回来了。三人不约而同地发现了在雪坑里挣扎的宝贝于小毛。

于毛子一个箭步蹿了出去，一把将儿子从雪坑里拽了出来，钱爱娣连忙拍去儿子身上的积雪，奶奶发现了孙子两只光溜溜的小脚丫已冻成了胡萝卜头。

于毛子连忙将儿子抱回屋里。于白氏用洗脸盆在院里装满白雪端进东屋，钱爱娣搂住儿子的身体，于毛子捧住脸盆，奶奶把于小毛的两只失去知觉的小脚放在雪盆里，她用双手不停地把雪撮在孙子的两只小脚上，上下迅速地滑动，渐渐地两只红通通的小脚丫的颜色开始变浅，有了一些温度。

于小毛这时也觉得小脚丫痒痒的，有了疼痛的感觉，便又哭了起来。

于白氏见状已知道没有了危险，如果时间再长一点，那后果就太可怕了，孙子就会冻掉两脚。她爬上了炕头，将棉袄解开，把于小毛两只冰冷的小脚一下就捂到她滚烫的怀里……

于小毛从回忆中醒来，明天就要到北京林业大学报到了，悲痛解决不了任何问题，当务之急要赶快给孤零零的奶奶写封信，把他和妈妈钱爱娣刚刚照的彩色照片邮去，等到暑假就去桦皮屯看望她老人家。

钱爱娣闭上眼睛，她永远不会忘记自己目送于毛子寻子未果离开上海北站的那一幕。她偷偷站在站台检票口的一侧，毛毛的细雨打湿了头发，碎碎的小雪花和圆圆的泪花交织在一起。前一天晚上，她把几年来所有的情感都压缩在那短短四十六个汉字中，短信没有一点情感的流露，机械冰冷。她把两枚戒指放在胸口，把内心所有要说的都渗透在这金灿灿的光辉里，直到胖姑娘赶到北站，她才把它们放进信袋里，交给了这位忠心耿耿的伙伴。

于毛子贴着车窗的脸和挥动的双手，她都看见了，直至列车的最后一节车厢驶出站台，钱爱娣才走出避身的检票亭。绿色的长龙变成了黑灰色，变成了一条细线，变成了模糊的小黑点……

她更不会忘记那个正月十五的寒夜，桦皮屯灯火辉煌，漫山遍野高低错落的各式红灯一齐点燃。红色的光辉映红了半个天际。全屯所有的男女老少都拥到了江堤上，每家每户都拎提着各自的灯火，大家自觉地排成一行，开始一年一度的“放灯”活动。

这也是每年的“违规”活动，“放灯”违反了边境管理规定，苏联边防军年年会晤照会，对桦皮屯边民的风俗提出抗议，并曾抓住过几位越境“放灯”的乡亲。中国边防每年也都加以劝阻，无奈民俗历史悠久，法不责众。每到正月十五，桦皮屯的领导人就把三营一连的连长指导员请到屯中，一顿烧酒灌得迷迷糊糊，掀倒在老百姓的热炕头上。那些执勤的战士也睁一只眼闭一只眼，只要乡亲们不越过江上的主航道的边界线。

钱爱娣这些上海知青哪里见过这般热闹非凡的阵势，于毛子告诉她们，这是老辈们传下的规矩，劳作了一年的他们，感谢江里的黑龙王给老百姓的恩赐，让人们享受了又一个丰收年。正月十五的灯节便“放灯”祭拜。那时候穷呀，人们就用柴油或野猪油拌上锯末子，放在铁锹里制成灯火，一家一锹，点燃后十米一个，一直往江中摆放，一堆堆的灯火烤化了江面上的积雪，火映在水中十分壮观。

现在富裕了，于毛子又发明了土制冰灯。有的家还特意到瑷珲买了纸灯或纱灯，谁家的灯放得最远，就昭示着谁家来年的一帆风顺。知青们高兴极了，他们争先恐后地帮助乡亲们摆放着，一条火龙越长越大，飞快地向江北延伸。

钱爱娣和胖姑娘嬉戏追打，她们不知不觉地越过了江中的边界线。

苏联瞭望塔上，江岸的地堡里突然射出十几道白色的光线，相互交叉左右摆动，探照灯的巨大光柱锁定了“放灯”的女知青。苏联边防军巡逻的摩托雪橇在光柱的指挥下，围住了钱爱娣和胖姑娘，就在苏联军人跳下雪橇抓人的那一刹那，于毛子已飞快来到两位女知青的身后边，他一手抓住一个，用尽全身的力量往后一拽，钱爱娣和胖姑娘也像两架雪橇一般，滑回了中心线中国的一边。

于毛子被两位苏联边防军人擒到了雪橇上，随着一声马达的轰鸣，摩托雪橇驶向了江北。所有“放灯”的桦皮屯的村民们都跑了过来，白二爷命令大家谁也不许越过边界线。

马达声由近到远，忽然声音又渐渐大了起来，大家借着探照灯的光亮，看见那辆载着于毛子的摩托雪橇又驶了回来。雪橇在中线的苏联一侧来了一个急转弯停下了，两位苏联军人把于毛子推了下来。

白二爷赶快把于毛子扶了起来，招呼众乡亲回到了中国的江堤上。

钱爱娣领着知青们把于毛子围到了中央，大家七嘴八舌问他们的民兵排长：“怎么回事？苏联边防军把你抓走了，为什么又送了回来？”

于毛子抖起了机灵：“俺被老毛子抓到了江北的岸边，一位军官模样的人用手电照了俺一下，便叽里咕噜地说了一顿俄语，不知为什么，那两个当兵的又把俺送了回来。”

“那军官说的什么？排长你能听懂吗？”钱爱娣问。

“俺听懂了点意思，好像是说，他妈的混蛋！你们怎么抓来一个小毛子，赶快送回去，那是咱们老毛子留在中国的种！所以他们就把俺给送了回来，要是换上这两位漂亮的上海女知青那就……”大家哄堂大笑起来。

是于毛子救了俺钱爱娣，每当想起来她都后怕和感激。

于小毛泪人般地回来了，钱爱娣向儿子讲述了生下他的前前后后。于家几代人的坎坷经历和有关亲生爷爷弗拉基米诺夫和奶奶白瑛传奇浪漫而又悲惨的故事。

于小毛时而感动，时而骄傲和自豪，时而又拍案而起发出不平的愤怒，时而又悲伤地泣不成声。戏剧般的人生奇事、怪事，为何全部都降临在他们于白两家的结合上？这难道真是于家的命运多舛？还是谁人作恶？于小毛一个刚刚考上大学的年轻学生，面对这样复杂的社会政治、经济、文化的脉络，怎能梳理得清楚？

于小毛暗下决心，他要利用四年的寒暑假去研究这部血泪斑斑的家史，请作家写一部小说，让后人去阅读，引以为戒。于小毛回到自己的卧室里，打开台灯，将那些与自己有牵连的鱼标本、笔筒、父亲的亲笔书信、小时候离开桦皮屯的全家福照片、妈妈刚刚拿出来的奶奶与爷爷的信物、光亮如新的套娃，全部摆在写字台的周围。他铺开信纸，给留在千里之外的唯一亲人写封迟到的书信，他不怨妈妈和胖阿姨，知道她们在自己还未成年的时候，还不能告诉他这些连大人都无法承受的事实。

亲爱的奶奶，我的亲奶奶：

您还好吧，我是您的亲孙子于小毛，这一声最普通的问好，却被推延了十几年。明天，我就要去北京林业大学读书了，临行之前，妈妈钱爱娣告诉了我桦皮屯那三间小房中的一切，一切。我又看到了上海《浦江日报》转载的《龙江日报》那篇让孙儿失魂落魄的通讯。我知道自己永远失去了亲爱的爸爸，失去了父爱——一份本来就缺少的父爱。

奶奶，您失去的真是太多太多了。父亲没有了，伯父没有了，两个爷爷都没有了，他们给您带来了灭顶之灾，让可怜的奶奶的一生，完全浸泡在苦水之中，这实在是太不公平了！当然，造成这些不公平的还有您不孝的儿媳妇——我的妈妈钱爱娣，不能说她没有一点责任，是她的自私造成了我们娘俩逃离了养育我们的卧虎山和科洛河。有些责任我也说不清楚，不知应该由谁来承担。也许人类发展的历史难免留下遗憾和缺陷，这才使生活有了辛酸和苦辣，幸福与甘甜。

奶奶，现在我们不是在怨天尤人，最重要的是，不能再让这些本不应该发生的事再发生了。奶奶不要绝望，上苍不是还给于家留下了我这棵根苗吗？可以自豪地说，是一棵健康的十分不错的根苗。还有您的儿媳，妈妈虽有过错，但对奶奶和父亲的感情却始终坚贞不渝，也许正是她的私心，才保护了孙儿这棵于家的秧苗。

一切都过去了，听妈妈说奶奶是一个十分伟大的女性，现在不是有个新词叫作“向前看”吗？奶奶要向前看，生活还是美好的。如果孙儿不是明天就要去上大学（这也是您的希望嘛！小时候的事我还记得一些），我现在就和妈妈飞回黑龙江，在您跟前敬献孝心。只要奶奶“向前看”，把身体调养好，您一定会看到您的膝下仍旧会儿孙满堂的。

奶奶，明天我就要走了，我抱着一个决心，努力完成学业，学好本领，为于家重新创造一个辉煌！不，应该说是为社会去创造，任何一个家庭都无法脱离社会的运行轨迹，都不可能游离于这个社会的发展之外，首先要治理社会。因此，孙儿报考的是林业大学的野生动物保护系，学好这个专业，服务好这个社会，让人类和地球上所有的动物和谐相处。

奶奶，我和妈妈已经商量好了，今年暑假就回桦皮屯，如果您愿意，把您老接到上海来。夜已深了，这封早就应该提笔的书信，滴满了孙子于小毛的泪水，您会看到这斑斑的泪迹，闻到孙儿苦涩泪水的辛酸。这里有我的情……

随信寄去照片，妈妈明天还要到邮局给奶奶寄些生活费用。到了学校，我也会经常给您写信的。我代妈妈钱爱娣向您问好！

祝

安

想念您的孙子于小毛

× 年 × 月 × 日上海寓所深夜

第二天早晨，钱爱娣将儿子于小毛送到了上海北站。胖阿姨又唤来了曾在桦皮屯插队的所有知青为小毛送行。钱爱娣在邮局寄走了于小毛给奶奶的信，还有一千元的生活费。

于毛子的惨死给卧虎山罩上了浓浓的悲云，直到于小毛的书信和照片寄到桦皮屯之后，才渐渐消散。明媚的阳光又一次唤醒了屯子里的沉闷，大家奔走相告，为于白氏在困境中又见光明而高兴。消息不翼而飞，传到了瑷珲县城。改任政协副主席的谷有成终于有了笑脸，他立即跑到隔壁的县人大常委会，向李卫江汇报这一重振精神的好消息。

“李书记啊，对了，是主任了，你听说了吗？于毛子的儿子于小毛从上海来了书信，他现在已是北京林业大学的大学生了，听说暑假就和他妈妈钱爱娣来咱瑷珲认祖归宗。于白氏可算是有了点盼头，咱们这心也算是有了着落！”

“嗨！老谷啊！快坐下，我也是刚刚听说，是那位临江乡的党委书记范天宝打来的电话。这些日子他总躲着我，不敢和我见面，他在电话里对自己的过去是追悔莫及，尤其是在打海东青的问题上，有失原则和良心。我这个人心软，谁还不犯错误，利欲熏心办了错事情有可原嘛！我也就原谅了他，今后仍可以做朋友嘛。”

“李主任，范天宝那小子的电话是从哪打来的？”

“不知道啊，还能从哪打的，现在都有手机了，哪儿打出的还不方便。”

“李主任，你不知道啊？这电话是从哈尔滨打来的，是从省肿瘤医院打来的！这个没有良心的东西得了肝癌了，还是晚期，可把我高兴坏了，这叫作报应呀！”

“是吗？我还真的不知道，如果真是这样，老谷同志，你就更不能这样讲话了！范天宝正值中年却得了绝症，太可惜了嘛。‘人之将死，其言也善’，他都到了这般地步，咱们要给他点安慰，不能做个落井下石之人。下星期抽出点时间，咱俩去趟省城，看一看范天宝，老同志了嘛！不能让他心里不痛快就走了。”

“其实道理我也知道，只是扭不过来这股劲。过去他那些所作所为实在是恨人，得！咱们大人不记小人过，咱治不了他的癌病，还治不了他的心病吗？就按主任说的办。”谷有成很爽快地答应了。

李卫江和谷有成商量着暑假接待钱爱娣和于小毛回桦皮屯的事情，这不比一般知识青年重返知青路。他们于家和他李卫江、谷有成有着两代的“恩仇”。用“恩仇”是严重了一些，但实际上是那么一个结果，只能用好心办了坏事这句话来解释了。

李卫江要通了县旅游公司的电话，告诉已当上经理的秘书小张和俄罗斯的布拉戈维申斯克市的旅游部门联系，帮助寻找当年沃尔卡农庄的团支部书记弗拉基米诺夫的墓地，告诉俄方这件中俄人民之间的鲜为人知的故事，等于小毛回来，李卫江要亲自陪着他们去俄方祭奠。

李卫江又告诉谷有成，设法找到《龙江日报》当年写《海东青击毙民兵排长，兴安岭血写惊世奇闻》通讯的那位记者，把于家、白家的悲惨遭遇，以及于白氏最后的枯木逢春都写下来，写一部长篇通讯或者报告文学，小说更好。一定不要碍着面子，把他们俩也写进去，实事求是地定位，作品出来之后肯定轰动，很有教育意义啊！

七月流火，黑龙江的中午丝毫不逊色关内的天气，热浪烤灼着瑷珲飞机场宽阔的跑道。李卫江、谷有成搀扶着于白氏和白士良，与王香香和哥哥嫂嫂等桦皮屯的乡亲们，组成了欢迎的队伍。大家焦急地等待着每日一班的支线飞机。

一架银白色的国产“运七”飞机从南方飞了过来，它在黑龙江航道中心线来了一个大转弯后，安全降落在瑷珲机场。

舱门打开，于小毛挽着妈妈钱爱娣的胳膊从旋梯上走了下来。喧闹的人群立刻安静下来，他们停止了脚步，注视着走近的娘俩。

“奶奶！”于小毛认出了人群中满头银发驼背的于白氏，他凭着照片中那一点模糊的印象，凭着骨肉相逢释放出的巨大能量信息，凭着亲情相吸的向导，他冲了过去，双手搂着了浑身颤抖的奶奶。

“小毛，小毛子，是俺的孙子于小毛吗？”于白氏双手不停地上下抚摸着。

“奶奶，我是于小毛，您的眼睛怎么了？看不见了吗？”孙儿的眼泪夺眶而出。

钱爱娣也忍受不住十几年精神上的煎熬，她第一次喊出了妈妈。于白氏浑浊无神、暗淡无光的眼睛立刻就涌满了泪水。大家全都哭了起来，哭声压倒了飞机的轰鸣。李卫江和谷有成的眼圈也红了，他俩默默地退出了人群。让骨肉分离的于白氏和钱爱娣、于小毛哭个痛快，把这十几年憋在心头的所有怨恨和忧伤抛向湛蓝色的天空和墨绿色的大江。

谷有成把大家让进了瑷珲宾馆的一号楼，明天一早坐“龙江”号水翼艇去俄罗斯一日游，去寻访布拉戈维申斯克市郊的沃尔卡镇。

太阳从黑龙江下游浩瀚的水面里跳了出来，大地立刻就变得暖洋洋的，拂面的江风温柔地洗去于小毛娘俩一夜未眠的疲劳。他们站在水翼艇的后甲板上，望着对岸这座异国城市，熟悉又陌生，神秘又亲切。当然不包括上世纪的六七十年代，那时候虽然仍旧是这座美丽的俄罗斯城市，但它代表的是北极熊的狰狞可恶，灰色的城市就像一座钢筋混凝土的地堡，人民怕它突然一日来侵扰边境的安宁。布拉戈维申斯克，战争的代表。

今天，一切都变了，灰色的城市增添了七彩的光辉。更重要的是还有一个久违的灵魂让钱爱娣母子魂牵梦绕了多年。可是婆婆的心早就僵死了，无论大家怎样劝说，于白氏坚决不去对岸那块异国的土地，她仍然是当年的白瑛，她要的是儿子，除此之外再没有任何情缘。

于小毛看了看腕子上的手表，父亲于毛子留下的那块苏制大三针，才十分钟的时间，快艇就逼进了俄罗斯的江岸码头。他又回过头来，看一眼自己的祖国，此时的心里油然升起了一种强烈的自豪感。十几年前破旧的瑷珲县城，低矮的木制房屋，拥挤在这块大兴安岭和小兴安岭交融的盆地里，家家户户取暖做饭的煤烟，灰蒙蒙地笼罩着这座历史的古城，显得十分脏乱落后。今天的瑷珲，才短短几年的光景，祖国改革开放的大潮，中俄边境口岸贸易的恢复，把落后的瑷珲推到了风口浪尖上，一眨眼，一座座拔地而起的白色大厦，一条条宽阔的水泥马路，五光十色的霓虹灯，成百上千的贸易商号出现在这座县城；俄罗斯肩扛大包小包的采购者，让布拉戈维申斯克黯然失色。

水翼艇靠在了阿穆尔港口的联检大厅，布市旅游局的代表已经在那里等候，他们热情地把李卫江、谷有成和于小毛母子领到了绿色通道直接出了关。两辆伏尔加轿车载着中国瑷珲的寻亲团直奔西郊的沃尔卡镇。

汽车驶在布市空旷的大街上，穿过人烟稀少的沃尔卡镇，在离阿穆尔河江岸边不远的一座不大的山包处停下了。这里有一片墓地，没有人看管，杂草丛生。一座座的坟上都用木栅栏圈成了一个个的小院，坟头向东，插着木制的碑牌，有的字迹已经模糊或脱落，满目的凄凉。

靠近江岸有一座较大的坟包，杂草已被人清理过，坟头上添了一些新土，坟头冲南，木牌也是新换的，全都对着黑龙江南岸的桦皮屯。导游说，他们费了很大的力气才找着弗拉基米诺夫的坟，他所有的亲属在那个冷战时期，被勒令搬到了俄罗斯的欧洲部分。因此，没有了他家的任何消息，旅游局的同志简单扫了墓，怕中国的同志来了不好找。导游说完，司机便从汽车的后备箱里拿出准备好的铁锹交给了于小毛。

不知为何，于小毛却没有一滴泪水，他和谷有成一人一把锹，奋力地往坟头上培土，然后把土拍实，显得是那样沉稳和坚强。钱爱娣把从中国带来的瑷珲大曲，糕点水果码放在墓碑前。俄罗斯导游很会办事，木碑上除了用俄罗斯文书写之外，还留下一半的空间，导游把排笔和黑油漆交给了于小毛，于小毛郑重地在俄文的左侧写下了“弗拉基米诺夫之墓”的汉字之后，他又在右侧的边上写下了一行小字：“你的中国孙子于小毛立”。

香火点着了，所有人都给这位名不见经传的弗拉基米诺夫深深鞠了三躬。于小毛只说了一句话：“爷爷，每年清明我都会用不同的方式来祭奠你，只要条件允许，我也一定会来这里给您上坟。”

第二天，卧虎山上举行了隆重的扫墓活动。桦皮屯的所有乡亲都到场了，县里和乡里也都来了人，李卫江和谷有成送来了花圈，人们把于掌包、于金子、于毛子的坟团团围住。墓碑全用红漆重新描写了字迹，坟头也都见了新土。墓碑的正前方摆了两把椅子，于白氏和白士良安坐在上面。

钱爱娣、于小毛、王香香跪成了一排。于小毛坚持履行儿子、孙子的责任，给爷爷于掌包和爸爸于毛子磕了三个响头之后，摔碎了瓦盆。哭声突起，鞭炮齐鸣。

卧虎山被震撼了，整个山体都抖动起来，紧接着乌云遮天蔽日，一声清脆的响雷过后，大雨瓢泼，山洪顺着沟壑排山倒海地冲进科洛河。河床摇摆起来，河水卷起尺高的浪头，呼喊着，咆哮着，带着历史的遗憾，托着今日的希望涌进了黑龙江。

雨后的桦皮屯明亮起来，恢复了真正意义上的恬静和安宁。屯东头的于家小院里没断了红火，张家李家地排成了串，前拨刚走，后拨又来了，把个于白氏高兴得手舞足蹈。她恨自己眼睛瞎得太早，看不见和儿子一模一样的大孙子于小毛，看不见变得贤惠的儿媳钱爱娣，她只能用耳朵去听白二爷描绘的他用那一只独眼看到的景象，用心去享受已不长久的幸福日子。

于白氏最后还是妥协了，她不只是想去上海享清福安度晚年，她是听了儿媳的话，到上海也许能治好眼疾重见光明。钱爱娣和于小毛十分开通，坚持带走无依无靠的白二爷，他是于白氏老年的伴呀！

一切都尽如人意。桦皮屯东西两头的两座小院永远地锁上了。它们再不会经受任何风雨沧桑，两座饱尝时代变迁的空房子留了下来，相伴卧虎山上那三块不屈的墓碑。

尾　声

来自黑龙江的电子邮件

钱爱娣和于小毛：

我和李卫江已从领导岗位上退了下来颐养晚年了。有一天，我突然发现那只黑鹰标本的两只翅膀耷拉下来，没有了往日的神气和骄横，原来是支撑翅膀骨架的铁丝断了。不知为什么，这时我忽然觉得它和我有着同命相怜的失落。

我呆呆地站在黑鹰的面前发愣，傻傻地看着丧气的黑鹰，不知过了多少时间，忽地悟出了一个道理，一个做人做官的道理。

支撑人站立的是什么？不是架子，是豪气、傲气、顶天立地之气，俗称骨气。其实气血之形成来源于心，来源于脑，来源于人的自然属性，那就是平等地待人，实事求是地办事，实实在在地讲话，一丝不苟地做一个自己想做的人。然而，名利驱使，既有精神又有物质，是它改变了人的一撇一捺，成了利益的附属品。

那官又是什么？官是衣服，一件华丽的衣服，罩着鲜红的，或者污黑的躯体。它是权力的化身，让刀枪不入。

一个有骨气的人穿上它，不会因此而增长了本领、提高了身份而华贵超群。衣服没了，它又怎能带走裸露的健壮、优秀的品质和浑身上下的风骨呢？

可惜认识得太晚了，六十岁之后，当那些利益远离我的时候，不再对我产生极大的诱惑之后，我才像刚刚懂事的孩子，在学校的黑板上认识了那个“人”字。我这一生做了许多好事，也做了不少错事，尤其是对你们于家，欠下了无法偿还的良心账，都是因为名利所动。我在这里向你们深深地道歉，原本想把这只黑鹰归还你们，可它已坏了，退了下来，和我一样。因此，还是留给我当作永远的警醒吧。

今天，我和李卫江又一次来到桦皮屯，当起了于白两家的义务清扫员。这是我俩退休之后不能放下的活计，一直到我俩无能为力的时候为止。

这两个小院记载了你们家的兴旺与衰败；记载了一个时代的更替与变迁；记载了我和李卫江从政的光荣与耻辱。它还记载了人与动物的相处理念和行为。这里是你们的家，我们在这里结了缘。我们原想尽心尽力为这个家去创造一些什么，增添一些什么。可是，事与愿违，我们给这个家庭和欢快的小院带来的都是伤痛。在以前，这一点我们是无法理解的。

坦白地说，我们一直认为自己是好人，在家里我们是好男人，在单位我们是好干部，在社会我们是好公民，做到这一点本不应该困难。可是在社会公德和社会秩序里掺杂了名利之后，我们的双眼被蒙上了，只唯上而不唯实，认为只有得到了上级的宠爱和提拔，做到更高的一把椅子上，才是一个人的真正价值体现。因为他可以给我们权力的空间，给我们施展抱负的平台，我们才能更好地为人民服务。这就是我们适得其反的根源，是名利导演了于白两家的悲惨遭遇，我们扮演了这场悲剧里的跳梁小丑，这是我俩清扫小院后的最大感悟。

我俩有一个想法，这两个小院其实就是这场悲剧里的道具，大幕虽然落下，但它们却成了历史永远的见证。因此，我俩要好好地看管它，爱护它，有条件可以办个纪念馆，用来教育后人，用来清洗我们的灵魂。

钱爱娣和于小毛：我们两位老人觉醒了，明白了，心情也就轻松了，精神上也变得愉快。我们已经商量好了，应该有所作为，用什么去补救那漫长岁月失去的星辰，补救那轮被鲜血染红挂在卧虎岭山峰上的月亮呢？我们成立了野生动物保护协会，当上了兴安岭森林的看守员。

李卫江想写一个回忆录。我谷有成没有那么好的文笔，那就给这位老上级打个下手，做一些力所能及的事情吧。对了，还有一件事，那只海东青早就做成了标本，等开春的时候，我们去趟上海，把它完璧归赵，给你们留个纪念吧。

谷有成

图书在版编目（CIP）数据

殉猎 / 黎晶著．—南京：译林出版社，2016.2
（黎晶文集）
ISBN 978-7-5447-6153-6

Ⅰ.①殉… Ⅱ.①黎… Ⅲ.①长篇小说－中国－当代
Ⅳ.①I247.5

中国版本图书馆CIP数据核字（2016）第013294号

书　　名	殉　猎
作　　者	黎　晶
责任编辑	王振华
特约编辑	肖　瑶
出版发行	凤凰出版传媒股份有限公司 译林出版社
出版社地址	南京市湖南路1号A楼，邮编：210009
电子信箱	yilin@yilin.com
出版社网址	http://www.yilin.com
印　　刷	三河市华润印刷有限公司
开　　本	960×640毫米　1/16
印　　张	18
字　　数	160千字
版　　次	2016年2月第1版　2016年2月第1次印刷
书　　号	ISBN 978-7-5447-6153-6
定　　价	36.80元

译林版图书若有印装错误可向承印厂调换